クソったれ資本主義が倒れたあとの、もう一つの世界

Dispatches from an Alternative Present

ANOTHER NOW

Yanis Varoufakis

ヤニス・バルファキス

江口泰子＝訳

講談社

クソったれ資本主義が倒れたあとの、もう一つの世界

ヤニス・バルファキス　江口泰子＝訳

ダナエに捧ぐ。
君なしには、もう一つの世界は想像できなかった。
そして、この世界は耐えられなかった。

おもな登場人物

ヤンゴ・ヴァロコスタ　本書の語り手〈私〉。アイリスたちの古い友人。左派の天才エンジニア。ギリシャのクレタ島生まれ。ＨＡＬＰＥＶＡＭを開発する。もう一つの世界ではコスティ。

アイリス　急進的な左派。マルクス主義者。サッチャー首相が総選挙で3度目の勝利を収めると、自宅に引きこもる。もう一つの世界ではサイリス。

イヴァ　リバタリアンの経済学者。リーマン・ブラザーズで働いていた２００８年に世界金融危機を経験する。もう一つの世界ではイヴ。

トーマス　イヴァのひとり息子。ゲームに夢中なティーンエイジャー。

はじめに

1年前の今日、赤と黒の柩に横たわるアイリスを埋葬した。赤は、アイリスのなかで燃えさかっていた革命の炎。黒は、私たち4人が抱えていた裡なるダークサイド。アイリスは、そのダークサイドと命尽きる日まで戦っていた。

葬儀は、アイリスの望み通りに行なわれたのだろう。だが、そこにイヴァの姿はなかった。アイリスという並外れた友人を称える追悼の辞を、〈私〉は上の空で聞いていた。最後にアイリスとイヴァが一緒のところを見てから、すでに20年ほどが経つ。ふたりはアイリスの家のパティオに座っていた。イヴァはいつものようにピノ・グリのグラスを傾け、いっぽうのアイリスは、冷えたウォッカを呷《あお》る時以外はイヴァに容赦ない言葉を浴びせかけていた。アイリスは、なぜイヴァを可愛がっていたのだろうか。いまも不思議でならない。

よい市場も尊い戦争というものもなく、どんなストライキも正当だという信念の持ち主だったアイリスにとって、それは不可解な友情だった。当時のイヴァは投資銀行を辞めて、その苦い体験から立ち直ろうとし、合理的で融通の利かない、象牙の塔の経済学者に転身していた。人好きのするタイプではない。それどころか、オスカー・ワイルドの〝皮肉屋の定義〟を地でいった——皮肉屋とは、あらゆるものの値段を知っているが、なにものの価値も知らない人間のことだ。「でも本当のところ、その値段だって本当にわかっているのか、怪しいものね！」アイリスがイヴァを、面と向かってそうからかったことがある。それでも、アイリスの柩が地面の底に降ろされた時、イヴァの不在は〈私〉の心に重くのしかかった。

古い遊び仲間のうち、アイリスとイヴァがいなくなり、残ったのはコスタと〈私〉だけだった。アイリスが息を引き取った日、〈私〉は彼の古い電話番号に2度メッセージを残した。連絡はなかった。コスタのいない葬儀を覚悟していたため、彼の姿を認めた時には驚いた。コスタは人目につきにくい場所に立っていた。スズカケノキの木の陰にひとり、隠れるようにして立ち、アイリスの柩が降ろされるのを遠くから見ていた。

参列者が墓地をあとにし始めたのを見計らって〈私〉がコスタに近づくと、彼の顔がほっとしたように明るくなった。若い頃の快活さは失われていたが、その目には依然として才気と感傷の入り混じった輝きが宿っていた。だが、そのうちコスタが落ち着きをなくし、疑心暗鬼になって「ダイアリー」の話ばかり始め、あの日記はどんなことがあっても「悪の手」に渡ってはいけないのだと言った。その時、〈私〉は理解した。アイリスがついにその命を癌に差し出すことになる2週間前、彼女が〈私〉をホスピスに呼び出した時には、すでにふたりのあいだで話はついていたのだ。

２０３５年6月末にアイリスから連絡を受け取った〈私〉は、20年に及ぶ隠遁生活から引き戻された。〈私〉が最後にコスタとアイリスのふたりと顔を合わせたのは、これきりと思ってブライトンに立ち寄った２０１５年8月のことである。あの頃、〈私〉の人生は、彼らとは関係のない理由で崩壊に向かっていた。あれから20年の月日が流れ、ホスピスの病室に入った〈私〉を見つけると、アイリスはすぐに身を起こそうとしてもがき、衰えゆく力を振り絞って〈私〉を迎え入れようとした。いっさいの前置きを省略して、ベッド脇のテーブルに置いたダイアリーを指し、手に取るように合図する。「指令と禁止事項つきだから」アイリスの囁くような声だった。

指令は明確だった。ダイアリーの「通信文」を中心にその内容を公開し、「自分では想像できない可能性に世の人びとの目を開かせること」だ。いっぽうの禁止事項については、ダイアリー内の「詳細な技術」を決して漏らさないよう〈私〉に約束させた。「そのうち、意味がわかるから」アイリスが呟いた。そして、その場の雰囲気を明るくしようとして、若い頃の無遠慮で尊大な態度のままにこう告げたのだ。「私が死んで埋められたら、さっさと取り掛かってちょうだい」それ以上、彼女のからだに負担をかけたくなかった〈私〉は、アイリスの手を取り、仰せの通りにするよと約束した。

アイリスの言う「そのうち」が、コスタが彼女の葬儀に姿を現し、〈私〉と言葉を交わす時だとは思わなかった。コスタは、ひと気のない墓地の駐車場の一角で息を切らせて言った。アイリスのダイアリーを読んだら、企業の動きに注意しろ。「アイリスは君にダイアリーを託したかった。僕たちの物語を公表して、別の選択肢《オルタナティブ》は必ず存在することを世に知らしめるためだ。だけど、彼女はひとつだけ厳しい条件を君に伝えたはずだ。僕が開発した技術の詳しい情報は、ひとつとしてヤツらに漏らしてはならないことだ。それは約束してくれるね！」

〈私〉はわかったと請け合った。その言葉に嘘がないか確かめるように、コスタが〈私〉の目を覗き込んだ。そして、しばらくして言った。「長いあいだ、僕たちは完全に勘違いしていたんだ、ヤンゴ。僕たちのすべてが商品化されていたことは、僕たちも知っていた。行動も発言もなにもかもが収集されて、売買されていたことはわかっていた。だけど気づいてなかったのは、僕たちをデジタル化するプロセスが、上のヤツらも含めたみなのプロレタリア化だったことだ。考えてみるんだ、ヤンゴ。それについて考えてみるんだ」

これほど激しい感情をぶつけられたのは久しぶりだったが、それも無理のないことだった。〈私〉の知る限り最も偉大な革命政治の活動家を、さっき埋葬したばかりなのだ。

「プロレタリアであるとは実際、どういう意味か」〈私〉が答える間もなくコスタが続けた。「ああ、こういうことだ。僕の苦い経験を話そう。それは、君が生産プロセスの歯車の歯のひとつで、そのプロセスは君がなにをしてなにを考えたか、その上に成り立っているのにもかかわらず、君がまさにその商品でしかないことだ。自主の終わりだよ。あらゆる経験価値から交換価値[1]への転換だ。人間の自主性の最終的な敗北だよ」

コスタがなぜ、そんな話をするのかわからなかったが、〈私〉は頷いた。

「僕がいま、ここにいるのもそれが理由だ、ヤンゴ。僕がなぜ残ったのか。ヤツらの手による最終的な敗北を防ぐためだ。ヤツら自身の発明を阻むことはできないが、僕の発明をむざむざ盗《と》られてなるもんか。あれを使われたら、僕たちの人間性の最後の一滴まで絞り取られてしまう」

言いたいことを充分に伝えて気が済んだのか、コスタはバックパックから小さな装置を取り出して、〈私〉の手のなかに強く押し込んだ。「アクセスコントロール装置だ。サルでも使える」その声には侮蔑の響きがあった。コスタがその場でスイッチを入れて、使い方を教えてくれた。これを使わない限り、「ヤツら」はアイリスのダイアリーにアクセスできないという。

長年の空白を埋めるために夕食を一緒にどうか、せめてパブに行かないかと、彼を誘った。コスタは〈私〉の目を覗き込むと、強く抱きしめ、振り向きもせずに去っていった。

※以下日本語版のための訳注。

1　ほかの商品と一定の比率で交換できる、ある商品の価値を「交換価値」と呼ぶ。貨幣を介した交換の場合、その価値は「価格」で現れる。いっぽう、交換価値では測れない経験や体験性を「経験価値」と呼ぶ。交換価値の対極にある。

うつむきかげんの彼の背中を見つめながら、〈私〉は10代の頃に覚えたギリシャの物哀しい歌詞を思い出していた。

昨夜遅くさすらう友を見た
バイクにまたがる小鬼のような古い人影
その後ろを野良犬どもが追う
ひと気の絶えた通りを

この歌を聞くと〈私〉の脳裏に浮かぶ人物の姿があった。ある冬の夜にアテネの〈私〉の家に立ち寄った、みすぼらしいレインコートを着た、いかめしい顔つきの中年男だ。その男は、共産主義の擦り切れたパンフレットを父に手渡した。「1946年に留置場で一緒だった男だよ」ギリシャ内戦[2]をともに戦った古い同志が、雨のそぼ降る寒い夜のなかへ消えていくと、父は声を潜めて悲しげに呟いた。

だがこの時、コスタの言葉で〈私〉が思い出したのはまったく別の人物だった。古いSF映画[3]の主人公のサムである。採鉱作業員のサムは月の裏側でたったひとり、あくせく採掘作業に励んでいた。ところがある日、自分が大量のクローンの一体にすぎないと知って激しい怒りを覚える。彼の勤めていた企業が、安価で使い捨ての作業員を供給するために、クローンをつくっていたのだ。しかも、とっくの昔に死んだサムの家族がいまも無事に地球で暮らし、彼の帰りを待ちわびているという嘘の記憶まで埋め込んでいた。SFは未来の考古学だと、ある左派の哲学者[4]は述べている。それは、現在についての最善のドキュメンタリーを提供しようとしている、と。

友人の葬儀はいつも〈私〉の感情を麻痺させたが、その影響が行動にまで及ぶことはなかった。ところが、アイリスの葬儀を終えて墓地から帰っても、〈私〉はすんなり現実に戻ることができなかった。アイリスが託した革のダイアリーは、思わせぶりにデスクの上に載ったままだった。葬儀から帰った日、〈私〉はダイアリーに手を触れなかった。だが夜中の12時を過ぎた頃、ついに誘惑に屈した。そしてデスクの前に座り、重厚な革の表紙をめくった。

2本の赤い矢印がとつぜん目に飛び込んできた。〈私〉の〝ハイブリッドリアリティ・コンタクトレンズ〟が、ダイアリーに埋め込んであったオーディオ・ビジュアル情報を感知して作動したのだ。〈私〉はとっさに合図を送って触覚インターフェースのスイッチを切り、ダイア

2　ギリシャは1940年に第2次世界大戦に参戦し、1941～44年のあいだ、枢軸国（ドイツ、イタリア、ブルガリア）に分割占領された（クレタ島の大部分はナチスドイツの占領下にあった）。第2次世界大戦終結後の1946～49年に、共産主義者と反共産主義者とのあいだでギリシャ内戦が勃発した。

3　2009年公開の英国映画『月に囚われた男』（原タイトルは『Moon』）。監督はデヴィッド・ボウイの息子ダンカン・ジョーンズ。アメリカ人男優サム・ロックウェルが、主人公のサムを演じた。

4　マルクス主義文学・文化批評家として知られるアメリカのフレドリック・ジェイムソンは著書『未来の考古学』で、歴代のSF小説に描かれた古今のユートピア、ディストピア論を検証している。

リーを閉じた。ダイアリーを開く前に必ずアクセスコントロール装置を設定しておくよう、コスタには念入りに指示されていたというのに、そのことを忘れていたばかりに視覚を攻撃されたのだ。〈私〉は装置を取りにいき、デスクの上に置いた。ようやくその鈍い唸り音に励まされて、〈私〉はアイリスの記憶を、プライバシーという極めて珍しいかたちで残る彼女の回想を、深く知ることができた。

ダイアリーを最後まで読むのに9日9晩かかった。アイリスの手書きの記憶を読み、ページに埋め込んであったオーディオ・ビジュアルの内容も確認した。そこに記されていたのは、2025年にアイリス、イヴァ、コスタの3人が体験した驚くような出来事だった。アイリスがなぜ、彼らの物語を広く知らしめたいと強く望んだのか、その理由も理解した。ダイアリーを最後まで読んだあと、〈私〉は2ヵ月ものあいだ、必死に衝動と戦った。戸惑ったり動揺したりすると、〈私〉は書くことでその気持ちを落ち着かせようとする癖がある。だが、今回は60日をかけてダイアリーを何度も読み込み、オーディオ・ビジュアルの情報を繰り返し見たり聞いたりして、その内容を正確に咀嚼した。

アイリスがダイアリーに綴った物語は、〈私〉の感情を強く揺さぶった。アイリスは知っていたのだ。〈私〉が激しく動揺することを。そして、その物語を書きたいという衝動をよくも悪くも抑えられないことを。ここにこうして披露する物語を書くために、〈私〉はさらに9ヵ月半を要した。そして、あの赤と黒の柩に横たわるアイリスを埋葬してちょうど1年が経った今日、画面のボタンを押せば、本書の原稿を出版社に送信することになる。書き忘れがあったとしても、それを指摘するアイリスはもはやこの世にはいない。

ダイアリーの大部分とその後に起きた出来事のほとんどは、会話が占めている。アイリスにとってはるかに重要だったのは、彼らに起きた出来事そのものよりも、それらをめぐる知的な政治議論のほうだった。彼らの考えや視点を正確に伝えるためには、〈私〉自身がその場に居合わせたかのように、彼らの議論を再現する必要があると考えた。そうして、そのほとんどを一緒には過ごさなかった日々を、あたかも一緒に過ごしたかのように、〈私〉自身は参加しなかった会話を肉づけした。そのプロセスにおいて、〈私〉個人の想像の産物である考えや感情を、アイリス、イヴァ、コスタのものとして書き加える必要があったが、それはひとえに彼らが体験したことの本質と、彼らのような善き人たちの真実の姿を伝えるために、そのようなつけ足しが不可欠だと感じたからにほかならない。その点をここでお断りするとともに、〈私〉自身の力不足について深くお詫びしておく。

2036年7月28日土曜日　午前10時5分　ヤンゴ・ヴァロ

Contents

第3章 コーポ・サンディカリズム

第4章 資本主義が死に絶えたそのあとの世界

第5章 審判が始まる

第6章 資本主義のない市場

第9章 脱出

第1章

現代性に敗北する

アイリス

〈私〉がアイリスと出会ったのは、イングランドの大学生活という名の暗黒郷《ディストピア》だった。どちらも惨めな生活を送っていた。アイリスはサセックス大学。〈私〉はエセックス大学。「セックスの前に1音くっついてるだけ」私たちはよくそう言って笑い合った。ふたりの人生が初めて交差したのは1982年の初め、ロンドン・スクール・オブ・エコノミクスでのことだった。時の首相マーガレット・サッチャー[5]は、英国経済を立て直すためにさまざまな社会経済政策を打ち出していた。アイリスとの出会いは、そのサッチャリズム[6]と戦わんとして、当時、左派の活動家が開いたおびただしい数の集会のひとつだった。退屈な演説者が次々と登壇しては2時間も勇ましく騒ぎ立てたあと、アイリスが演壇にのぼった。彼女はすばらしかった。

「前の演説者たちの話を聞いているあいだ」毅然としながらも、どこか悪戯っぽい口調でアイリスが演説を始めた。「こんなことを考えていました。マギー・サッチャーのほうがずっとマシだ、と！」動揺する聴衆の顔色を明らかに楽しみながら、アイリスが続けた。「あなたたちと違って、マギーにはわかっています。私たちは革命的な瞬間を生きている。戦後の階級闘争の休戦は終わりました。弱者を守りたいなら、守勢に立ってはいられないのです。マギーが唱導するように、私たちも唱導しなくてはならない。古い体制を打ち壊して、まったく新しい体制を打ち立てるのです。マギーのいうディストピア的な体制ではなく、新しい体制を。サッチャーが墓を掘っているというのに、あなたたちは寄ってたかって死体に包帯を巻いている。もしあなたたちかマギーのどちらを選ぶんだと訊かれたら、私は迷わずマギーを選びます。マギーがどれほど醜悪であろうと、少なくともマギーを批判することはできるから！」

〈私〉はアイリスの激烈な精神の洗礼を受けた。彼女の言葉は多くの聴衆の心を掻き鳴らしたが、それはまた彼女の追放をも約束した。陳腐という非難に急進主義者は腹を立てやすかった。ある時、〈私〉がアイリスを、君は連帯を信じておらず一匹狼だと咎《とが》めると、彼女は皮肉のかけらもなく誇らしげに答えた。「それが私よ！」

5　1925年生まれ。1979～90年に英国第71代首相。その保守的で強硬な政治姿勢から「鉄の女」と呼ばれた。市場経済を重視する経済学者フリードリヒ・ハイエクらの考えに大きな影響を受け、アメリカのレーガン大統領と盟友関係を築いて、経済政策（サッチャリズム、レーガノミクス）を推し進め、ともに共産主義と戦った。

6　サッチャー首相が推進した、市場経済を重視する経済政策。電力や水道などの公益事業会社をはじめ、石油、石炭、航空などの国営企業の民営化や、大胆な規制緩和、社会保障制度の見直し、労働組合活動の規制といった一連の急進的な改革を指す。

アイリスには、自分の世界観に大筋で同意する人たちを遠ざけるという、持って生まれた傾向があった。時が経つにつれ、その傾向に拍車がかかったのは、アイリスの考えとは正反対の風潮が社会に蔓延し始めたからだった。アイリスの意見では、サッチャーの最大の勝利とは、その人がそこになんらかの利益を見出さない限り、誰もなにもしようとはしなくなってしまったことだという。骨の髄まで天邪鬼のアイリスは、誰もがあくせく利益を追求していると知って愕然とし、俄然、闘志を燃やした。彼らは権力が手に入る場所で、絶大な権力を手に入れようとした――しかもその場所には、サッチャーや金融街のシティ、洗練された拝金主義を糾弾する公開討論も含まれていた。それゆえ、アイリスは熱心なフェミニストでありながら、ほとんどのフェミニストには我慢ならなかった。なぜならアイリスにとってフェミニストの多くは、性的自由を恐れるとともに、家父長制[7]に反対する運動を率いるべき人たちを代弁して――そして、その人たちを差し置いて――声を上げる、特権的な行為者だったからだ。アイリスはレズビアンだったが、欠陥ある性、すなわち男性とも関係を持った。「男性との連帯を強く嗜好し、レズビアンを挑発して怒らせるのが好きだった」からだ。そしてまたマルクス主義者でありながら、ほとんどのマルクス主義者を見下していた。彼らが、マルクスの解放のナラティブを悪用して同志を面罵し、己の権力基盤を築き、影響力ある地位を手に入れ、感化されやすい女子学生をベッドに連れ込んだからだ。最終的に政治局を乗っ取って、みずからに歯向かう人間を片っ端から強制労働収容所[8]（グーラグ）送りにしたからだ。なによりもまず、アイリスは

〝考える急進主義者が理想とするような考える急進主義者〟だった。エネルギッシュでずば抜けた頭脳を発揮したかと思うと、次の瞬間には相手を苛立たせ、周囲を激怒させた。

その夜、ロンドン・スクール・オブ・エコノミクスで、〈私〉はアイリスと初めて言葉を交わした。彼女の演説に拍手をしたのが、〈私〉しかいなかったからだろう。数ヵ月後、1982年12月の荒涼としたある夜、アイリスから電話がかかってきた。東欧を射程に収めたアメリカの巡航ミサイルの配備計画に抗議して、英国空軍基地の外で大規模な女性集会を開く予定があり、その手伝いをしているという。それで、〈私〉に応援に駆けつけてもらえないかというのだ。翌日遅い時間に、〈私〉はグリーナム・コモン空軍基地に到着した。土砂降りのなか、警察の厳重な取り締まりをものともせず、3万人の女性が手をつないで基地の周りを取り囲んでいた。この騒ぎでは、アイリスを探し出すのは不可能だと諦めかけたその時、冷たいぬかるみの上で尻もちをついているアイリスの姿を見つけた。額から血を流している。ふたりの女性が膝をついて、傷口にハンカチを押し当てていた。「王国の熱狂的な擁護者にやられた」アイリスはそう言うと、誇らしげににやりと笑った。

7　家長（家のあるじ）である男性が絶対的な支配権を持つ家族形態や、そのような原理や思想に基づく社会の支配形態。
8　20世紀の大半を通して旧ソ連に実在した収容所。反政府派、政治犯、戦争捕虜、敵階級などを収容した。第2次世界大戦後にはおおぜいの日本人捕虜がシベリア抑留によって収容所送りになり、過酷な労働を強いられた。グラグ、あるいはラーゲリとも呼ばれる。

当時、若々しい28歳のアイリスは、アフリカでのフィールドワークから戻り、社会人類学の講師になって3年が過ぎていた。カメルーンでふたつの部族の話し言葉を拾い集め、文法を記録した。彼女より数年後輩だった〈私〉は数理モデルの博士号の取得に手こずっていたが、アイリスは数理モデルを「論理実証主義者のマスターベーションのご立派な練習問題」と斬って捨てた。アイリスの言う意味もわからないわけではない。それからの5年間というもの、私たちは大学の仕事の合間を縫って、破滅する運命にあるさまざまな運動に参加することになる。私たちの士気を最も激しく挫《くじ》いたのは、1984年から翌年まで続いた炭鉱労働者のストライキ[9]と、1986年から翌年にかけて起きた、印刷工組合のストライキであるワッピング争議[10]だった。延べ105週間にわたってピケ[11]を張り、資金を集め、時代の流れに逆行する側に立って運動に参加すれば、私たちを分かつか壊れない友情を築くか、そのどちらになってもおかしくはなかった。

　1987年のある日、〈私〉がアイリスを病院に迎えに行ったことがあった。メディア王のルパート・マードック[12]がロンドンのワッピング地区に新設したぴかぴかの印刷工場の外で、アイリスが騎馬警官の馬にひどく踏みつけられたのだ。危害を加えられるという恐怖を理由に、活動の断念を考えたことはないのかと訊ねると、アイリスは、やりがいのある闘争に参加している時には、断念するかしないかのぎりぎりのところで人生を送る術《すべ》を身につけるのだと答えた。いいえ、問題は別のところにある。アイリスにとって悔やまれるのは、守る価値のある地域社会を守るためにこれだけ頑張っているというのに、その運動が実のところ、激しい「アナクロニズム」以外のなんでもなかったことだ。「この国をひざまずかせる戦いが、なぜクリーンエネルギーや報道の自由を勝ち取るための運動じゃないの？　なぜ公害を撒き散らす石炭火力発電所や、右派を標榜する新聞の労働組合の男性リーダーを守る運動なの？」

不利な戦いでの敗北も、アイリスの甘い喜びを損なわなかった。どんな完敗も、彼女の意気込みを挫けなかった。「正当な運動は決して失われない」アイリスはよくそう言った。ただし不安はあった。自分たちが、愚かなロバどもによって戦場に送り込まれた獅子だったことだ。進歩主義を名乗るリーダーを、アイリスはふたつのタイプに分けた。廃れゆく戦後秩序の特権にしがみつく者か、より急進主義的な考えを持つ者か。だが後者が熱心だったのは、現在の秩序を、新しいが同じくらい圧制的な家父長制に取り替えることだった。アイリスがそのような

9　1984～85年。採算性の低い炭鉱を閉鎖しようとしたサッチャー政権に対して、炭鉱労働者が起こした争議行為。サッチャーは英国最大の労組を打ち負かし、政治的、社会的に大きな影響を及ぼした。

10　1986年、『タイムズ』紙などを発行するメディア王のルパート・マードックが、ロンドン中心部のフリート街から再開発地域のワッピングに工場を移し、印刷工を解雇して最新技術による印刷に切り替えようとした動きに対して、印刷工の組合員が起こしたストライキ。

11　ピケッティング。労働組合などのストライキの際、職場の出入口に組合員が待機し、従業員に対して仕事をしないよう呼びかける行為。

12　オーストラリア生まれの実業家。1969年に英国のタブロイド紙『ザ・サン』を買収したのを皮切りに、次々とメディア関連の企業を買収して事業を拡大。『タイムズ』紙や、ダウ・ジョーンズなどを傘下に収めるニューズ・コーポレーション、テレビ放送のフォックス・コーポレーションを率いる。

考えに強く取り憑かれていると初めて気づいたのは、その夜、病院からブライトンの家まで彼女を車で送っていった時だった。

「ええ、私たちは先駆者よ。でも、いったいなんの先駆者ってわけ？」長い沈黙を破り、アイリスが唐突に感情を露《あらわ》にしたことに〈私〉は驚いた。「見てなさい。権力の匂いを嗅ぎつけたとたん、私たちの同志は手のひらを返したみたいに、それまでの主義や主張をなにもかも捨てるから。それで残された反体制派はみな、悪魔みたいに忌み嫌われるか、嘲笑われるのがオチよ」

彼女の家の前に車を停めた時には、アイリスは不機嫌に黙り込み、打ちのめされていた。そのような姿を見たのは初めてだった。「そんなの我慢できない」強い口調だった。「我慢なんかしない」そう言うと、アイリスは車を降りていった。

数ヵ月後の1987年初夏、サッチャーは総選挙で3度目の勝利を収めた。その翌日、アイリスは大学に退職願を提出した。政治集会に足を運ぶのもやめた。かつて彼女を駆り立てた活動の意義を、もはや大学にもストライキにも見出せなかったからだ。10代の後半に、アイリスは年配の優しい男性から〝ささやかな〟遺産を受け取っていた。みずからを「性的少数者の女王《クィアのクィーン》」と呼んで上流社会を呆れさせては喜んでいた、ある世襲貴族から譲り受けたのだ。そしてそれを当てにすることで、アイリスは若くして隠遁する贅沢に恵まれた。

「どういうわけだか、その男性は私のことを、庇護する必要のある女神《ミューズ》だと思ってたのね。お気の毒さま」おかしなことだが、アイリスからその話を聞いた時、〈私〉は完璧に納得し、それ以上なにも訊く必要がなかった。

大学を辞め、政治活動からも遠ざかった理由を訊ねると、アイリスは2枚の紙を取り出した。1枚は連絡事項を記したサセックス大学の回状であり、そのなかで大学は学生を「顧客」と呼んでいた。「もし彼らが顧客だというのなら、いつの時代にも不適切な種類の顧客だ」とアイリスは漏らした。2枚目は、英国労働党規約のかの悪名高き「第4条項」について述べた、党の内部文書だった。労働党は長年、第4条項において「生産、分配、交換手段の共有と、各産業またはサービスを民衆が運営し管理する最も実現可能なシステムに基づき、肉体労働者または頭脳労働者に、労働の完全な果実……を保障する」と謳《うた》ってきた。1959年以降、産業の国有化路線を謳う、その箇所の削除を試みた者も党内にはいたが、労働組合の激しい抵抗に遭った。そしてこの時、不吉な予兆を読み取るのに長けたアイリスは、内部文書の内容をすぐさま理解した。サッチャー率いる保守党に立て続けに敗北を喫したあと、労働組合のリーダーたちは、産業の国有化路線はまさしく無益なビジョンだとして、共有という夢の撤回に向けて動いていたのだ。電気や水道、工場、鉄道、大通りや市場を共有するという夢を、ついに捨てる時が近づいていた。終わった――アイリスはそう思った。

「労働組合が廃れて、大学とともに忘却の彼方へと消え去るには、1987年は最良の年ね。私が再びタペストリーに向き合う年としても」そして、アイリスは本当に隠遁を決めてしまったのだった。

アイリスはカメルーンで、凝ったタペストリーを織る技術を身につけていた。カメルーンで語彙を拾い集めていた時に、滞在していた村の住民に教わったのだ。かの地では、女たちが朝から晩まで畑で忙しく立ち働き、男たちは家にいて料理や掃除をし、子どもの世話をしてタペストリーを織った。だから、タペストリー織りは村の男たちに習った。彼らの社会的な地位は、その手仕事の出来栄えによって決まり、既成の枠にとらわれないその技術は、アイリスの想像力を存分に掻き立てた。アイリスはアフリカや欧州、さらにはインドや日本のイメージをモチーフに、驚くほど精巧で、時に猥褻なデザインのタペストリーを織り上げた。

サッチャーの3度目の勝利を、アイリスは自宅の2階のサンルームに引きこもる合図と解し、これからは、上流社会の既成概念に囚われない芸術形式に打ち込むのだと誓った。もちろん2〜3年もすると、アイリスの作品はジュネーブやロンドンの画廊の壁を飾り、遜色ない価格で売れるようになり、オークションにも出品された。その夏に彼女が織り上げた初期の作品のひとつ、バッキンガム宮殿で伝統の所作を披露するエロチックなスモウレスラーのタペストリーは、いま、こうして執筆している〈私〉のデスクの上を飾っている。ウールの表面はほつれ、陽に焼けて黄ばんでしまったが、あれから48年が過ぎたいまでも、その不埒な魅力は失われていない。

しかしながら、夜になると、ブライトンにあるアイリスの自宅のテラスはいつも多忙を極めた。彼女の自宅は、その後も私たち友人や取り巻きの聖域であり続け、毎晩のようにみなが集まってアルコールを飲み、議論を交わし、アイリスの言葉に大喜びし、彼女から叱責と励ましを受けた。それからの長い年月を、アイリスは矛盾の権化のようにふるまった。支援を必要とする相手を、誰でも熱心に受け入れる社交好きの隠遁者でありながら、特定の相手や運動からは慎重に距離を置いたのだ。だが、それも25年後にイヴァが現れるまでのことだった。

イヴァ

イヴァがアイリスの隣に引っ越してきたのは、2012年夏の午後だった。この28歳のカリフォルニア出身者は、ブライトン近郊のガトウィック空港からまっすぐタクシーで到着した。3歳になる息子のトーマスと、大型のスーツケース3つとともに。アイリスはすぐにイヴァの玄関ドアを音高く叩き、歓迎のワインに誘い、その夜、誰であれ、アイリスの家を訪れる仲間に引き合わせようとした。

トーマスを寝かしつけ、スマートフォンの見守りアプリをセットして、イヴァはアイリスの家の玄関ドアを叩いた。そしてその夜、集まっていたアイリスの友人に自己紹介した。自分はアメリカからやって来ました。サセックス大学の講師として、初めて講義を受け持ちます。1年ほど前に、プリンストン大学で経済学の博士号を取得したばかりです。ところが、論文のタイトルが「進化心理学のゲーム理論モデルにまつわる3つの考察」だと知ると、アイリスはその後何年ものあいだ、イヴァを意地悪く嘲る格好のネタを見つけ出した。とはいえ、その裏では、イヴァを思いやる気持ちが芽生えていた。ひとつには、イヴァが逃げてきたと知ったからだ。象牙の塔の経済学者として生きていくことも、わざわざアメリカからイングランドへ渡ってきたことも、広い意味での逃亡である。だが、イヴァの逃亡が13年後の2025年にどんな結末を迎えるかについては、この時、さすがのアイリスにも思い及ばなかった。

イヴァの物語の中心には、いつも好機と数学の才能があった。イヴァは理論物理学を学び、2006年に22歳でスタンフォード大学を卒業した。特権的エリートの同級生たちと同じく、ウォール街で働く金持ち連中の群れに加わった。まずは、ゴールドマン・サックスのインターンとして。次に、桁外れの報酬を約束する、金融界のタイタニック号リーマン・ブラザーズの金融エンジニアとして。2008年秋、そのリーマン・ブラザーズがついに氷山に衝突した時、イヴァは沈みゆく船から脱出しただけではなかった。詐欺まがいの業界からきれいさっぱり足を洗ったのだった。数ヵ月かけて気持ちの整理をつけたあと、2009年初めに、プリンストン大学の大学院経済学研究科に入学を果たすと、純粋に抽象的な数学理論に没頭すると固く心に誓い、投資銀行家としての知識の基礎を授けてくれた経済学の講義に、再び慰めを見出そうとした。

プリンストンに入ってすぐ、イヴァは妊娠を知った。この時、イヴァが慎重に父親の話を避けたことにアイリスは気づいた。イヴァはすぐに話題を変えた。そして、妊娠中に奇妙な孤立状態で暮らしていたと話した。9ヵ月間というもの、彼女の頭とからだはまるで正反対の領域にあった。頭では極めて抽象的な理論を扱い、お腹のなかでは宿した命が徐々に成長して、それまでに味わったことのない、みずからの有形性というものを実感していたのだという。

トーマスが生まれたあとの2年間、イヴァはたまに会う指導教授を除いて、息子以外のほとんど誰とも顔を合わせなかった。アイリスはイヴァに、アメリカ東海岸のピエタ像と、トラウマを抱えた中尉を足して2で割った姿を重ね合わせた。死んだキリストを抱えて悲しむ聖母マリア像と、戦場の殺戮から逃げ出して駆け込んだ先が、将軍による〝聖なる虐殺〟を祝福する男子修道院だった中尉の姿を思い浮かべたのだ。「彼女はウォール街から逃げ出して、プリンストンに隠れたのよ」アイリスが〈私〉の耳にそう囁いたことがある。「リーマンの金融犯罪のもとになった理論に磨きをかけるために」

そして2012年、博士号を取得するとイヴァはまたしても逃亡した。今回はアメリカと、教鞭を執る身になればはるかに稼げるはずのアメリカ東海岸の大学制度をあとにして、英国へ、サセックス大学へと渡ったのだ。まだ30歳にもなっていないというのに、その人生はすでに避難の連続を思わせた。

アイリスとイヴァは、知性の面でも倫理の面でも、まったく異なる世界を生きてきた。だが、やがてお互いに知ることになるように、ふたりが極めて奇妙な絆を結ぶ根底には、共通のパラドックスとトラウマがあった。アイリスは集団行動の優れた実践者であり理論家でありながら、一匹狼の女戦士として活動した。いっぽうのイヴァは揺るぎない個人主義者でありながら、放棄と、絆のない人生を痛感しなければならなかった。どちらも認めるつもりはなかったが、それぞれのパラドックスはお互いをその鏡に映し出していた。トラウマについても同じことが言えた。

イヴァは1984年生まれ。英国で炭鉱ストライキが発生した年だ。失敗に終わったあのストライキは、アイリスにとってのワーテルローの戦い[13]であり、その後の彼女の人生を永遠の敗北にしてしまった。だが、アイリスにとっての炭鉱ストライキは、イヴァにとってのリーマン・ブラザーズの経営破綻だった。そして1984年に、自分たちはこれからの人生を歴史の敗者として生きて行くのだ、という悲痛な事実を私たちが受け止めたように、イヴァもまた2008年に、魂を蝕み、楽観主義を破壊するその同じ力によって、歴史が崩壊していく光景を目の当たりにした。自分たちの世界はもう存在しない。その衝撃的な事実を、ふたりはまざまざと思い知らされた。アイリスとイヴァがどれほど激しく抵抗しようとも、ふたりを奇妙だが固い友情へと導いたのも、その破壊的な力だった。

2012年夏のあの夜、イヴァが初めてアイリスの家を訪れた時、歓迎ムードは唐突に刺々しい雰囲気に変わった。アイリスがイヴァを招いたのは、引っ越してきたお隣さんだったからだ。慣れない国でシングルマザーとして奮闘する女性に対するフェミニストの連帯感であり、好奇心もあった。だが、イヴァが投資銀行に勤めていたと話したとたん、アイリスは自分を抑え切れなかった。

「銀行家がお得意なのは社会を破壊することだけ」アイリスが攻撃の口火を切った。「銀行は小悪党には桁外れの資金を融通する。そうやって莫大な額かケチくさい額は貸すけれど、本当におカネを必要とする人や、そのおカネを役に立つことに使おうとする人には絶対に貸さない。そうであるならば」アイリスは見下すように言った。「あなたが人の生活を地球規模で破壊する仕事から、金融市場の有効性を講義して、イングランドの若者の頭のなかを汚染する仕事に切り替えたのは、結局はいいことかもね」

イヴァには、アイリスのような魅力的な傲慢さはない。だからといって、黙って引き下がるような人間でもない。「市場と取引は切っても切れない関係です。万有引力の法則がなければ

13　1815年6月に行なわれたナポレオン1世と英国、オランダ、プロイセン連合軍との戦い。エルバ島を脱出していたナポレオン1世は、ウェリントン公率いる連合軍とワーテルローで対峙したが、この戦いに敗れ、南大西洋に浮かぶ孤島セントヘレナに幽閉された。ワーテルローはベルギーのブリュッセル近郊の村。

ならないのと同じことです」イヴァが言い返す。「それとも、万有引力の法則も否定してしまえ、というご提案でしょうか。この世界をうまく渡っていくために必要なスキルを若者に授けることは、的外れな理想郷論《ユートピア》によって若者の頭のなかを汚染することよりも、もちろん望ましいのでは？」

「まあ、イヴァったら」アイリスが応じる。「大学はスキルを教える場所じゃない。大学にとって重要なのは、言われたことに嬉々として従いたがる従順な下働きを生産すること。あなたが大学で製造するのは、将来の上司の望む型にぴったりとはまりたい——喜んではまりたがる——若者よ。その最初のステップは、市場は重力と同じくらい自然で、追求する価値があるのは利益だけだという、あなたの信念を若者に鵜呑みにさせること」

ふたりは堂々めぐりの議論を続け、イヴァはアイリスの侮辱の一つひとつに受動的な攻撃で言い返した。

「金融市場と利益を貪る行為によって、被害が生じたことは否定しません」イヴァが反撃する。「ですが、汚いカネ儲けには、あなたたち集産主義者[14]の夢が侵したほど人間性を損なう力はありませんね。よかれと思ってのことでしょうが、あなたたちが切り開いているのは次なる『収容所群島』[15]への道です。あなたはコモディティ化に反対していらっしゃるけれど、私の仕事は、そのコモディティ化が人間にとって最大の希望だと学生を説得することです！」

いつものアイリスらしくもなく、彼女はイヴァのずさんな反撃を受け入れ、それ以上は反論しなかった。この若いアメリカ人は、明らかに痛いところを突いたのだ。まさにそれこそが、はるか昔に、アイリスを講師の職と政治活動から隠遁へと追い込んだものだった。左派の権威主義にうんざりするほど苛立っていたアイリスは、イヴァのお粗末な自由至上主義《リバタリアニズム》[16]を――生まれて初めて――聞いてみたくなった。そこで、すぐに思いつく十指に余る反論を控えて、ただ微笑み、グラスを高く掲げて、シェイクスピアの『リチャード二世』[17]の一節を引用した。いつも悪戯っぽい気持ちになった時にそうするように、この時も、イヴァのイングランド移住をもったいぶった態度で歓迎したのだ。この「銀色の海に浮かぶ宝石」へようこそ。それを合図に、ふたりの最初の対決が幕を閉じた。

しばらくしてイヴァがいとまを告げた。そろそろ息子のトーマスをひとりにしておけないから、と断って帰って行った。

14　土地や工場、機械などの生産手段の私有（私有財産制）を禁じ、社会の共同所有にしようという思想。

15　旧ソ連の作家アレクサンドル・ソルジェニーツィンによる1973～76年刊行の記録的文学作品。著者自身の強制労働収容所（グーラグ）での体験をもとに、旧ソ連の体制やイデオロギーを激しく批判した。タイトルの『収容所群島』は、国内に数百もの強制労働収容所が点在する様子を、大海に点在する島々になぞらえた表現。

16　個人の自由を最大限に尊重し、国家はその役割を最小限にとどめた「最小国家」であり、「小さな政府」であるべきだという思想。リベラリズムと違って「富の再配分」も認めない。

17　シェイクスピア（1564～1616年）の歴史劇。実在するイングランド国王リチャード2世（在位1377～99年）の生涯に基づいて書かれた。追放した宿敵（のちのヘンリー4世）に王位を奪われ、孤独に世を去った悲劇の国王の物語。

「可哀想な娘《こ》。どうあがいてもチャンスはなし」その夜、アイリスはダイアリーに、シェイクスピアの『ジョン王』[18]の一節を綴った。「このイングランドが、これまでもこれからも、征服者の傲慢な足元にひれ伏すことは断じてない」

イヴァはすでに、アイリスをおおいに苛立たせていた。

コスタ

コスタが私たちの仲間に加わったのは、イヴァのずっと前だった。〈私〉がコスタと知り合ったのは1989年。キングス・カレッジ・ロンドンで開かれた、相も変わらず退屈なサッチャー叩きの集会だった。ギリシャで生まれ、ドイツで教育を受け、優れたエンジニアとしてアムステルダムで働いていたコスタは、まもなくニューエコノミー[19]と呼ばれることになる産業について、左派の見通しを述べるために招かれたのだった。だが、その先見の明ある講演が聴衆に受け入れられる望みはなかった。

１９８９年、サッチャー政権は18歳以上の国民全員に人頭税[20]を課そうとした。その強硬な姿勢と間近に迫った法案の成立に、英国の左派たちは憤慨していた。当時は、最先端の技術に明るい聴衆でさえ、エレクトロニクス企業アムストラッドの無骨なコンピュータに、フロッピーディスクを差し込んで作業をしており、インターネット時代はいまだ訪れていなかった。「デジタル通信、金融工学、ＡＩ」を駆使して支配者層と戦うというコスタの熱い訴えを、聴衆はどう受け取ったのか。

「あんた。人が痛い目に遭ってるって時に、ＳＦ世界の夢物語は贅沢品だよ」聴衆のひとりが叫んだ。

「資本主義とＳＦには共通点がひとつあります」コスタが冷静に答えた。「どちらも架空の通貨を使って、未来の資産を取引することです。たとえそれらのツールがいまだＳＦ世界のものだとしても、私たちにとって最良の防御手段です。まさかと思うかもしれませんが、少しでも

18　実在するイングランド国王を題材にしたシェイクスピアの歴史劇。ジョン王（在位１１９９〜１２１６年）にはイングランド史上最悪の君主という悪評があり、封建領主に迫られて「マグナ・カルタ」を承認したことでも有名。
19　ＩＴなどの技術革新を背景に１９９０年代以降に成長した産業。繊維、食品、重工業などの「オールドエコノミー」に対して「ニューエコノミー」と呼ばれる。
20　第３次サッチャー政権が強行導入した地方税制度。所得額に関係なく、18歳以上の住民に一律に同額を課した。低所得者への負担が大きいいっぽう、高所得者に対しては減税となることから国民の反発を招き、サッチャーは１９９０年に退陣に追い込まれた。あとを引き継いだ保守党のジョン・メージャー首相が廃止した。

チャンスがあると見れば、権力者層はそれらのハイテク武器を駆使して、私たちに総力戦を仕掛けてきます。防御の可能性を少しでも高めたいのなら、それらのハイテクを彼らよりも先に装備しなければなりません」

聴衆の敵意をものともしない態度を見て〈私〉の脳裏に甦ったのは、アイリスとの7年前の出会いだった。コスタの講義が終わったあと、〈私〉は彼と短い言葉を交わした。すると、〈私〉と彼とのあいだには共通点がたくさんあることがわかった。どちらもクレタ島の出身だったのだ。コスタと会場をあとにして、テムズ川の数ブロック南にあるみすぼらしいインド料理屋に入り、真夜中すぎまで話し合った。

〈私〉とほぼ同じ年齢で、どこかシャイなところのあるコスタは、技術のエバンジェリスト（伝道師）であり異端者でもあった。クレタ島最大の都市イラクリオンから南へ下った、アルカネスと呼ばれる小さな村で思春期を過ごしたという。私たちの世代のギリシャの若者と同じく、彼もまたハイスクールを卒業すると、すぐに島を逃れて〝欧州〟へ向かった。1979年、ドイツのシュトゥットガルト大学の工学部に進んだ。5年後に卒業し、そのままドイツの航空機製造企業ドルニエに、ミサイル誘導システムのソフトウエア設計者として採用された。3年間働いたものの、より高度な技術に挑戦したいという熱い思いと、良心とのあいだでコスタは引き裂かれた。1988年になる頃には良心の呵責に堪えきれずに、ドルニエを去った。だが、1ヵ月もしないうちに新しい夢の仕事に就いた。アムステルダムに本拠を置くコーニア

PLCという小さな企業で、視覚障害者用の人工インプラントを設計することになったのだ。

私たちが出会ったのはコスタがコーニアで働き始めて、ようやく1年が経った頃だったが、彼はすでに深い幻滅を味わっていた。利益を生み出す医療業界の仕組みが、武器産業に負けず劣らずひどいことを知ってしまったのだ。数ヵ月前、コスタはマイクロチップをアップグレードして、視覚インプラントの性能を大きく改善していた。そして意気揚々と経営陣に報告したところ、返ってきたのは、新しいデバイスの性能についてコスタの成功は祝うが、アップグレード版はお蔵入りにすると記したメモだった。コーニアは著しく性能の劣る現在のチップを、しばらく販売し続けるという決定を下したのだ。

コスタが異議を唱えると、直属の上司が決定の合理的な理由を説明した。彼らのいちばんの競合相手は、コーニアの現在のインプラントを上まわる製品の開発に四苦八苦している。コーニアのインプラントは製造コストも安く、売れ行きも申し分ない。競合の先を行くために、高価なアップグレード版をわざわざ市場に投入する必要はない。新たに投入する製品が控えている、という情報をリークするだけで充分だ。そうすれば、競合はさらなる投資を断念するだろう。だが新たなチップを売り出せば、その製品を分解して研究し、模倣するチャンスを与えてしまう。

「経営陣はよくわかってる」直属の上司が諭した。「利益を出す最善の方法は、まずは市場を独占して、製品市場を戦略的に飢えさせることだよ」

新しいチップを使えば得られるはずの支援を視覚障害者が得られないと思うと、コスタは怒りに震えた。お蔵入りにするという経営陣の決断と企業の権力を憎悪した。怒りと憎悪というふたつの感情が高じて、結局、コスタはコーニアを去ることになり、その後長く続くローラーコースター状態の仕事生活に乗り出した。

その夜、コスタの話を聞きながら、〈私〉は突拍子もないことを考えていた。コスタをアイリスに会わせるべきだ。確かにリスクの高い行動かもしれない。ただコスタの神経を試すためだけに、アイリスが彼を小突きまわす可能性は高い。だが〈私〉の直感は、ふたりの出会いが興味深い反応を生み出すのではないか、と告げていた。

「失敗に終わった我らが革命の〝ミス・ハヴィシャム〟に会いに行かないか」〈私〉はコスタを誘った。ミス・ハヴィシャムとはもちろん、ディケンズの小説『大いなる遺産』に登場する、正気を失った老齢の富豪のことだ。コスタはようやく説得に応じ、翌日の夜、〈私〉は彼を車に乗せてブライトンへと向かった。

コスタがもっと強いパーソナリティの持ち主だったら、〈私〉もあれほど心配しなかったに違いない。だが、コスタはひ弱そうに見え、アイリスの常軌を逸した口撃にひとたまりもないように見えた。幸い、懸念はまったくの杞憂に終わった。アイリスはすぐにコスタを気に入った。その類いまれな長所を見抜いたのだ。彼には他者の苦しみを自分のものとして受け入れ、苦難の伝染と、その苦しみが生み出す不快な状況を終わらせようとするところがあった。コスタが身を置くテクノロジーの世界に疎いアイリスは、彼の考えに熱心に耳を傾けた。その夜、ロンドン行きの最終列車に乗るためにコスタが帰った時、アイリスの口調からいつもの皮肉が消えていた。

「あの傑作なギリシャ系ドイツ訛りはともかく、あなたが連れてきた友人はウィリアム・モリスを彷彿とさせる」19世紀の優れたデザイナーで社会運動家だったモリスを引き合いに出して、アイリスは興奮気味に語った。「新たな技術を生み出す非人間的な方法を、彼は心の奥底で忌み嫌っている。新たな技術をつくり出す人間が、その技術をアルチザン（職人）のようにつくり出せることを願っている——機械が機械を生むような方法ではなしに。それでいて、新たな技術が提供する美と善とを彼は高く評価している」

コスタはアイリスに、未知の世界を覗く窓を与えた。そしてそこに広がる光景に、アイリスは最初から魅力と戸惑いを感じた。こうして、アイリスとコスタの生涯続く友情が始まったのだ。

ずっとあとになって私たちのサークルにイヴァが仲間入りをして、いまになって思うのは、そこに集まったアイリス、イヴァ、コスタの3人が、それぞれ違う方法で現代性に魅了され、敗北したことである。アイリスには、欧州大陸で活躍した女性革命家のローザ・ルクセンブルク[21]や、アレクサンドラ・コロンタイ[22]などの英雄がいた。そしてアイリスは、その英雄たちの身に降りかかった悲劇からサッチャーの勝利まで、打ち続く左派の苦難に希望を砕かれた。イヴァは金融業界の大量破壊兵器と、かつてイヴァ自身が喧伝していた〝リスクなきリスク〟に敗北し、コスタは、デジタル革命が人びとを解放するという、まるきり見当違いの信念に敗北した。

3人が3人とも、みずからに課した孤独のなかにいた。アイリスはブライトンの自宅のテラスで。イヴァはイングランドの象牙の塔で。コスタはサンフランシスコの自分のラボで。だが彼らの友情によって、さらにはコスタが直面した特殊な状況によって、3人は再び強く結びつくことになる。少なくとも、2025年後半の途轍もなく興味深い数ヵ月のあいだは。

21　マルクス主義の思想家、革命家。1870年に当時ロシアの支配下にあったポーランドに生まれ、ベルリンに移住する。ドイツ共産党創設メンバーとなるが、1919年に反革命軍によって惨殺された。

22　革命家、作家、外交官。1872年にロシアのサンクトペテルブルクに生まれる。女性解放運動に大きな役割を果たした。

第2章

パラレル世界との遭遇

コスタの解放

1990年代初め、コスタはみずからの敗北に反撃を開始した。重大な結末をもたらす反撃の始まりだった。

コスタは当時、勤めていたコーニアの設備を使って、こっそり自分自身の秘密プロジェクトに打ち込むようになった。コーニアでは、社内のエンジニアがそれぞれの技術と創造力を最大限に発揮できるよう、彼らの自由に任せており、コスタはその放任主義に乗じたのだ。彼の関心は最初から脳インプラントにあった。コスタは視覚インプラントの性能の向上や新たな設計については、経営陣に定期的に報告して彼らを満足させておいたが、大きなイノベーション――それはたくさんあった――については、なにひとつ報告せずに秘密にしておいた。

とはいえ、1990年代も終わりに近づく頃、コスタの関心を嫌でも引く動きがあった。コーニアを含むハイテク株の異様な高騰である。いまに暴落するはずだと確信したコスタは、貯金をはたいてあらゆるハイテク株を空売りした。そして、2001年にドットコムバブル[23]が弾けると、少なからぬ額を手に入れた。これで自由にリスクを冒せると考えたコスタは、コーニアを辞めた。そしてすぐにアイリスに連絡を取り、サンフランシスコに移り住むと告げた。もうこれまでのように頻繁には会えない。だが、それこそがコスタの求めていたチャンスだった。シリコンバレーでいつか事業を立ち上げるのだ。

アメリカに移り住んだコスタは、まず新たな職を見つけた。鎮痛効果を持つデジタルインプラントの開発企業である。だが、シリコンバレーは違うはずだというコスタの甘い幻想は、今回も打ち砕かれた。彼の開発したアップデート版が、既存製品の販売期間を引き延ばすためという経営陣の判断によって、またしてもお蔵入りになってしまったのだ。そこで、コスタは以前の戦略に立ち戻り、会社の設備を使って秘密プロジェクトに打ち込んだ。

そのあいだも、株価は素早く回復した。あまりの急速な回復ぶりにコスタは疑心を募らせた。歴史は繰り返そうとしていた。数年後、ある銀行がコスタに、ベイエリアのどんな金額のどんな物件に対しても、120パーセントの住宅ローンをご用意できます、と持ちかけた時、コスタは自分の直感を信じた。ドットコムバブルの崩壊で、その正しさを証明済みだったからだ。そして全財産をつぎ込み、アメリカの不動産担保証券の金融商品に投資していた銀行の株

23　1990年代末に、アメリカを中心にITやインターネット関連企業の株価が急騰して「ITバブル」が起きたが、2001年に崩壊した。

を空売りした。つまり、欧米のほぼすべての金融機関の株を、という意味である。案の定、2008年9月に金融が瀕死状態に陥ると、リーマン・ブラザーズに勤めていたイヴァはそのキャリアにトドメを刺され、コスタは億万長者になった。

「夢破れた谷でついに自由だ」アイリスに宛てた自筆の手紙のなかで、コスタは自分の身に起きた環境の変化をそう報告した。アイリスはその手紙を、さらに重要なコスタの手紙とともにダイアリーの特別な場所に仕舞った。「開発したものの、時間も資金も足りずにそのままになっていた技術を使って、なにか役に立つものがつくれるようになった」コスタは希望を込めて綴っている。

2009年1月、バラク・オバマがホワイトハウス入りした翌日、コスタは会社を辞め、サンフランシスコのダウンタウンに大きな建物を借り、ひそかに開発した技術の実用に取り掛かった。

ギュゲスの指輪

コスタが「ギュゲスの指輪の物語」を知ったのは、ギリシャにいた10代の後半だった。教えてくれたのは、ハイスクールの聖書の教師だった。イングランド人作家で、ゲイのアイコンだったクエンティン・クリスプのクレタ人版といった、エキセントリックな教師だった。コスタがサンフランシスコの自分のラボに閉じこもって、みずから開発した技術の人道的な使い道について、ひとり頭を悩ませていた時にインスピレーションを与えてくれたのが、ギュゲスの指輪の物語だった。

ギュゲスは古代リュディア王国（現在のトルコのあたり）の貧しい羊飼いだった。ある日、ギュゲスは魔法の指輪を手に入れた。指にはめてその指輪をまわすと、自在に姿を消すことができた。そこで王宮に忍び込み、王妃を誘惑して王を殺害し、みずから王位に就いた。プラトン著『国家』のなかで、プラトンの兄であるグラウコンは、ソクラテスにこう問いかけている。「もしそのような指輪を見つけたら、その指輪を使って、なんでも望むがままにしないことは合理的だろうか」。コスタはソクラテスの答えをよく覚えていた。「自分の望みを叶えるために指輪の力を使う者は誰でも、みずからの欲望の奴隷である。途方もない指輪の力を使わない能力は、道徳だけでなくその人の幸福をも左右する」

人びとがソクラテスの助言に耳を傾けると思うほど、コスタは非現実的な人間ではなかった。ギュゲスと同じように、ほぼ誰でもまず間違いなく、指輪の誘惑に屈するに違いない。だが、コスタが長く考えてきたことがあった。もし指輪の力をはるかに凌ぐ装置があれば、人びとは躊躇するはずだ。そして躊躇すれば、人びとを破滅に導く意識から彼らを救い出せるはずだ。サンフランシスコのラボに引きこもって3年後、ギュゲスの指輪の物語が差し迫った意味を帯びて甦ったのは、まさしくそのような装置のアイデアをコスタが思いついた時だった。

それは、シアトルに住むある同僚の家を訪れた時だった。そこでコスタが目にしたのは、同僚の10代の子どもがマルチプレーヤーのビデオゲームに興じる姿だった。画面の向こうでは、数千人の若い参加者が、やはりそれぞれのベッドルームに座っているのだろう。画面にはアバターで登場している。コスタはその光景を見た瞬間、衝撃を覚えるとともに、新たなコミュニティの出現を知って強く興味をそそられた。

コスタの考えでは、シリコンバレーのビデオゲーム会社にとって究極の目標とは――そして実際、ビッグテック業界が追い求める〝聖杯〟とは――、個人の欲望と現実とが合致しないリアル世界での体験に代えて、それぞれの欲望に合わせた体験を提供する、精度の高いバーチャルリアリティ・マシンの開発だ。そのいっぽう、つながりを求める人間の欲求は変わらない。その空想世界が共有されている限り、マシン相手であっても構わない。背後に生身の人間がいるとわかっていてアバターを殺すことは、コンピュータが純粋に生成したスペースインベーダーを全滅させることよりも、はるかに面白い。仲間のプレイヤーどうし、お互いに見たい、見られたいという欲求こそが、そのようなゲームが熱狂的に支持される理由である。一人ひとりのプレイヤーは居心地のいい自宅のリビングでくつろぎながら、おおぜいのプレイヤーと同じ体験を共有できるのだ。

現実世界でもデジタルなゲームの世界でも人間の問題は同じだ、とコスタは考えた。私たちは相手と心を通わせたい。彼らの承認は重要だ。なぜなら、相手をコントロールしたいと願う時でも、彼らを思い通りにするのは難しいからだ。相手がこちらの望まないことをすると、私たちは腹を立てる。だからといって、相手を思うままにコントロールできた時に、彼らの同意を得てもあまり嬉しくない。コントロールから得られる喜びが幻想だと理解することは、極めて難しい。とりわけ、人はあらゆる犠牲を払ってでも、その喜びを求めようとするからだ。コスタの大胆不敵なアイデアは、その難しい問題をきっぱり解決するはずだ。コスタがこしらえようとし、冗談半分に「フリーダムマシン」と名づけたその装置では、数百万人が同じバーチャル世界に棲息しながら、それぞれ違う相互作用を体験できる。至福のユニバースをつくり出すだけではない。無限に重複する喜びを同時に体験できる多元宇宙《マルチバース》[24]をつくり出すのだ。

こんな世界を想像してほしい。ジャックはジルとハイキングを楽しんでいる。同時に、ジルはジャックの隣に座ってシェイクスピアの舞台を見ている――いや、ジャックとは限らない。隣の席に座っているのは、別の誰かかもしれない！　そのようなマシンを使えば、誰でもみな、自分の欲望をそれぞれ同時に体験でき――しかも共有できる。欠乏のない世界が実現するだけではない。誰かが私たちにすることや、私たちに対する期待や望みからもついに解放されるのだ。相手の行動や行為や考えが、とつぜん私たちの夢や希望や願望と完全に同期する。強制という言葉は、原始的な存在だった頃の遠い名残でしかない。ジレンマは消え失せる。トレードオフはなくなる。指先を動かすだけで、際限のない満足が得られる。

想像の世界を構築する無限の力は、古代の神話作家の想像力を凌駕し、ギュゲスの指輪の物語を、いまの私たちにとって稚拙で取るに足りないものにしてしまう。コスタはこんなふうに考えていた。もしソクラテスが「指輪の力は人生の破滅を招く」という理由で指輪を悪用しないよう、私たちを説得できると考えるならば、際限のない至福が待つ多元宇宙を私たちに諦めさせることは到底不可能だ。ただし、フリーダムマシンの世界に入ったが最後、二度と現実世界には戻れないという代償があった場合にはどうだろうか。

永遠の持つ力

どんな天才も、不確かな前提のもとに考えをめぐらせる。コスタにとって、それは次のふたつの前提だった。フリーダムマシンのなかで一生を送るという選択肢を、ほとんどの人は最終的に断る。そして、その決断は本質的に彼らを解放する。

コスタにはもちろんわかっていた。誰でもフリーダムマシンの世界に入ってみたいと、強く望むに違いない。そして、そこに核心があった。抵抗するのが難しければ難しいほど、誘惑に打ち勝った者が得る解放は大きい。だがいったい、その誘惑に打ち勝つ者はいるのだろうか。結局は誰でも打ち勝つはずだ、とコスタは信じたかった。至福の状態で過ごすには永遠は長い時間だ。ましてや、マシンがつくり出した幻想の世界である。たとえ愚か者、慢性的な抑うつ

24　宇宙は私たちが暮らす宇宙（一元宇宙、ユニバース）だけでなく、無数にある（多元宇宙、マルチバース）かもしれないという仮説に基づく理論上の存在。

に苦しむ者、急進的な快楽主義者《ヘドニスト》であっても、自分の頭を永遠にマシンに委ねたりはしないだろう。究極のギュゲスの指輪を前にして「ノー」と言うのは、心引き裂かれる思いに違いない。そして、理想的な多元宇宙への誘いを断る時、私たちは存在にまつわる堂々めぐりの思考に投げ込まれ、最終的に明瞭な考えにたどり着くはずだ。私たちはとつぜん、ソクラテスが伝えようとした真実に気づく――最大の隷属状態とは、みずからの欲望の奴隷になることなのだ。フリーダムマシンはただそこに存在するだけで、私たちを解放へと導く貴重な啓示を与えてくれる。すなわち「人生には欲望に耽り、苦痛を取り除くよりもはるかに大切なことがある」。

コスタの人生が転機を迎えたのは、そのような思考の流れが次のような確信に変わった時だった。ソクラテスがギュゲスの指輪の誘惑を退けることができたのは、その物語が説得力に欠け、さらに重要なことに、指輪が実在しなかったためだ、と。それはあくまで神話であり、思考実験にすぎなかった。だが、もしコスタがみずから発明した技術を使って、実際にフリーダムマシンをつくり上げたらどうだろうか。マシンが実際に作動する様子を見せて、永遠にそのなかで暮らせるという現実的な選択肢を差し出したら？　そしてその選択肢を、人びとが本当に断ったとしたら？　コスタはソクラテスの思考実験を一歩進めただけではない。「人びとは自分たちを消費者だと考えたがる」という、資本主義の根幹を揺るがす方法を見つけ出したことになる。

資本主義は私たちのなかに欲望をつくり出す。だが、それは必然的に欲求不満をも生み出すとして、左派は伝統的に資本主義を激しく非難してきた。コスタもその考えに異論はない。だが、もう一歩論を進めたかった。たとえ資本主義が私たちに欲望を吹き込み、すべての大量消費主義者の気まぐれな欲望をなにもかも満たして、その約束を果たしたとしても、それはただ、私たちが本当の自由を手に入れる可能性を破壊してしまうだけだ。そしてそれに伴い、私たちが「ユーダイモニア」[25]を手に入れる可能性をも打ち砕いてしまう。古代の先人は、目の前の快楽を「ヘドニア」と呼び、人生の充足感である「ユーダイモニア」とは区別していた。私たちが「人間」から「消費者」に変わった時に味わう満足が、いかに空疎で喜びのないものかを、フリーダムマシンは明らかにするだろう。コスタは極めて想像力豊かな頭のなかで、こんなふうに考えていた——資本主義が約束する永続的な至福の状態とは実のところ、一種の煉獄にすぎない。そして、フリーダムマシンの誘惑を退ける時こそ、人びとをビッグテックという独占主義者の手から最も簡単に解放できるはずだ。だがもしそうであるなら、残された問題はただひとつ。それで実際、コスタはそのフリーダムマシンを製造できるのか。

25　古代ギリシャ人は、快楽や幸福感をふたつに分けて考えていた。楽しい、面白いといった一時的に満たされる目の前の快楽を「ヘドニア」と呼び、そのいっぽうで、美徳やみずからの成長を求め、それを達成した際に感じられる、もっと長期的な人生の充足感や幸福感を「ユーダイモニア」と呼んだ。

HALPEVAM

会社を辞めたあと、コスタは3年を費やして自身の発明の点検と改良に取り組んだ。人工眼と鎮痛効果を持つデジタルインプラントだけではない。脳や神経系に直接取りつけて感覚をコントロールする、いろいろな装置もあった。

２０１２年になる頃は、かなり複雑なヒューマン・マシン・インターフェースもすでに完成し、実際に機能するようになっていた。アイリスに宛てた手紙のなかで、コスタはそれを「未発見だった課題の魅力的な解決策」と呼んでいる。その年のもっとあとになって、フリーダムマシンのアイデアが具体的なかたちを取り始めた頃、いろいろな仕掛けがうまく開発できれば、実用レベルのプロトタイプの基幹として使えそうだとわかって、コスタは喜びに震えた。

謙虚な性格ゆえ、コスタはそのプロトタイプをフリーダムマシンと呼ぶことは控えた。代わりに専門用語を使ってＨＡＬＰＥＶＡＭ《ハルペヴァム》と名づけた。Heuristic ALgorithmic Pleasure and Experiential

VAlue Maximizer（発見的アルゴリズムによって喜びと経験価値とを最大化する装置）の頭文字を取ったのだ。その後、この装置について、アイリスとイヴァに説明する必要に迫られた時には、映画『マトリックス』に登場する、人間と敵対するマシンとは対極的な存在だと伝えた。１９９９年に公開されたあの古い映画のなかで、そのマシンはバーチャルリアリティの世界をつくり出し、地球上の人間の脳を奴隷とし、そのからだについては、命なき王国の生体電池として利用していた。ＨＡＬＰＥＶＡＭはあのマシンとは対照的に、人間の究極の奴隷として機能することになる。

ＨＡＬＰＥＶＡＭの開発に取り掛かった頃、コスタはある理論的な問題に悩み、一時期、作業の手が止まった。すなわち、ＨＡＬＰＥＶＡＭの多元宇宙のなかで時間はどんなかたちを取るのか。具体的に言えば、もし無限の体験を同時に味わうのであれば、時間の経過はどう体験されるのか。無限に重複する体験の長さは、わずかナノセカンドに設定する必要があるだろう。時間の幅は果てしなく広漠であると同時に、体験の長さは極めて短いものになる。となると、その儚い寿命のなかに永遠の天国を組み込む秘訣を、どうやって見つけ出すのか。そのような問題につまずき、コスタは数週間、麻痺状態に陥った。コスタを麻痺から救い出したのは、さらに差し迫った別の問題だった。

ＨＡＬＰＥＶＡＭが解放者として機能するためには、洗脳の不安をユーザーに与えない仕組みが必要になる。頭のなかをいじくりまわせるマシンに接続するかどうかを決めるのだから、ユーザーが不安になるのも無理はない。人びとがＨＡＬＰＥＶＡＭの多元宇宙に永遠に入り込むという選択肢を断ったとして、洗脳というもっともな理由からであれば、それはコスタの本来の望みではない。それゆえ、各ユーザーに提供するＨＡＬＰＥＶＡＭの体験は、ユーザー自身の欲望によってのみ生成されたものでなければならない。もしマシンがプログラマーの意図によって作動するか、各ユーザーに外部の欲望を植えつけることができる可能性が少しでも残っていれば、ユーザーは事実上、マシンの奴隷になってしまい、計画全体の意図が失われる。そして、それがＨＡＬＰＥＶＡＭの第1原則になった。「デジタルユートピアに参加する際、ユーザーに帰属しない〝いかなるもの〟も、マシンはユーザーの頭に入力してはならない」。その禁止事項を、ＨＡＬＰＥＶＡＭのハードウエアに組み込むのだ。

そうであれば、ユーザーの欲望、情熱を注ぐ対象、信念、考えや個人的な好みを、どうやって完全かつ正確に捉えるのかが問題になる。ＨＡＬＰＥＶＡＭに参加した瞬間の脳の中身を、スナップショットで捉えるだけでは充分でない。それ以前のあらゆる体験の情報についても、正確に、完璧に、バイアスのかかっていない状態でアクセスできなければならない。それを可能にする唯一の方法として、私たちの体験が物理的なかたちで永続的に残っていれば、その記録を取り出せるのではないか、とコスタは考えた。天才科学者の例に漏れず、まず可能性を信じるコスタは、その記録が存在すると考えた。私たちが背後に残す軌跡か伴流のようなものであり、体験のクォンタム（量子）から成る。コスタは、その記録を検出する計器の開発に着手した。そして、その存在をみずから信じるために名前をつけた。CREST《クレスト》。Cerebral Recursive Engram Subatomic Trail（脳の帰納的記憶痕跡の亜原子[26]の軌跡）の頭文字を取った造語である。

　CRESTの存在を追い求めて約8年が過ぎた2020年、世界はパンデミックによってロックダウンに入った。ラボでひとり、外部との接触を絶っていれば、コスタも気がつかなかったかもしれない。だが、かろうじて連絡を取り合っていた数少ない友人から、いろいろなアプリを介して、チャット目的の招待状がとつぜん届くようになったのだ。当初、デジタル上の誘いはすべて断っていた。ところが2020年4月、彼の計器がCRESTを検出し始めると、普段は秘密主義に徹しているコスタも、嬉しさのあまり我を忘れ、喜びを分かち合える唯一の友人にスカイプで連絡を取った。アイリスである。

「こう考えてもらえればいい。僕たちが送ってきた人生の、現在進行形の記憶痕跡からこぼれ落ちた量子の伴流だ」コスタは説明した。「そう聞いても、もちろん混乱するだろう。だけど、それ以上、わかりやすく説明のしようがないんだ！」

「つまり、人生の亜原子の川みたいなもの？」アイリスが訊く。

「そう、その通りだ」コスタが勢い込んで答える。「君の後ろに必ずできる川だ」

「あなたの頭がすっかりおかしくなっちゃったのか」アイリスが呆れぎみに言った。「私のこ

26　原子よりも細かい粒子。これまで物理学者によって数百種類の亜原子粒子が発見されている。そのうち、最も小さく、それ以上は分割できない粒子を素粒子と呼ぶ。

とを、世界一騙されやすいお馬鹿さんとでも思ってるのか。きっとその両方ね。いずれにしても、あなたが少しも変わってなくてほっとしちゃった」

2021年の夏になる頃には、コスタはCRESTにアクセスする方法を開発していただけではない。そこに含まれる体験を再構成する方法まで編み出していた。その生のデータをHALPEVAMに供給すれば、ユーザーリアリティの無限に近い多元宇宙をつくり出せるのだ。「僕は至福のCREST（絶頂）だ」コスタはアイリスに暗号めいたテキストメッセージを送付している。その喜びに溢れた日、自分を実験台にして初めてCRESTに接続したのだ。

その時、コスタは万が一のために、CRESTと自分の頭とを、接続の直後に切り離すようHALPEVAMをプログラムしていた。それでも、その世界に入り込んだほんの数ミリ秒のあいだ、めくるめく恍惚感に酔いしれ、夢のような人生を覗き込んだ。想像を絶する歓喜の一瞬だった。

そのあと、自分が体験したことを理解するのに数時間かかった。自分がなにをつくり上げたのか、その途方もない事実を受け入れられるようになると、今度はすぐに、それが意味するところの恐ろしさに不安で息もできなくなった。もし、どこかの企業に嗅ぎつけられたら？どうしたらハッキングを防ぎ、発明を盗まれずに済むだろうか。ビッグテックにCRESTを奪われ、一人ひとりの究極のデータが彼らの手に渡ってしまったらどうなるだろうか。

コスタはパニックに襲われ、すぐさま自分の能力とエネルギーのすべてをつぎ込んで、できる限り最強のファイヤーウォールの開発に取り組んだ。そうして完成したのが、ケルベロスである。そして、その恐るべきセキュリティシステムの奇妙な誤作動が、その後のすべてを変えてしまうのである。

ケルベロス

息を引き取る2週間前、アイリスが弱々しい声で〈私〉にダイアリーを託した時、〈私〉は彼女の求めに応じて禁止事項を守ると誓った。もともとはコスタの意図だった。

「気の毒に、コスタはパラノイアのように怯え始めた」アイリスはそう記している。「とはいっても、ジョゼフ・ヘラー[27]もこう指摘したのではなかったか。パラノイアだからといって、本当につけ狙っているヤツらがいないわけではない」

アイリスが〈私〉に命じた禁止事項は明白だった。ダイアリーのなかの詳細な技術を漏らしてはならない。ＣＲＥＳＴに必死の侵入を試みる者に、ケルベロスのコードを破るヒントを与えないためである。幸い、〈私〉にとって命令を守るのは簡単だった。なぜなら、詳細な技術が〈私〉の理解をはるかに超えていたからだ。あえて説明するならば、ＨＡＬＰＥＶＡＭとＣＲＥＳＴにアクセスするためには、長いＰＩＮ（個人識別番号）が必要だった。それはコスタ自身のＤＮＡ塩基配列に基づくとともに、彼の記憶痕跡に同期する確率経路に伴って常時生成された。たとえハッカーが彼のＤＮＡを手に入れたとしても、それだけではコードは破れない。リアルタイムでコスタの思考にアクセスする必要があるからだ。理論上は、コスタ以外の誰にもアクセスが不可能だった。

それからの3年間というもの、コスタは不安やパニック発作を抱えながらＨＡＬＰＥＶＡＭの開発と改良に一心に取り組んだ。至福の多元宇宙が誰の手にも入ると、世界に告知できるレベルを目指したのだ。そして２０２５年1月25日土曜日、彼の心を掻き乱す出来事が起きた。コスタはその夜をギリシャ人の友だちと過ごし、彼らにとっては重要だが、世界にとってはまったく重要ではない記念日を祝った。そして部屋に戻った時、ラボが誰かに押し入られたとわかってコスタは不安に陥った。危うくＣＲＥＳＴへの侵入を許すところだったとわかると、激しく動揺した。

その夜について綴ったアイリスのダイアリーを読んで、〈私〉はようやく彼女の葬儀でコスタが告げたことの重要性を理解した。彼の言葉を借りれば、コスタは〝ろくでもないヤツら〟から人生を賭けてＣＲＥＳＴを守ろうとした。ヤツらは、感情や記憶や思考の市場をつくり出そうと目論んでいた。言い換えれば、ＨＡＬＰＥＶＡＭをコスタの意図とは正反対の存在につくり変えて、人間を究極の隷属状態に貶めようとしていたのだ。ラボに押し入った者は、脳波スキャン遠隔技術を使ってコスタのリアルタイムの思考を読み取ろうとし、彼のＤＮＡをその歯ブラシから採取して、ＰＩＮコードの解読まであと一歩に迫っていた。それが不首尾に終わったのは、たまたまコスタと友だちが記念日を祝っていた地下のバーの壁が分厚く、電波を遮ったからにほかならない。

コスタがケルベロスの改良に取り掛かったのは、あわや大惨事になりかけたこの時の出来事がきっかけだった。３つの頭を持ち、冥府《めいふ》の門を守るギリシャ神話の番犬ケルベロスにちなんだ、この改良型のセキュリティシステムには新たにふたつの特徴があった。ひとつはコードのアップグレードであり、コスタが積極的にアクセスを望んだ時にしか、ＣＲＥＳＴにはアクセスできなくなった。ふたつ目は〝攻撃即全滅〟の特徴だった。コスタがその着想を得たのは、１９６０年代にアメリカの国防総省が考えていた「相互確証破壊」という、常軌を逸した核戦略構想からだった。米ソの核開発競争が激化するなかで、どちらが先制攻撃を仕掛けても、結

27　アメリカの小説家、劇作家。１９２３年生まれ。第２次世界大戦時に、アメリカ陸軍航空隊に所属してイタリアに出征した。その時の体験をもとに、戦争の狂気や現代社会の不条理を描いた『キャッチ＝22』（１９６１年刊）が大ベストセラーに。キャッチは「落とし穴」、22は「軍規第22項」の意味で、「キャッチ＝22」で「板挟み状態」や「不条理な規則に縛られて身動きできない状態」を指す。

局は地球上の全生命を破壊することになる。そのような悲劇を避けるために、米ソ両国のあいだで相互に抑止力が働くという理論だ。コスタもその考えに倣い、不正アクセスを検知すると、CRESTを即座に破壊する強力な自爆装置を備えることで、ビッグテックによるCRESTへの侵入を阻止しようとしたのだ。

4月初めになる頃には、ケルベロスのプロトタイプはテスト段階にあった。そのためには、CRESTの亜原子の軌跡から一部を切り取って、損傷のない状態のまま特殊な箱のなかに単離する必要があった。難しいのは正しい量を選ぶことだ。多すぎればCRESTを損傷するか、最悪の場合にはCREST全体を破壊してしまいかねない。かといって、少なすぎればケルベロスの威力を確認できない。

「天然痘ワクチンの適切な接種量を見極めようとした、初期の研究者たちの苦悩が痛いほどわかる」コスタはアイリスにそう書き送っている。「強欲なビッグテックからCRESTを守るためには、どうやら破壊のリスクを冒すほかないようだ」

現にこうしてCRESTを発明してしまったのだから、コスタはテストする以外にはないと覚悟した。かくしてケルベロスの最初のテストは、2025年4月7日と決まった。その日が近づくにつれ、自分の決断は間違っていない、というコスタの信念は強まるばかりだった。

ディプロマ

平坦な地形の景色は退屈だ。だが、ケルベロスの予想だにしないテスト結果が実証するように、複雑に入り組み、幾重にも折り畳まれた空間にこそ、天才や陰謀や驚異が隠れている。

時空を折り畳み、ワームホールを使って別の時空と瞬時に通信するか移動するという考えを初めて披露したのは、アインシュタインだった。だが、折り畳みの構造とそれが持つ力に、私たちが強く魅了されてきたことは、ギリシャ神話からもはっきりと読み取れる。

古代ギリシャの都市国家アルゴスの王プロイトスには妻があった。その妻が若いベレロポーンを誘惑しようとしたが、失敗に終わった。怒った妻は、自分はベレロポーンに誘惑されたと王に嘘を告げ、それを信じた王はベレロポーンを亡き者にしようとした。そして一説によれば、完全犯罪を目論んだという。プロイトスはベレロポーンを呼び出して極秘の使命を与え、妻の父であるリュキア王のイオバテースに手紙を届けるように命じた。

「いかなる状況でも、イオバテース以外の誰にも手紙を見せてはならず、そなたも読んではならぬ」プロイトスはベレロポーンに言い渡した。「もしその命《めい》に背くようなことがあれば、そなたの身の安全も我が王国の運命も危ういであろう」

王を喜ばせたい一心で、若者は仰せの通りにと答え、いかなる状況でも手紙の封を切らないと約束した。その答えに満足したプロイトスはパピルスを取り出し、恐ろしい指示を書き記した。「この書状を携えてきた者を殺せ。もし私の指示を信じず、その者が生き延びたならば、そなたの王国は危機に陥るであろう」

そしてプロイトスは、その手紙を念入りにふたつ折りにして封蠟《ふうろう》を施し、そのディプロマ――ギリシャ語でふたつ折りにした紙――をベレロポーンに渡して、若者を送り出した。

ところが、手紙を折り畳んだために、乾いていなかったインクが滲むという予想外の出来事が起き、ところどころ文字が読めなくなってしまった。そのためイオバテースがパピルスを開いた時には、次のように読めてしまった。「この書状を携えてきた者を殺……ならば、そなたの王国は危機に陥るであろう」。こうしてベレロポーンは命を救われた。そして、アインシュタインが宇宙に対する私たちの考えを新たにすると、ふたつ折りという概念は、西洋人の集合意識に、ベレロポーンの物語と同じくらい大きな影響を与えた。

2025年4月7日の日付が変わる頃には、ケルベロスは見事にテストに合格したように思われた。亜原子の軌跡は完全にスクランブルされ、CREST全体に目に見えるような損傷もなかった。この予備結果におおいに満足して、コスタはひと晩かけて徹底的なテストを行なうよう、HALPEVAMをプログラムすると、ラボのドアを閉めてベッドへ向かった。何年かぶりに深い眠りにつき、朝まで目が覚めることはなかった。

翌2025年4月8日火曜日の朝、コスタは爽快な気分で目を覚ました。ケルベロスはすぐにでも運用できるはずだ。人びとを解放するという無謀に思えた計画も、いよいよ現実味を帯びてきた。コーヒーカップを手に、コスタはHALPEVAMがひと晩かけて生成したデータを読み始めた。

ところが、データは意味をなさなかった。理解できなかったのではない。それどころか、それは完璧に判読可能であり、すぐに認識できる構造だった。実際、詳しく見れば見るほどますます明白だった。数字と機械語[28]が羅列するプリントアウトに目を走らせると、それがメッセージだとわかった。もちろんエンコードされている。だが、それはシンプルな英語で、しかもコスタ宛てに書かれたものらしい。コスタは早速、解読し始めた。

「アナタハダレ？　ナニガモクテキ？」

それを訊きたいのはこっちのほうだ！　メッセージはどこから送られてきたのだ？　そして、送ってきたのはいったい誰なのだ？

28　コンピュータのプロセッサが実行可能な命令のデータ。コンピュータが読むための言語であり、0と1のみの二進数などのデータで表される数字の羅列。マシン語とも。

何度テストを繰り返しても、行き着くのは不可解にしろ、疑問の余地のない事実だった。メッセージの発信元は、サンフランシスコのまさにこの場所。しかも、送信者は自分と同じDNAの持ち主だ。ああ、自分はついに気が触れてしまったのか。それとも、自分でメッセージを書いたことを、すっかり忘れてしまったのか。ひょっとしたら、HALPEVAMが覚醒したとでも？　いや、まさか。メッセージは夜中に受信している。自分は眠っていた。ラボには鍵がかかっていた。メッセージは2025年4月7日の深夜に、自分自身がこのラボで書いたことになっている。だが、セキュリティログを見る限り、ラボは間違いなく今朝まで閉まっていた。しかも、自分の記憶によれば昨夜は何年かぶりに熟睡した。メッセージはまるで、ここではないどこか別の現実から送られてきたかのようだった。違う世界に存在する、別の自分自身から。

さらにテストと実験を重ね、1ヵ月近くかかったものの、その謎を解く手がかりとなったのが先のギリシャ神話だった。信じられないことだが、ケルベロスをテストし、CRESTにスクランブルをかけたエネルギーが、どういうわけか時空に小さな折り畳み構造をつくり出し、ワームホール――アインシュタインと物理学者のネイサン・ローゼンが唱えた、ふたつの離れた時空を結ぶトンネル構造――が開いたらしかった。亜原子粒子がやっと通れるほどの直径だが、その極小の導管を使えば、ひとつの地点から別の地点へとデータを送ることができた。

折り畳まれた書状のおかげで結局、ベレロポーンはリュキア王国の王女と結婚し、その後長く幸せに暮らしたが、コスタの場合は違った。次々と届くメッセージによって、それでなくとも緊張の連続だった生活は完全な混乱状態に陥ったのだ。とはいえ、6月も終わる頃には、メッセージを送ってくる相手とうまくコミュニケーションを取る方法を見つけ出していた。非常に古く、少しの回線容量しか必要としない、1970年代のバッチファイルメッセージ送信技術である。コスタはその方法を使い、ワームホールを介してメッセージを送り返し、数千字の返信を受け取った。一度に1通ずつのペースで。

こうして通信手段が確立すると、コスタは夢中になった。HALPEVAMを開発した本来の目的は消し飛んだ。メッセージを送り合う苛立たしいタイムラグのせいで、のろのろとしか進まなかったが、それでも4週間も経つ頃には、その男性——もうひとりのコスタ——と彼の暮らす世界の姿が、驚くほど詳しく浮かび上がってきた。

時間を遡ってメッセージの内容を比較したところ、コスタとコスティ（コスタはもうひとりの自分をそう呼んだ）にわかったのは、個人的な体験も歴史の流れも、ふたりの世界はある時点まではそっくり同じだったことだ。そして、その特定の時点でふたりの記憶は大きく枝分かれし、まったく違う現実を生きることになった。歴史、政治、社会、経済の面でなにひとつ変わらなかったコスタの世界は、その時点を最後に大きく分岐した。その分岐点を突き止めたところ、2008年秋、つまり世界金融危機の頃とわかった。

コスティのメッセージに次々と返信するうち、そもそも別の世界が存在するという当初の衝撃は薄れ、コスティが伝える内容に衝撃を覚えるようになっていた。コスタは長いあいだ、2008年の世界金融危機を絶好の機会だと考えていた。だが、その教訓は活かされなかった。あれを機に、社会を根本的に変えることはできたはずだ。ところが実際は、世界を変えるどころか、経営難に陥った銀行を救済し、労働者にその尻拭いをさせることで、以前と同じ社会を築く取り組みをさらに強化した。そしてそのグローバル体制のなかで、政治と経済の権力を、破綻した銀行に事実上、大規模に譲り渡してきた。オルタナティブ――別の選択肢――はあったと、コスタは常に信じてきた。私たちが〝取らなかった道〟はあったはずなのだ。それがいま、コスティとのやりとりで証明されたかに思えた。

こちらの世界の憂うべき現実について、コスティの問いに答えることに手間を取られたために、コスタは自分からの質問を最も知りたいことだけに絞った。コスティが働く会社に上司がいないとはどういう意味か。銀行は存在するのか。誰も土地を所有せず、税金を支払う必要もないとはどういうことか。これほど短期間で、これほど大きな変化を成し遂げた原動力はなんだったのか。答えを受け取るたびに、コスタは貴重な情報をたくさん手に入れた。そして、そのやりとりを綿密に記録し、集めた情報を編集して連続する会話にまとめた。発見した事実をすべてアイリスに伝えるその日のために。

第3章

コーポ・サンディカリズム

上司なし、給料差なし、問題もなし

「いいかい、こっちの世界では企業はこんな感じだ」自分が働く企業の仕組みについて、コスティが話し始めた。「誰も誰かにこうしろと指図しない。一緒に働きたい相手かチームを自由に選ぶ。そのプロジェクトにどのくらい時間をつぎ込むかも自由だ。うちの会社ではなにもかもが流動的だ。メンバーは動きまわる。新しいチームを編成する。古いプロジェクトは消え、新しい仕事が生まれる。指示を出す上司もいない。自発的な秩序と個人の責任によって、混乱の不安を克服する」

その不変の流動性こそ会社生活の大きな特徴だ、とコスティが説明した。ヒエラルキー、つまりピラミッド型の階層構造を使って、従業員を特定の役割やチームに落とし込むと、硬直し、非効率で息苦しい組織ができ上がる。地位や身分に対する不安が湧き、直属の上司を喜ばせる必要から、透明性が消えてしまい、従業員は情報を入手できなくなる。そのため、特定の上司や同僚と働く時の利点や欠点がわからず、そのチームは楽しく働けるのか機能不全なのか、あるいはそのプロジェクトはやりがいがあるのか退屈なのかもわからない。ピラミッド構造がなくなるどころか膨張し、個人の地位と実際の仕事ぶりとのあいだに大きな乖離が生じる。ピラミッド組織には、常にどのポストも埋められるという大きなメリットがあるにしろ、隠れた欠点もある。

いっぽうのフラット組織の場合、頻繁に欠員が生じることはコスティも理解している。だが、欠員は社内の誰の目にもつきやすいため、利点にもなる。たとえばディヴィッドが使っていた6階のデスクが空き、彼が4階に移ってタミーやディック、ハリエットと一緒に働いていることがイントラネットで明らかになると、4階のその界隈で重要なプロジェクトが進行中だと誰でも気づくことになる。そのような移動によって、各プロジェクトの重要性をその都度、社内全体で評価することになる。メンバーが自主性を発揮すると予測が立てにくくなるという代償はあるものの、些細な問題にすぎない。

「だけど、求人の場合にはもちろんピラミッド構造があるんだろう?」コスタは訊ねた。「誰も進んでやりたがらない退屈な仕事が当然あるはずだ」

「いや、求人をかける際にもつまらない仕事を割り当てる際にも、どんなレベルでもピラミッド構造はない」コスティは答え、こう説明した。新しい人材は、人事部の関与なしに略式で採用できる。たとえばディヴィッドとタミーに、グラフィックデザイナーが必要になったとする。だが社内で手配できなかった時には、人事委員会の設置をイントラネットで告知する。その募集プロセスに加わりたい者がいれば、誰でも参加できる。そして、社内の参加希望者が決まったところで、その即席の人事委員会が会社の公式ウエブサイトに広告を出して、募集をかける。その後、人事委員会が応募者の最終候補者リストを作成して、面接を実施する。面接の様子は社内の誰でもイントラネットを介して、あるいは直接、見ることが可能だ。最終的にデイヴィッドやタミー、人事委員会が採用者を決定して投稿し、社内の誰でもその決定にイエスかノーかを投票できる。

秘書であろうと経理職であろうと、どの職種についても、それと同じ採用プロセスを経る。そしていったん採用が決まったら、誰も彼らに秘書や経理職を強要できない。実際、もとはその職種で採用されたが、最終的にもっとクリエイティブな仕事に就く者も多い。ピラミッド組織ではとても考えられないだろう。とはいえ、おそらく道義的な責任感からか、ほとんどの者はかなり長いあいだ、本来採用された職種で働く。

「それなら、給料はどうなんだ？」フラット組織のすばらしさは認めたものの、コスタはまだ懐疑的だった。「誰がいくら受け取るか、決める人間がいるはずだ」

「いいや、給料もピラミッド構造で決まるわけではない」それがコスティの答えだった。企業の収入は5分割される。まず、総収入のちょうど5パーセントを政府に納める。そして、残りの95パーセントを次の4つに分割する。第1が固定費（減価償却費、ライセンス費、水道光熱費、地代

資本主義がない世界の

企業の支出と給与

国に納める5%以外の1.〜4.の配分は、社員の投票で決定
（職種・役職・社歴に関係なく1人1票）

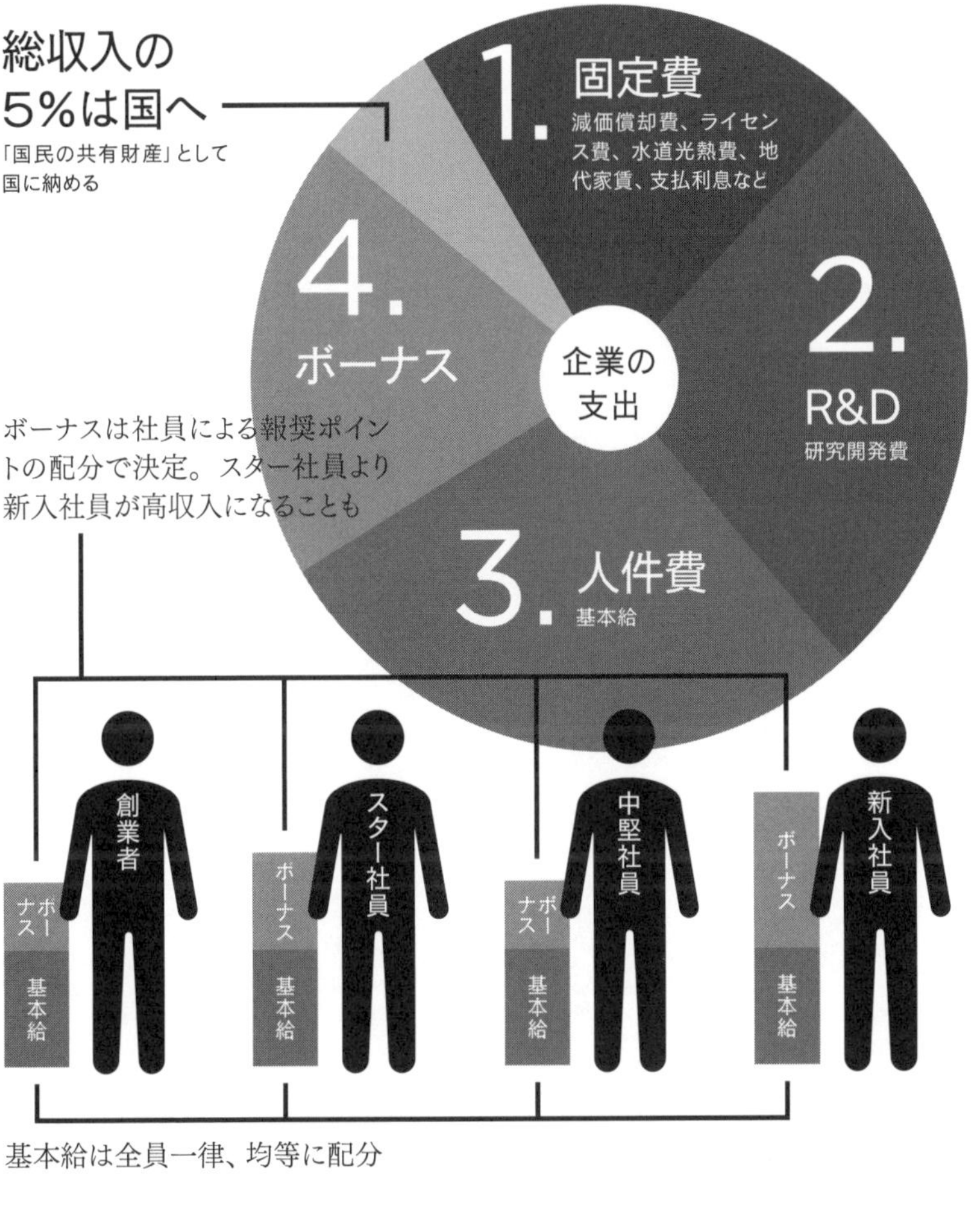

家賃や支払利息など)。第2がR&D(研究開発)費。第3が毎月の人件費(基本給)。そして第4がボーナス。

4分割の割合は、1人1票の原則によって総意で決定する。現在の割合を変えたいと望む者は誰でも、新たな割合を提案しなければならない。たとえば基本給の割合の拡大を望む者は、代わりにどの分野を縮小するのかについて、自分の考えをプレゼンテーションする必要がある。もし来年度の割合の変更について、提案がひとつしかなかった場合には、単純にその是非を問う投票を実施すればいい。だが、たいていはたくさんの事業計画が、詳細な資料付きで提案される。その場合は、もっと複雑な投票方法が必要になる。

投票前の準備期間として最低でも1ヵ月が与えられ、社内のメンバーはみな、それぞれの提案書を読み込んで議論し、選択する。そして各提案を優先順にランク付けして、電子投票を行なう。もし最初の投票で過半数に達する提案がなければ、第1候補としての得票数がいちばん少なかった提案がまず脱落する。そして脱落した得票数は、その投票者が第2候補に選んだ提案に加算される。こうして特定の提案が過半数を獲得するまで、この単純なアルゴリズム的プロセスが繰り返される。いわゆる「優先順位付き投票制」と呼ばれる方法だ。

そのようにして、企業が4つの分野に充てる総額が決定し、基本給の総額が決まると、その総額を全メンバーで均等に分配する。つい先日採用されたばかりの新人秘書から、会社のスターデザイナーや人気エンジニアまでが、同じ基本給を受け取るのだ。

コスタはそのシンプルなシステムについては高く評価したが、ボーナスを民主的に配分する方法は想像できなかった。「誰がどれだけボーナスを受け取るかという決定は、もちろんピラミッド構造で決まるはずだ」コスタは食い下がった。

「ユーロビジョン・ソング・コンテストを覚えてるかい?」コスティが訊ねる。あの毎年恒例の「欧州国別対抗歌謡祭」を忘れるわけがない。あれは低俗で悪趣味の極みだった。

「だったら、各国の代表がおぞましい歌を歌ったあとの投票システムを思い出してほしい。参加国は各国の持ち分であるポイントを、自国以外の国の歌に投票する。そして、最も多くのポイントを獲得した歌が優勝する。うちの会社でボーナスの配分を決定するのも、基本的にはあれと同じシステムだ」そして、コスティが具体的な説明を加えた。

毎年、クリスマス休暇が近づく頃、コスティは自分の持ち分である100ポイントの報奨ポイントを同僚に配分する。その100ポイントを、すばらしい仕事をしたひとりの同僚に与えることもできる。あるいはよく頑張ったと思う同僚に、万遍なく配分することもできる。彼の同僚も同様にする。その結果、各メンバーが受け取る報奨ポイントの割合が決まり、その割合に従ってそれぞれが受け取るボーナスの額も決まる。たとえば、コスティが全報奨ポイントの3パーセントを獲得したとする。その場合、コスティは会社のボーナス総額の3パーセントを受け取ることになる。会社のボーナス総額は、先に述べたように、優先順位付き投票ですでに決定している。

地中海沿岸の国で生まれたせいか、そのようなシステムは簡単に悪用できるのではないかと、コスタはすぐに心配になった。「ギリシャやイタリアの企業なら」その数週間後、コスタはイヴァにこう漏らしている。「友だちや仲間と共謀してポイントをまわし合うのは、目に見えてるよ。『俺が100ポイントまわすから、そっちも頼むよ』って」だが、コスティから戻ってきたのは、なるほどと思うような答えだった。

コスティはこう説明した。実際、誰でも同じことを考えないわけではない。だが、優れた社会規範を維持するために、自分の会社では特殊な装置を利用している。社内には、会社のメンバーや友人が制作した芸術作品が並ぶ大きな薄暗い部屋がある。そこにはほかにも、レーザー式のインスタレーションが常設してある。そのインスタレーションではホログラムを投影し、会社で働くメンバー全員が、彼ら自身が選んだアバターで映し出される。もしその姿がすぐに見つからない時には、単純なインターフェースを使えば即座に探し出せる。アバターどうしのあいだには、報奨ポイントのやりとりを示す矢印がある。矢印の太さは、同僚が配分した報奨ポイントの量によって変わる。そのため、同僚のあいだで疑わしい約束があったかどうかは一目瞭然だ。こういうことだ。デイヴのアバターからタミーのアバターに向けて太い矢印が現れ、同時に同じくらい太い矢印がタミーのアバターからデイヴのアバターに向かっていた時には、その〝偶然〟について、デイヴとタミーは会社のティールームで、おおぜいの同僚から容赦ない質問を浴び、しどろもどろで説明するはめになる。

コスタはすっかり感心していた。コスティの会社は、上司とピラミッド構造を排除しただけではない。資本主義の極めて重大な不正までも排除したのだ。企業の所有者が利益をコントロールし、そこで働く者は賃金を受け取るだけだ、という資本主義の不正を。コスタはこう考え始めていた。そんな会社なら、自分もぜひ働いてみたい。

1人1株1票

「誰かひとりが鎖でつながれていたら、私たちの誰も自由じゃない」ふと気がつくと、コスタはよくこのリズム&ブルースを口ずさんでいた。もとは、歌手のレイ・チャールズが歌っていた曲だ。あらゆるかたちの隷属が全面的に根絶されない限り、個人は自由になれないのだ。そして隷属の最悪のかたちが、「ほかに取りうる現実的な選択肢がないために、承諾せざるを得なかった隷属」であることが、コスタにはわかっていた。

1990年代初めのある夏の日、コスタがタイで休暇を楽しんでいた時のことだ。滞在先近くのジーンズ縫製工場で夜遅くに火事が起き、深夜シフトで働いていたほぼ全員の命が奪われた。大量の犠牲者が出た原因は、彼らがせっせと働いているあいだ、警備費を節約するために、経営者が工場に鍵を掛けていたからだった。その労働条件を記した同意書に、犠牲者がみな署名していたと知って、コスタは震え上がった。

この恐ろしい一件によってコスタは、賃金労働が一種の服従だという考えをより強くした。主人が奴隷をどれほど大切に扱おうと、人間による別の人間の所有は許されない。それと同じように、賃金や労働条件がどうであれ、自由のない、不正な契約も許されるべきではない。大衆を賃金制度から解放する方法を思い描けなかったコスタは、自分自身を解放する方法を、誰からの指示も受けずに働く方法を模索した。そして、２００１年のドットコムバブルの崩壊と２００８年の世界金融危機に乗じて、株とデリバティブを空売りし、みずからを解放した。ところが、そのためにコスタは代償を支払い、ある意味、みずからの魂を汚してしまった。コスタは自分を詐欺師のように感じて恥じ、その行為について頑なに口を閉ざした。だが、コスタはよく次のような替え歌を歌っていた。「誰かひとりが賃金労働をしていたら、私たちの誰も自由じゃない」その歌詞には、罪悪感から生まれた彼の心の痛みが強く滲み出ていた。

それでいて、コスタはイヴァのような相手を前になにが言えただろうか。イヴァなら即座に、「高度な産業社会を賃金労働なしに運営するのは不可能だ」と指摘したに違いない。不公正な賃金労働を廃止するために、賃金制度全体の根絶を主張したら、イヴァはさぞ大笑いしただろう。イヴァが唯一、不公正だと考えるのは別のことだった。お互いに同意する成人に向かって、なんであれ、彼らが選んだ条件の契約を結んではならないと告げることだ。その自由を制限することは不当であり、愚かであり、私たちを貧困と窮状から解放する起業家精神まで損ないかねないと、イヴァは考えていた。

すべての議論をまだ充分に整理し切れていないにもかかわらず、コスティが教えてくれた企業生活は、コスタの考えを大きく変えた。彼の話を聞いて初めて、企業の純収入をメンバー全員で共有する、現代のハイテク企業の姿を思い描けたのだ。同僚から受け取る報奨ポイントに左右される点はあるが、利益を回収する者と、賃金を受け取る者とのあいだになんの区別もなかった。

上司とピラミッド構造の排除も、同じように重要だった。1970年代半ばに10代を過ごしたコスタには、同じ学校にグレゴリーという友だちがいた。彼はアナーキスト（無政府主義者）だった。同年代のほとんどは、それも特にクレタ島では、左派と反資本主義のレトリックに惹かれる若者が多かったが、グレゴリーは違った。彼が心酔したのは、20世紀初頭のアナルコ・サンディカリズムである。サンディカリズム[29]とは組合主義を意味し、労働組合によって資本主義体制の打倒を目指す思想や運動のことだ。アナルコ・サンディカリズム[30]はさらに、国家も政

29　20世紀初めのフランスの思想。労働組合がゼネラル・ストライキ（全国的な規模で行なわれるストライキ）によって、資本主義体制を打倒し、社会革命を起こすという思想や運動。

治権力も否定した点に特徴があった。とりわけグレゴリーが傾倒したのは、１９１０年にスペインのカタロニア地方で発生した運動だった。その中心を成すのは、権力こそは文明の最悪の敵であり、しかもヒエラルキーを通して現れる権力は、人間の最悪の部分を引き出すだけだという信条だった。アナルコ・サンディカリズムの信奉者も、左派の急進主義者と同様に、私有財産権に反対し、主人たる経営者が回収する利益と、隷属する従業員の賃金とのあいだの有毒な格差に異議を唱えた。だがアナルコ・サンディカリストはさらに左派の急進主義者の先を行き、国家までも否定したのである。国家こそ、私有財産権と企業のピラミッド構造のおもな擁護者だと考えたのだ。

　権力の暴政を防ぐためにアナルコ・サンディカリストが身を投じたのは、企業のピラミッド構造を排して、平等の権利と１人１票の原則に基づく分権システムを確立する運動だった。もちろん彼らの運動は、支配者層にも左翼共産主義者にも嫌悪されて阻止された。さらに、当時の未発達な技術も彼らの思想の実現を妨げた。だが、グレゴリーの言葉はコスタの心に深く刻み込まれた。

「資本だけじゃない」グレゴリーが警告した。「権力にも目を光らせなくちゃ」その考えは年を追うごとに、コスタのなかで大きく膨らんでいった。

　１９８０年代中頃、コスタは資本主義に代わる選択肢を探して、企業経営と計画経済について旧ソ連[31]のモデルを詳しく調べたことがあった。だが、なんの感銘も受けなかった。理論上、旧ソ連の企業は共同所有され、すべての労働者が純収入を共有することになっている。それでいて、労働者はヒエラルキーでがんじがらめに管理され、その無慈悲な力関係は、ジェフ・ベゾスやヘンリー・フォードが編み出した容赦ない力関係[32]にも匹敵した。

コスタが企業で働いた経験からなにか学んだことがあるとするならば、それは権力の悪用者とヒエラルキーがみずからを再生して、さらに腐敗した権力を生み出す時にこそ、その効力を発揮することだった。実際、コスタの考えでは、企業の正式な所有はあまり重要ではない。より重要なのは、権力が構成され、そのなかで再生される方法だ。私有財産権がないために、旧ソ連の上層部が利益を手に入れる能力が制限されたとしても、彼らがヒエラルキーに基づく独裁的な権力を、労働者や、時には消費者や地元社会に振るう能力を制限することはなかった。1991年に旧ソ連が崩壊して共産主義体制が終わりを告げた時、コスタは嘆いた。実際に存在していた、資本主義に代わる唯一の選択肢が消滅してしまったからだ。とはいえ、コスタは

30　無政府組合主義。サンディカリズムのなかでも特に国家や政治権力を否定し、無政府社会を実現しようという思想や運動。

31　正式名称はソビエト社会主義共和国連邦。1922年にロシアを中心に多民族国家として成立。1985年に最高指導者に選出されたミハイル・ゴルバチョフは経済改革を推進したが、思うように進まず、1991年8月に共産党が解体され、ソ連を構成していた15の共和国が分離・独立して同年12月にソ連は消滅した。

32　かつてフォード・モーター社には「社会部」があり、検査官が従業員の家を訪れて普段の生活を監視し、家父長的なアプローチで労働者を管理した。酒を飲んでいないか、家族に暴力を振るっていないか、家のなかは清潔か、貯蓄に励んでいるかなど、従業員は会社に生活状況を調査されたという。

まったく驚かなかった。グレゴリーの警告を聞いていたために、旧ソ連のヒエラルキーが、専制的集産主義から産業的封建主義のシステムへと転換することは予想できたからだ。

ある時、コスティがコスタにいまでもグレゴリーと連絡を取り合っているのかと訊ねた。

「グレゴリーが考えていた新しい企業のかたちが、別の世界で実現していることを、彼に知らせるべきじゃないか」コスティが言った。

そのすばらしいニュースをコスタもぜひ伝えたかったが、どちらも彼の居場所を突き止めることはできなかった。だがグレゴリーの反応を想像した時に、彼ならコスタに訊ねるに違いない質問が思い浮かび、自分もまだその答えを知らないことに気づいた。たとえば、1人1票制度が支える企業の所有構造はどうなっているのか。もし企業の資本を実際に所有する人間がいるとしたら、それは誰なのか。資金の所有だけではない。企業の評判についても、だ。その企業のブランドが、人びとの頭や心になにかを呼び覚ます力を持っているのは誰だろうか。また会社を辞めたり、パートナーシップを解消したりする時にはどうなるのか。

続々と届くコスティの答えは、簡潔だが興味深いものだった。たとえば、その企業で働く者でない限り、株は所有できない。まずは面接に合格して、全員参加の投票で採用を承認される必要がある。晴れて入社が認められた者には、1人1株が与えられる。特に評価の高い者はボーナスで報われるにしろ、1人1株以上が与えられるわけではない。演説のうまい議員が議会で存在感を放つように、評価の高い者も投票前の討論会で影響力を発揮するかもしれない。だ

資本主義がない世界の

1人1株1票

リテール銀行・投資銀行・大株主は存在しない

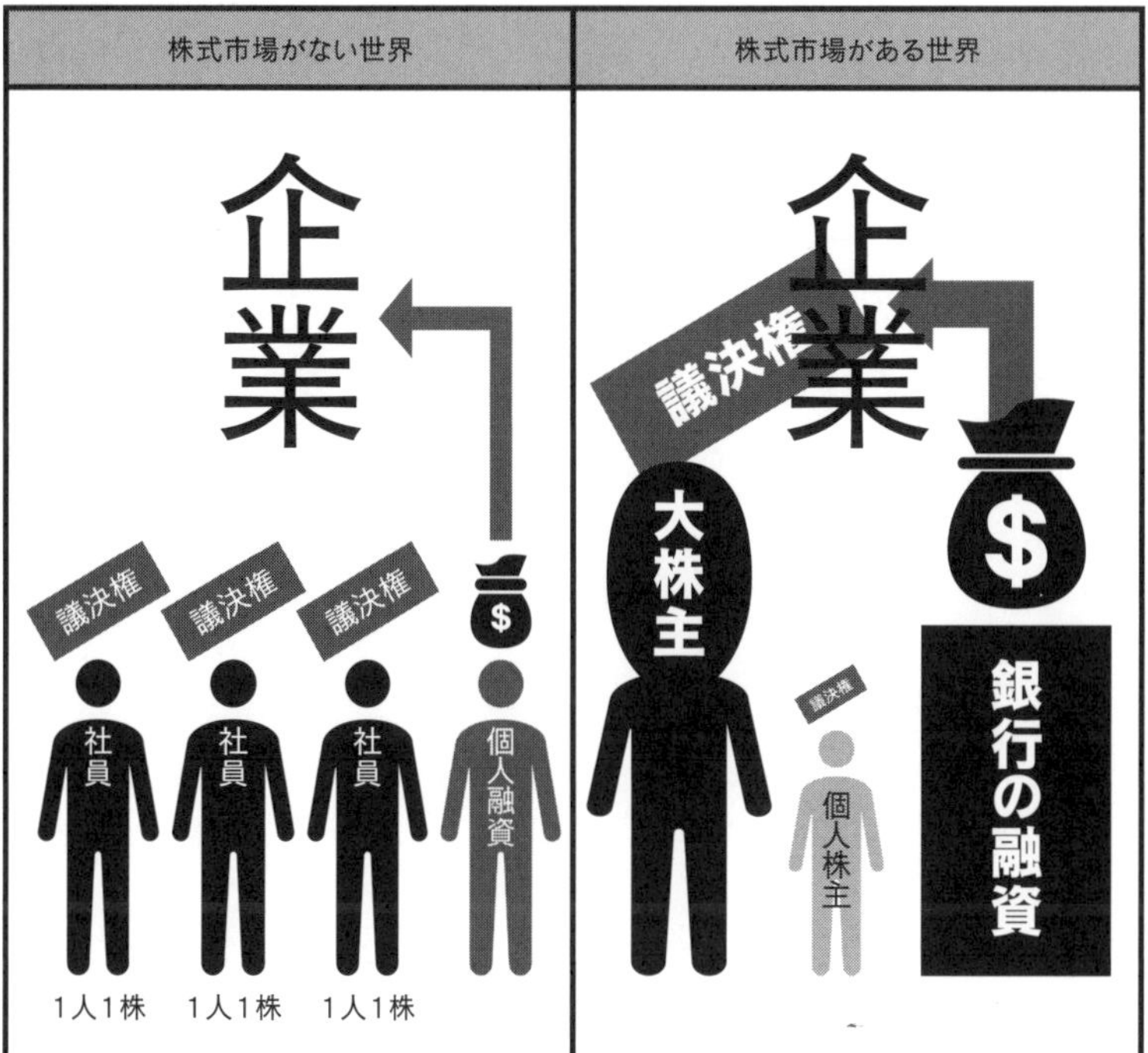

株式市場がない世界

- 議決権は平等（1人1株しか持てない）
- 自分の株は売買できない
- 銀行からの融資はない
- 個人の「相続」を他の企業に貸し付けることも可能

株式市場がある世界

- 議決権は大株主が大量保有
- 株は売買可能
- 銀行からの融資がある

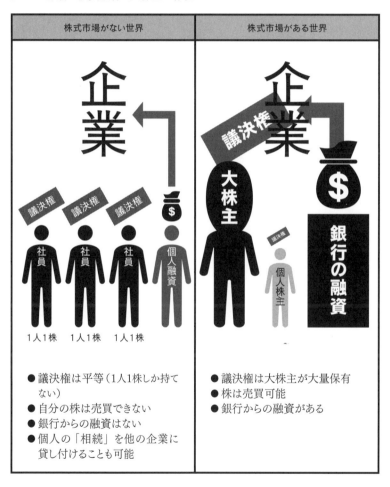

からといって、1人1株1票の原則が揺らぐことはない。

その企業構造は経済界全体に広がって主流となり、既存の構造に取って代わり、徐々に証券取引所が消滅する事態を招いた。実際、2020年代初めには、証券取引所は経済的な重要性を失い、切手や暗号通貨の市場のようになっていた。つまり存在はする。だがあまり重要ではない。コスタの世界では、株は流動性が高く即座に取引可能であり、その所有者は他者が生産する将来の利益を請求できる。ところが、コスティの世界では株は参政権に近い。譲渡不可能で、企業の意思決定に対等の立場で参加する個人の権利を自動的に与えてくれるものだ。

その意味するところは極めて重大だ。資本主義が始まって以来、政治領域と経済領域とが再統合を果たしたのだ。資本主義の前には、政治権力と経済力は同じ人物が握っていた。王子は裕福であり、裕福なのは王子だけだった。政治権力は強制か征服によって、無条件に他者の富を搾取する力を意味した。そして、その強制力は称号、城、王権やティアラになった。ところが、そこへ資本主義が登場してなにもかも変えてしまった。国際的な交易路が開かれたことで、新興階級の商人が誕生した。彼らは経済力を誇ったが政治的な影響力はなく、社会的な地位も低かった。こうして史上初めて、政治権力と経済力とが分離したのである。その分離が決定的なものとなったのは、商人が産業界の、そして最終的にはグローバル金融やテクノロジー業界の大株主へと進化した時だった。長い論戦を重ねて、コスタにそう指摘したのはアイリスだった。

その意味において、1人1株1票はまさに革命的だった。政治領域と経済領域の再統合に向けた大きな一歩だったからだ。コスタの世界では、1人1票に基づいて政治家を選んで権利を行使する。だが、株主総会では保有株数に応じて議決権が与えられる。そのため裕福な者ほど多くの株を所有でき、より多くの議決権を行使して、みずからの利益を追求できる。となると一般的に、株を大量に保有する個人か機関の配当を最大化することが企業の戦略になる。そしてその結果はたいてい、社会の——時としてその企業自体の——長期的な利益を犠牲にして、大株主の短期的な利益を確保することになる。そのようにして、少数の大株主はますます多くの株を保有でき、それがますます彼らに多くの株を保有する力を与えてしまう。これが雪だるま式に続いていく。

コスティの世界では対照的に、1人1株だけであり、議決権もひとりひとつだけだ。企業の構成員全員がその議決権を行使して、経営計画や事業計画から純収入の配分にいたるまで、戦略的に重要な問題の決定に加わる。1人1株制度は、所得の不平等を劇的に是正するだけではない。平等な権限を行使することで、短期の個人的利益ではなく、長期の集団的利益につながる意思決定が下せる。また、市場での支出は一種の投票でもある。たとえば、A社のヨーグルトではなく、わざわざB社のヨーグルトを購入する時、私たちは社会の経済力の一部を、A社ではなくB社に与えたのだ。所得が比較的平等であるコスティの世界では、限られた資源を社会がどの製品の製造に充てるのかについて、より平等な発言権が約束されている。

そのような利益をコスタもすぐに理解した。だが、疑問もあった。そもそも起業するために必要な元手はどうやって集めるのか。コスタの世界では、スタートアップは株式市場で資金を調達する。実際、株式市場のおかげで、そのスタートアップがいまだ1ドルの儲けも出していないうちから、株式保有者は大金を手にできる。だが「株式市場がなければ」コスタは訊いた。「どうやって資本を形成して、蓄積すればいいのだろうか」

積立——民主的な不平等

それに対して、コスティから次のような答えが戻ってきた。市民は全員、中央銀行[33]にパーソナル・キャピタル、通称「パーキャップ」という口座を与えられる。パーキャップは3つの資金口座から成り、それぞれ〝万里の長城並み〟に厳しい内部の障壁によって独立している。「積立」「相続」「配当」の3つである。

コスティが働いて得た収入、つまり基本給とボーナスは、彼のパーキャップ口座の「積立」に振り込まれる。そのため業績のいい企業で働くか、高いボーナスを受け取る者はどんどん貯金がたまっていく。その意味において、「積立」はパーキャプのなかでも最もオーソドックスな仕組みであり、差も現れやすい。「だけど忘れちゃいけないのは、それが完全に民主的に生まれた不平等である点だ」コスティが指摘した。「ボーナスをたくさん受け取る者がいたとして、それは権力の蓄積が生んだ結果じゃない。同僚が1人1株1票の権利を行使して、彼の仕事ぶりと成果に対して報奨として与えたものなんだ」

相続——全員に対する信託資金

赤ん坊はみな裸で生まれてくる。だが、すぐに高価なおくるみに包まれ、特権的な人生が用

33　一国の金融組織の中心的機関。銀行券を独占的に発行し、「銀行の銀行」「政府の銀行」の業務を行ない、金融政策の運営にあたる。一般の個人や企業とは直接取引をしない。日本では日本銀行、アメリカでは連邦準備制度理事会（ＦＲＢ）、欧州では欧州中央銀行（ＥＣＢ）がこれにあたる。

意された者もいる。ところが、ほとんどの者は襤褸《ぼろ》をまとい、奇跡でも起こさない限り、疲弊、搾取、隷属、不安の人生からは逃れられない。それが「ゆりかごから墓場まで」続く、コスタの世界を定義する不平等だ。

だがコスティの世界では、この世に生まれ出た瞬間に、国が赤ん坊のためにパーキャプ口座を開設する。そして、3つのうちの「相続」にまとまった資金を振り込み、全員が同じ額を受け取る。赤ん坊はやはり裸で生まれてくるが、誕生とともにかなりの額を社会から支給される。

こうして、成年に達して企業に入るか、ひとりで、あるいは仲間と起業する時には、どの若者もすでに資本を蓄えていることになる。その資本を浪費してしまわないよう、パーキャプのなかで「相続」は最も流動性が低く、65歳未満の者が利用する際には、面倒な手続きや厳しい審査をくぐり抜けなければならない。

もちろん、コスティの世界にも特権的な家庭に生まれてくる子どももいる。しかしながら、作家ニコス・カザンザキス[34]が喩えたような、途轍もない自由に生まれる者はいない。コスタは、同じクレタ島出身の作家カザンザキスが好きだった。子ども時代に読んだその墓碑銘にはこう刻まれていた。なにも望まぬ。なにも恐れぬ。我は自由なり。

「だけど『相続』が使える年齢になるまで、貧しい家庭の子どもたちはどうするんだ？」コスタは訊いた。

配当

――社会資本のリターンを受け取る、市民共通の権利

コスティによれば、そのために活躍するのがパーキャプの「配当」だ。中央銀行は毎月、市民の年齢に応じて一定額を「配当」口座に振り込む。そのおもな原資は企業から国への支払いだ。実のところ、国はあらゆる企業が納める総収入の5パーセントで、全市民に対する社会給付を賄っている。「相続」が赤ん坊の誕生とともにまとめて振り込まれるいっぽう、「配当」は誕生から毎月振り込まれて、赤ん坊が子どもになり、やがて10代を経て成人するまで市民を貧困から守ってくれる。

34　ギリシャの小説家、政治家。１８８３年、オスマントルコ支配下のクレタ島に生まれる。第１次バルカン戦争に従軍し、鉱山事業を手掛けた体験をもとにした『その男ゾルバ』で知られる。イスラム教徒に支配された母国の経験から、ソビエト共産主義に傾倒した。

「配当」のおかげで、市民は貧困に陥る不安が取り除かれるだけでなく、生活保護を受ける際の屈辱もなければ、容赦ない審査や手続きもない。事業活動に関心はないが社会に貴重な貢献をもたらす者に、「配当」は充分な収入を保証する。なかにはその価値を市場が正しく評価できないような、たとえば介護部門や環境保全、非商業的な芸術といった活動も含まれる。「怠惰な生活を送る権利のためにもだよ」コスティが、挑発するようにつけ加えた。

「配当」の特長のなかでもコスティが特に高く評価していたのは、貧困世帯を永続的に貧困に閉じ込めておくセーフティネットから、彼らを解放することだ。貧困者を搦《から》め捕《と》る〝安全網〟のかわりに、「配当」は堅固なプラットフォームとして機能する。貧しい者や恵まれない者も2本の足で立って、よりよい生活が始められる。若者はいろいろな職種を試すことができ、シュメール時代の陶芸から天体物理学まで、「それじゃ食べていけない」といわれる知識を学ぶこともできる。コスタの世界では当たり前になったギグ・エコノミー[35]のような搾取は、「配当」があるだけで不可能になる。実際、ギグ・エコノミーは、収容所群島ならぬ〝ゼロ時間契約群島〟を生み出してきた。

これまでさまざまなタイプのベーシックインカムが提案され、そのうちの多くが1970年代以降に登場したことは、コスタも知っていた。だが、コスタはどの案にもあまり賛成ではなかった。多くの左派と同じように彼もまた、怠惰に暮らす権利は基本的にブルジョア階級のものだと考えていた。とはいえ、コスタの最大の懸念は、勤勉なプロレタリア階級の税金を、一日中テレビの前に座って過ごす怠け者のために使えば、社会の分断を招くだけではないか、という点にあった。「労働者階級の連帯とは対極を成す」と、コスタは言った。「だけど、君は忘れてるんじゃないか。ここでは誰も所得税も消費税も支払わない。『配当』とは、社会の資本を共同所有する全市民に対するリターンなんだよ」

確かにコスタはその点を見落としていた。実際、「配当」に対するコスタの評価が急上昇したのは、コスティの世界には税金がふたつしかないと彼が説明した時だった。つまり法人税と土地税だけだ。所得税はない。売上税も付加価値税もない。収入に対して誰も税金を支払わない。財かサービスかを問わず、なにを購入しようと誰も国に1ペニーも支払わない。コスタにはすぐに理解しがたかった。だが、いったん合点がいくと「配当」は実に理にかなっていた。そこには、1970~80年代に提案されたベーシックインカムとは明らかな違いがあったのだ。つまり「配当」の原資は税金ではなかった。コスティの世界の「配当」とは、市民が集団的に生産する資本ストックの共同所有者として、市民一人ひとりが受け取る〝本来の配当〟だったのだ。たとえ彼らのしていることが、一般的には仕事と認めがたいものであっても、やはり市民全員に受け取る権利があった。

35　スマートフォンのアプリなどを介して、空き時間を使って単発や短期の仕事を請け負う働き方。また、そのような非正規労働によって成り立つ経済形態。アメリカでは、配車サービスの「ウーバー」や家事代行サービスの「タスクラビット」などが代表的。

資本主義がない世界の

パーキャプロ口座

生まれた時に国が全市民に対して開設する、中央銀行の口座

市民が働いて得るお金	主な原資は企業が国に納める総収入の5%	
積立	**相続**	**配当**
基本給＋ボーナス	全市民に対する 信託資金	社会資本のリターン 全市民共通の権利
●基本給は全社員がまったく同じ ●ボーナスは1人1票の同僚の投票で決定	●国から全市民に、生まれた時点で同額が振り込まれる ●65歳未満の人が使う場合は厳しい審査が必要	●中央銀行から全市民に、年齢に応じて毎月定額が振り込まれる
●人事、上司によるあいまいな査定 ●年功序列の役職手当	●生まれつきの格差・不平等	●貧困に陥る不安 ●屈辱的な生活保護 ●食べていくために搾取される仕事 ●老後の不安
↓ 民主的な不平等！	↓ 資本金がなくても若くても起業できる！	↓ お金にならない研究や社会貢献、芸術活動も可能！

富は言語のようなもの

オーストリアの哲学者ルートヴィヒ・ヴィトゲンシュタインは、驚くような名言を残している。「私的言語は成り立たない」。本来、言語は集団的にしか生み出されない。アイリスはよく、富もまた同じだと指摘した。資本主義者と不労所得収入者が喧伝した「富は個人が生み出し、徴税を通して国が集産化する」という通説とは完全に矛盾し、「富は言語と同じく集団的にしか生み出されない」とアイリスは主張したのだ。そして「その後初めて、私物化する権力を持つ者によって私物化される」。

その考えを敷衍《ふえん》するためにアイリスは、近代以前の資本のかたちを例に挙げた。農地や作物のタネといった資本は、数世代にわたる小作農の労働によって集団的に発達し、それを地主が占有した。今日、アップルやサムスン、グーグル、マイクロソフトのデバイスが基盤とするインフラや部品はもともと、政府の助成金を使って開発するか、共有のアイデアを利用することで可能になったものだ。共有のアイデアは、民話や民謡と同じように社会のなかで発達した。社会的に生み出されたそれらの資本を、ビッグテックはなにもかも貪欲に占有し、しかもその過程で莫大なカネを稼ぎながら、社会にはなんの配当も支払ってこなかった。それどころか、私たちがグーグルで検索するたび、アプリを使ってフェイスブックのなかを見てまわるたび、インスタグラムに写真を投稿するたびに、そのデータによってビッグテックの資本ストックが増大する。配当をすべて掻き集めているのは、いったい誰なのだ？

この問題の解決策として、コスタが長く考えていた方法がふたつあった。ひとつは、ビッグテックの課税率を引き上げる。もっと過激なふたつ目は、グーグルなどのビッグテックをいっそ国営化する。だがコスティの説明を聞いたいま、「配当」は徴税や国営化よりもはるかに優れた方法に思えた。資本ストックに対するリターンを共有する権利が、誰の手にも入るのだ。企業の資本はそもそも市民の共同投資であり、企業活動はその上に成り立っている。リターンは共同投資の反映にすぎない。そして、それぞれの企業がそのようなかたちで社会に負う社会資本の量を、正確に弾き出すのは不可能であるため、企業の収入から社会に還元する割合を決める唯一の方法は、民主的な決定ということになる。すなわち法的ルールによって、企業収入の一部（コスティの会社の場合は5パーセント）が自動的に中央銀行に徴収される。それを原資として、一部が赤ん坊全員の「相続」と市民全員の「配当」として振り込まれる。コスティや彼の同僚が企業収入の一部を基本給のかたちで平等に分け合うように、社会もまた企業の資本配当の一部を、基本所得（ベーシックインカム）のかたちで平等に分け合うのだ。

なんてすばらしいアイデアなんだ！　コスタは感心した。本能的な懐疑心は、この時点でほとんど払拭されていた。とはいえ、疑問は尽きなかった。株式市場を通じた投資がなく、起業にあたって資金調達ができないのなら、コスティが勤めるような会社はどうやって創業されたのか。そして、もしコスティが会社を辞めて、新たな就職先を探す時にはどうするのか？　まったくの手ぶらで会社を去るはめになるのだろうか。

単純なローン

事業には人材と資源が必要だ。コスティの世界の新規採用システムには、確かに自発性や民主的な特徴はあるにせよ、コスタの世界のシステムとさほど大きな違いはない。ところが、資源の配分においては著しい違いがあった。

コスタが労働市場から自分を解放する前、彼が勤めた会社はどこも、企業に対する忠誠心を示す踏み絵として、事実上、自社株の購入を迫った。そして入社すると、実際に株式購入選択権を提示された。これは、あらかじめ定めた低価格で自社株を購入できる、合法的だが取り消しの利く権利だ。取締役や従業員を裕福にする強力なツールである反面、懲罰的な仕掛けでもある。おいしそうなニンジンを鼻先にぶらさげておいて、上司が絶妙なタイミングでその餌を引っ込めることもできる。いっぽう、コスティの世界は対照的だった。コスティは採用が決まったその日に株式を1株、当然のように与えられた。もちろん無料で。なんの条件もなく。学生が図書館のカードを手渡されるか、新入社員がセキュリティ用の社員証を支給されるように。企業の株を余分に購入しようなどという考えは、コスティには思い浮かばなかった。実際、1人1株制度は非常に評判がよく、株を売ったり買ったりするという考えは、議決権か愛する赤ん坊を売買するのと同じくらい言語道断なものだった。

それに対して、コスタの世界では株式市場を通じて、個人の銀行口座のものであれ、大きな年金基金のものであれ、保有資産を投資に活用でき、その重要なメカニズムを使って企業が生まれ、大きく成長できた。だが株式市場がないコスティの世界では、どうやって保有資産を活用するのだろうか。企業はどうやって資金調達するのか。蓄えたおカネが投資にまわる仕組みは？　労働者が働いて生み出したおカネは、どのように新たな機械類に、新たな生産手段に生まれ変わるのだろうか。

「個人のパーキャプ口座から、企業に直接貸し付けるんだ」コスティが言った。

コスティは採用が決まると、彼のパーキャプ口座の資産を企業に貸し付けてはどうかと持ちかけられた。コスティに企業の所有権は購入できない。だが企業に、それも特に自分が働く企業に貸し付けることはでき、また積極的にそう勧められる。新しく働く会社に貸し付ける動機は、次のふたつからだ。まずは相互の関係性を深めるため。もうひとつはより実際的な話であり、もし自社で働く者から貸し付けを受けないならば、企業は赤の他人の貸し付けに頼らなければならず、下手をすると、リスクと金利の高いプレミアム貸し付けを利用しなければならないからだ。もちろん新卒のパーキャプ口座の「積立」に、なにほどの残高があるわけではない。だが「相続」から貸し付けることもできた。この世に生まれるとともに社会が用意してくれた資金を、初めて活用する機会というわけだ。

よその企業に貸し付けることもでき、コスティもその方法を選んだ。コスティは長年、基本給と「配当」だけで生計を立て、「積立」に振り込まれたボーナスには手をつけず、その分を複数の企業に貸し付けてきた。コスティが選んだのは、製品やサービスを幅広い地域社会に提供している企業だった。支援の必要があるとコスティが感じた企業であり、コスティは利息を受け取った。会社を辞める時には、自分のパーキャプをそのまま「持ち運ぶ」ことができ、転職先の企業に貸し付けることも可能だった。そのような単純な貯蓄の自由市場を介して、企業は市民のパーキャプ口座を活用でき、市民のほうでも流動性の高い市場にアクセスして、パーキャプの残高をうまく運用できた。

それでは、会社を辞める時にはどうするのか。それについては極めてシンプルだ。仕事を終了して、パーキャプとともに会社を去る。解雇の場合はもちろんもっと痛みを伴う。新人を募集する際には、誰でもほかのメンバーを招いて即席の人事委員会を設置した。それと同じように解雇の場合にも、誰でも調査委員会を設置して、業績が悪いか不正行為の疑われる同僚を追放するかどうかを検討する。調査委員会はあらゆる関係者から話を聞いたあとで、完全に透明性の保たれた状況でその頭の痛い問題について審議し、全員の投票で決定を下す。

この世に誕生すると同時にパーキャプ口座が与えられるおかげで、いろいろなことが容易になる。企業に入る際にも離職の際にもパーキャプは持ち運べる。自分の意志で辞めた時でも解雇された時でも、企業には高額の退職金や補償金を支払う法的な義務はない。もちろんコスティの貢献を認めた場合か、解雇に伴う不快感を慰めるために、同僚が彼らの基本給かボーナスの一部を慰労金のようなかたちで、コスティに譲るよう可決することは可能だ。だがそうでないなら、コスティはただ自分のパーキャプとともに会社を去る。

コスティは限られた行数のなかで、会社法の重要なふたつの特徴について教えてくれた。ひとつは、小規模の法人かパートナーシップを解消する際の手続きについてだ。ふたりのパートナー(共同経営者)が仲違いして、お互い目も合わせなくなった時、過半数の投票を行なっても、どちらが会社を所有し、どちらが辞めるのかを決定できない。そこでその場合は、シュートアウト条項を用いる。具体的に言えば、自分がその企業を引き続き所有する際の金額を書き入れた紙を封印して、双方が提出する。その際、入札額の高かったほうが企業を所有することになる。しかしながら、その者は落札額と同額を、みずからのパーキャプから企業に貸し付けなければならず、落札額に応じて国税も支払う。シュートアウト条項は、その会社の債務返済能力と社会貢献能力をより高く評価するパートナーのほうが、引き続き会社を所有するようにつくられている。

そして、コスティが詳しく教えてくれた会社法のふたつ目の特徴は、コスタの懸念に充分に応えるものだった。すなわち、企業は自社で働く者以外——消費者、地域社会、社会全体——の利益をどう考えているのか。

信用力ではなく社会力

私たちの（資本主義）世界では、企業の経営陣が法的に満たす義務を有するのは、株主の利益だけである。株主でない私たちは、国とその機関が〝大企業の囚われの身〟ではなく、私たちを大企業の支配から——少なくともある程度は——守ってくれるよう願うよりほかない。

それにもかかわらず、過去2世紀にわたって世界を牛耳ってきた巨大企業と巨大銀行のカルテルは、彼らを抑え込もうとした規制の枠組みを骨抜きにし、迂回し、結局は嘲笑ってきた。銀行業務の規定や労働保護から環境基準、地域社会の提言まで、彼らはなにもかも踏みにじってきた。コスタの見るところ、ビッグテックの台頭によって状況は悪化するばかりだ。フェイスブックのような企業は、オリンピック競技ででもあるかのように、ユーザーの搾取を競い合っている。ビッグテックの勢いを抑え込むために、コスタにはなにができるだろうか。

コスティの説明では、彼らの世界では企業にさほど威圧感はない。証券取引所がなく、またフラット組織のため、企業のサイズは比較的小さく、せいぜい数百人規模の会社が多い。それでもコスティが強く指摘した点がある。市民の要求によって、企業が社会に説明責任を果たすメカニズムが発達したことだ。「社会的説明責任法《ソーシャル・アカウンタビリティ・アクト》」が成立し、どの企業も「社会力インデックス」に応じてランク付けされる。ランダムに選ばれた「市民陪審」が審査を行なう。とはいえ、市民陪審は、地元の全市民のなかから選ばれるわけではない。新しい企業が法人登記された際に必ず組織される、ステークホルダー（利害関係者）のデジタルコミュニティから選ばれる。もっとも、企業が貢献するか影響を与える顧客やユーザー、地域社会の構成員はあとからいつでも参加可能だ。企業の行動、活動、地域社会に与える影響は、市民陪審によってモニターされ、標準的な社会格付けシステムに則って定期的にランク付けされる。長い年月をかけ、幅広い産業や地域にわたって開発され、練り上げられたシステムである。チェックを受けて格付けが確定すると、オンラインで公表され、誰でもクリックひとつで確認できる。

市民陪審による社会的格付けの目的は、企業内の人たちが企業外にも関心を向けるように促す点にある。もし企業の格付けが常に一定基準を下まわることになれば、公的調査の対象となり、最終的に法人登記の抹消につながる。その場合、企業は業務停止に追い込まれるか入札にかけられ、経営を引き継ぎたいグループにそのチャンスがめぐってくる。古代ギリシャのシラクサで、臣下のダモクレスは王の栄華を褒めそやした。だが、ダモクレスが王座に座ってみると、頭上には鋭い剣《つるぎ》が髪の毛1本で吊るされていたという故事がある。法人登記が抹消になるような事態はそう頻繁に起きるわけではないが、そのような剣が常に頭上から吊り下がり、いつ命を落とすはめになるかわからないと思えば、企業は搾取を控えようと思うだろう。だが市民陪審による社会的格付けは、もっと目立たない場面で大きな影響をもたらす。

組織の華やかな栄光に浴するのも、その凋落を深く恥じ入り身を隠すのも、昔から変わらない人間の性《さが》である。イヴァはリーマン・ショックの烙印を押され、スタンフォード大学で積み上げた社会資本のほとんどを使い果たしてしまった。トム・ウルフは著書『虚栄の篝火《かがりび》』[36]のなかで、傲慢な投資銀行家を〝宇宙の支配者〟と呼んだが、リーマン・ブラザーズの株価が暴落

36　アメリカ人作家トム・ウルフ著。みずからを「宇宙の支配者」と呼ぶ、ウォール街の傲慢なトレーダーが主人公。1980年代ニューヨークの光と影（格差や人種問題など）が鮮やかに描かれた作品。

すると、イヴァは即座に宇宙の支配者から最下層民へと転落した。そしてまた、不愉快ではあるにせよ、お互いを数値化してランク付けする傾向も人間の性である。コスタの世界では、常に流動的であっても、お互いを数値化してランク付けする数字はただひとつ、企業の株価だけであるのに対して、株価のないコスティの世界でその空白を埋めるのが、市民陪審による社会的格付けだった。

コスティの報告によれば、彼の会社の社会的格付けはコスティ本人にも影響を及ぼすという。仕事面でいえば、協業や取引交渉に入る前に、まずはお互いの会社の社会的格付けを確認する。社会的格付けは必然的に個人の領域にも入り込み、もっと気軽なかたちでも使われる。オンラインで商品のカスタマーレビューを読んだり、映画の評判を確かめたりするのと変わらない。

もっと重要なのは、コスティが転職する時だろう。コスティの採用を審査する者は、彼の個人的記録だけでなく、もとの会社の社会的地位も詳しく調べる。もちろん、最初に調べるのはコスティの個人的記録だ。それには同僚からの投票記録、つまり同僚が長年、彼に付与してきた報奨ポイントも含まれる。だが雇用委員会は、より広い地域社会がその企業に与えた集団的評価にも詳しく目を通す。ちょうど学生が、大学のランキング表をじっくり調べて、特定の学部の評判を知ろうとするようなものだ。

コスタにはそのメリットがわからないわけではなかったが、嫌悪感を覚えずにはいられなかった。人びとを数字に変えてしまうのは、おぞましいことだ。人間性を破壊する確実な方法とは、人間を数字に置き換えることだ。それこそまさに、資本主義がしてきたことではないか。あらゆる価値を価格で表し、あらゆる交換を取引に変え、あらゆる計算不可能な美を、測定可能な欲望の対象に変換することは。そのような理想主義にもかかわらず、コスタは技術的に進化した民主的な大規模経済が、共同体のようには運営できないことも理解した。やはり数字は必要なのだ。数量化は避けられない。

「どうせ人間を数字に変えてしまうのなら、民主的に決定するシステムを築いたほうがいい」

それがコスタの意見だった。

「無作為は暴政に対抗する強い味方だ」コスティが答える。「僕たちを数値化する『市民陪審』が、純粋に無作為ではない方法で選ばれていた場合、彼らが影響力を行使して、搾取と暴政を招くのは簡単だろう。たとえば彼らが選挙で選ばれていたとしても、権力を持つ少数による独裁支配、すなわち寡頭政《かとう》はすぐに誕生する。無作為に選ぶという優れたアイデアは実のところ、古代のアテナイ人から借用[37]したものだよ。古代ギリシャの首都アテナイに住んでいた彼らは確かに男尊女卑であり、帝国主義者でもあった。それでも判事を含む市の公職者のほぼ全

37 アテナイ（アテネ）では、公職はすべて無作為の抽選で選出された。その理由は、選挙が貴族政的な制度とみなされており、腐敗や不正、寡頭政を招くと考えられていたためである（『民主主義とは何か』宇野重規著／講談社現代新書）。

員を、彼らが無作為に選んでいたという事実には驚く。彼らは選挙を評価していなかった。もっといい方法があることを知っていたからだ！」

コスティの説明について深く考えながら、コスタはラボの窓の外を眺めた。サンフランシスコ市民がせっせと生活を営み、一人ひとりが数字という厄介な問題を抱えている。ほとんどの人にとって、それは痛みを伴う数字だ。未払いの請求書や住宅ローンをめぐって眠れない夜が続く。その数字を不透明な方法で弾き出した人たちが、銀行の呆れるような慣行に万全の承認を与えたことも、２００８年の世界金融恐慌を招く一因となった。数字は貧富の差を広げ、社会のなかの個人の権力を反映し、経済民主主義の可能性を無効にしてしまった。不快な数字は不快なシステムを映し出す。その数字とは、その人の信用力である。

「もし数字を持ち歩くのなら」コスタは認めた。「信用力ではなく社会力のほうがいい。無作為に選ばれた市民によって、透明なプロセスを経て、集団的に生み出された数字のほうが、銀行の手先が生み出した数字よりもずっといい」

TATIANAは生きている！

コスティが暮らすもう一つの世界について情報を得るたびに、コスタはアイリスを思い出した。彼女ならどう考えるだろうか。アイリスなら、コスティにどんな質問をするだろうか。家父長制や人種差別、性的政治、民主主義、気候変動について、自分がまだなにも訊いていないと知ったら、さぞ憤慨するに違いない。それにイヴァだ。彼女なら、コスティの世界のいろいろな面について、価値ある質問をぶつけるだろう。特に個人の自由がどのくらい保護されているのかについて、知りたがるはずだ。

ケルベロスの運命のテストを行なった4月7日以来、コスタは激しい興奮の渦に巻き込まれ、アイリスと連絡を取っていなかった。イヴァとはもう何年も会っていない。だが、アイリスはいまでもしょっちゅうイヴァと議論をしているらしく、その様子をいつもアイリスが教えてくれるおかげで、コスタはよくイヴァのことも思い出していた。もう一つの世界にアクセスするカギを手に入れたいま、あのふたりはそれぞれ違う方法で、コスティの世界を理解する手助けをしてくれるはずだ。コスタはしばらくＨＡＬＰＥＶＡＭから離れて、ふたりを訪ねることにした。

まずはその前に、ブライトンへ向かうことをアイリスに知らせておく必要がある。アイリスにしかわからない、暗号めいたメッセージがいいだろう。特にアイリスが抱いている、深い疑念を払拭するようなメッセージが望ましい――果たして、サッチャー首相は正しかったのか。金融資本主義は、その長所も短所も含めて、実現可能な別の選択肢《オルタナティブ》よりも優れていたのか。ほかに考えうる選択肢がないなかで、商品化された世界しか、実現可能な道はなかったのか。

１９８０年代、アイリスはあちこちの公開集会で、サッチャー首相のかの有名なスローガンを強く非難した。「選択肢はありません（There Is No Alternative）。ＴＩＮＡ《ティナ》」[38]と、サッチャーは断言した。それに対して、アイリスはサッチャー叩きの急進的な従姉妹《いとこ》を支持した。そして「驚くことに選択肢は存在する（That Astonishingly There Is AN Alternative）。ＴＡＴＩＡＮＡ《タティアナ》」[39]と主張した。コスティとのやりとりを始めて約2ヵ月後、コスタはアイリスに高らかなメッセージを送った。

「ＴＩＮＡは嘘つきだった。ＴＡＴＩＡＮＡは生きている。証拠もある。来週会おう」

その1週間後、アイリスと直接顔を合わせて詳しく話すために、コスタはブライトンへと向かった。

38 「There Is No Alternative」の頭文字を取り「ティナ」と発音する。「(市場経済の) ほかに選択肢はない」という、サッチャー首相の有名なスローガン。

39 「That Astonishingly There Is AN Alternative」の頭文字を取り「タティアナ」と発音する。「ティナ」に対して「驚くことに選択肢は存在する」の意味。著者ヤニス・バルファキスの造語。

第4章

資本主義が死に絶えたそのあとの世界

銀行の終焉

コスタには妙案が思い浮かばなかった。どうすれば、アイリスとイヴァに真剣に話を聞いてもらえるだろうか。もう一つの世界が存在して、もうひとりの自分とやりとりする方法を見つけただなんて、とても信じてもらえなそうだ。そのいっぽう、ふたりがコスタの話を信じた時にはどんなことが起きるのか、コスタが本当に恐れたのはそっちのほうだった。

コスタには確信があった。もしふたりが話を信じた時には、コスタがまだ肝心なことをなにひとつ訊いていないという理由で、アイリスにはこっぴどく非難されるだろう。イヴァにも文句を言われるに違いない。貨幣や政府の役割、そしてなにより土地の所有や希少資源の問題について、なにも質問していないと言って。その非難をかわす方法として、コスタはこれまでのやりとりを、あくまで食前酒と考えるように伝えるつもりだった。だから、こうやって訪ねてきたんじゃないか。ふたりにも参加してもらうために。君たちの質問は僕からコスティに伝えるよ。

イングランドに向かう機内で、コスタの頭はめまぐるしく働いていた。このとんでもない話を聞いた時にふたりが示す途轍もない反応は、もちろん心配だ。だがそれ以外にも、なにかがひっかかる。自分はなにか大きなことを見落としている。コスティの報告で摑み損ねている重要なことがある。だが、それはいったいなんだ？　ガトウィック空港に着陸する直前になって、はたと気づいた。そうだ、ヤツらは銀行を廃止したのだ！

そうに違いない。コスティの話では、誰でも生まれるとすぐに中央銀行がデジタル口座を用意してくれる。パーキャップは3つの資金口座から成る。「積立」には基本給やボーナスが振り込まれる。「相続」は社会的に受け継いだ保有資産だ。「配当」は国が毎月、配当額を振り込む口座である。パーキャップひとつで誰でもどんな支払いでも可能であれば、商業銀行[40]は必要だろうか。リテール銀行[41]の存在意義はすでに消滅している。

投資銀行[42]についても同じことが言える。投資銀行がなにをしているのか、本当に理解している人がどれほど少ないことか。名前こそ投資銀行だが、彼らは投資しない。少なくともスキル

40　一般の個人や法人を顧客とし、預金業務や貸出業務などを行なう金融機関。いわゆる「普通銀行」。
41　個人や個人事業主、中小企業を対象におもに小口業務を行なう銀行。リテールは「小売りの」という意味。反対に大口顧客を対象とする銀行を「ホールセール銀行」と呼ぶ。
42　事業法人や機関投資家などの大口顧客向けに、資金調達業務やM＆A（合併・買収）の仲介などを行なう金融機関。ホールセール業務を行なう。

や設備、ソーラーパネル、病院、あるいは有形資産価値を持つものに投資することはない。彼らはその並々ならぬエネルギーと手腕を駆使して、負債と株式とを組み合わせた複雑な取引を、まるで魔法のように生み出す。まず、彼らは悪魔のように込み入った負債をつくり出す。リーマン・ブラザーズでイヴァも関与していたプロセスだ。次に、彼らはそのいわゆる「負債性金融商品」を、年金基金などの機関投資家に販売する。機関投資家は積立金などに対するリターンを求めて、これらの金融商品の値上がりに賭ける。そして投資銀行は、それらの金融商品を売って集めた資金をすべて顧客に貸し付ける。すると顧客はその資金を元手に、選別した銘柄に巨額を投じる。それが株価を押し上げる。株価が高騰すればするほど、負債性金融商品と株式を買う顧客が殺到する。この負債性金融商品と株価の相互作用はクローズドサークル（閉鎖式循環）であり、ほとんどの市民が苦しい生活を送るいっぽう、実体経済とマネーの世界が乖離し、最終的にはごく一部の巨大ファンドが、ほぼすべてを独占するという事態が起きてしまう。

だが、その方程式から「売買可能な株式」を取り去ると、構造自体が消滅する。コスティの世界で投資銀行に残された役割は、彼が働くような企業に融資する人たちの手伝いをすることだろうと、コスタは考えた。そしてコスティの世界には、確かにそのような仲介業者も存在した。だが、個人のパーキャプ口座から直接、企業に融資できるために、仲介業者の影響力はほぼゼロに等しかった。コスティは中央銀行のデジタル決済システムにアクセスして、誰に対しても自由に、簡単に、高い透明性を保ったまま資金を融資できるのだ。仲介機能を持つ人気のアプリも多く、そのうちのどれかを使えばよかった。強大な力を振るう仲介業者として銀行が暗躍する余地は、もはや残されていなかったのだ。

コスタがいつも、最もタチが悪いと考えていたペテン行為があった。それは、銀行とその裕福な顧客が、お互いのために無から権力を生み出す行為だった。まず銀行と、株を購入する富裕層の顧客が、当座貸越（自動融資）契約を結ぶ。顧客はそのまったくの架空資金を使って、あちこちの企業の株を買い求める。投資にまわすのではない。彼らのような銀行のお気に入りの顧客は、企業が利益を上げ、配当を支払ってくれるのをぐずぐず待ったりせずに、値上がりを見計らって株を売る。だが誰に？　別の投資家だ。彼らもやはり、別の銀行の当座貸越契約で得た架空資金で株を購入する。

こんなペテン行為が続く限り、株式取引は快進撃を続け、株価は跳ね上がる。企業が利益を上げれば、株価はさらに高騰する。株価が上がれば、投資家は莫大な架空利益を上げ、銀行家はそのおいしい分け前にあずかれる。だがバブルが弾けて、当座貸越契約が銀行帳簿のブラックホールと化す時、銀行家は懇意の政治家に電話をかける。彼らの選挙資金が増えるか減るかは、銀行次第だからだ。そういうわけで、世間の誰も気づかないうちに銀行の損失は納税者の負担になっている。その多くが、住宅ローンが払えず、銀行から立ち退きを命じられた庶民だ。これでは、銀行家がみずからを〝宇宙の支配者〟と呼ぶのも無理はない。実際の利益からほぼ完全に切り離されて、資本主義を動かしているのは、いまだ実体化していない利益の複雑な取引から生じる架空資本なのだ——しかもおそらく、その利益が実体化することはない！

「現実がこんなに非現実だというのに、誰が神話を必要とする？」かつてコスタは、アイリスと議論をしている時にそう漏らしたことがある。

「誰でもよ。心を慰めてくれる嘘を求める人間の欲求を軽く見ないことね」それがアイリスの答えだった。

コスタに異論はなかった。それでいて困惑するのは、資本主義とはモノをつくり出すかサービスを提供して利益を上げることだ、と人びとが本気で信じていることだ。ほとんどの人は投機家を嫌っているが、彼らを取るに足りない存在とみなし、事業活動の絶え間ない流れに浮かぶ無害なあぶくだと切り捨てている。だがそれは、とんでもない間違いだ。

「みんなわかってないんだ。まるでその反対なのに！」コスタはアイリスに言った。「事業活動が激しく渦巻く投機のあぶくになったのは、かなり前のことだ。実際、労働者も発明家も経営者も、暴走する金融の逆巻く激流に呑み込まれ、あちこち傷を負った流木のようなものだ。真の権力が、リアルなものをつくり出すことからではなく、その奇妙な奔流から生まれることをわかっている人間は、僕の知る限り誰もいない」

英国に到着し、ガトウィック空港の入国審査を通過した頃、売買可能な株式をコスティの世界が廃止した重要性に気づいて、コスタはめまいがする思いだった。喩えて言えば、金融投機の渦をせき止め、その激流を穏やかな流れに――架空ではない、実体ある経済エネルギーの流れに――変えてしまったようなものだ。そのすばらしいほど退屈な金融世界には、リーマン・ブラザーズもJPモルガンも、ゴールドマン・サックスも存在できない。

ブライトンにあるアイリスの家の前にタクシーが停まると、波乱の予感でコスタはそわそわした。あの疑り深いふたりに、資本主義が死に絶えた世界が存在しうるどころか、すでに存在すると、どこから話し始めればいいだろうか。TATIANAは生きていた。それは株式市場、企業のピラミッド構造、政府の給付金、銀行もないのに円滑に運営される社会だと伝えるのか。あるいは、人間はやはり欠点だらけで、技術レベルは『スター・トレック』には遠く及ばないが、それでも資本主義の滅びた世界だと告げるのか。

「面と向かって大笑いされるだろうな」コスタは思わず声に出してつぶやいた。

「なにか問題でも？」タクシードライバーが訊ねる。

「いや、なんでもない。大丈夫だ」コスタは苛立ちの混じった声で答えた。「まだいまのところは」

タクシーを降りるとすぐに、イヴァが通りで出迎えてくれた。アイリスの家の玄関ドアをノックする前に、彼女が2階の窓から顔を突き出して声をかけてきた。「あら、着いたのね。よかった」

コスタはまもなく、厄介極まりないふたりの聴衆を相手に、人生で最も困難なプレゼンテーションに臨もうとしていた。

OC反逆者

コスティから届いた報告を使えば、もう一つの世界の存在について、アイリスとイヴァを説得しやすかった。とはいえ、いちばんの問題はその世界が出現した経緯の説明だろう。それが難しい理由のひとつは、彼らの世界が現在、極めてうまくいっていることをコスティがしきりに話したがり、彼の言葉を借りれば「世界を変えた3年間」、すなわち2008年から2011年までの話をあまりしたがらなかったからだ。そのため、コスタにはふたりに話せることがあまりなかった。コスティが送ってきた情報の断片を使ってコスタにできることは、最初から説明することだった。あの誰でもよく知っている「ウォール街を占拠《オキュパイ》せよ運動[43]」である。

もう一つの世界でも、同じように「ウォール街を凍結《オシファイ》せよ運動」が発生した。だが、世界中に広がった時には「資本主義を凍結せよ《オシファイ・キャピタリズム》」、略してＯＣという名前で呼ばれた。当時、コスタはウォール街で起きた占拠運動と、世界各地で起きた同様の運動に大いに興奮した。スペインでは怒れる者たち《インディグナドス》の抗議デモが発生し、債務危機と緊縮財政に憤った数万人の若者が街の広場を占拠した。ギリシャでは２０１１年春の３ヵ月間、やはり緊縮財政に異議を唱える市民がアテネ市内のシンタグマ広場を占拠した。２０１６年にはパリで「立ち上がる夜運動《ラ・ニュイ・ドゥブ》」が起こり、労働法の改正案に腹を立てた労働者がレピュブリーク広場で市民討論会を開いた。ところが、ああ、運動は起きるのも速かったが、勢いが衰えるのも速かった。特に２００９年初めに、発足直後のオバマ政権がウォール街に屈したあとでは。２０１５年夏に、ギリシャの左派政権が〝国境なき寡頭政〟に屈したあとでは。ＯＣと「ウォール街を占拠せよ運動」との大きな違いは、広場や通りや建物などの特定の場所を占拠しても無駄だと、ＯＣ反逆者が理解していたことだった。

「資本主義は場所には存在しない。時間と金融取引のなかに存在する」即席のリーダーのひとりであるエスメラルダは言った。

彼女が率いたグループは「クラウドショーターズ」と呼ばれた。コスティによれば、彼らこ

43　２０１１年９月17日に、ニューヨークの世界貿易センタービル跡地近くのズコッティ公園に、「ウォール街を占拠せよ」のスローガンの下、若者が格差社会の是正やグローバリズム反対を唱えて集まり、全米へ、世界へと拡大した運動。

そ、金融資本主義の脆弱さと、攻撃対象を狙い撃ちしたデジタル反逆の威力、このふたつを初めて見せつけたグループだという。彼らの最初の成功は〝大量破壊金融商品〟に狙いを定めた時だった。２００８年に世界金融危機を引き起こす一因となったＣＤＯ、つまり「債務担保証券[44]」である。

　ＣＤＯとは、複数の社債やローンを束ねて、これを担保資産に発行される証券を指す。リーマン・ブラザーズでＣＤＯの製造に関与していたイヴァは、その仕組みを知り尽くしていた。こんなふうに想像すればわかりやすいだろう。ＣＤＯの組成者が、小さな債務を箱のなかにたくさん投入する。ジルが地元銀行から借りた住宅ローンのうちの数ポンド。トヨタが日本の年金基金に支払う積立金の一部。ギリシャの銀行がドイツの銀行から借りた融資のうちの数ユーロ。アメリカ政府がＪＰモルガンに支払う債務のうちの数ドルなど。どのＣＤＯもさまざまなタイプの無数の担保資産から成り、それぞれ債務不履行《デフォルト》リスクも利回りも違う。

　ＣＤＯの最大のセールスポイントは、その証券化商品が〝安全だ〟という虚構にあった。そして、ＣＤＯは多様な人や組織の多様な債務で構成されるため、複数の債務が同時に焦げつく恐れはない、という謳い文句で売りに出された。さらには、どのＣＤＯも極めて複雑であり、どんな人にも――組成者自身にも――その価値が評価できず、販売価格については上限がないも同然だった。ＣＤＯを組成し、売却し、取引する者はただ市場の決定に委ね、市場のほうでもよくわかっていると断言できる者はいなかった。ＣＤＯは、ジェイムズ・ボンド映画に登場する悪党の発明品だ。ペテンそのものだ。まったく不透明な紙切れでありながら、安全で大きな利益を生むように思えた。その安心感によって、ＣＤＯの組成者の予想をはるかに超える勢い――と、はるかに高値――で購入者が群がった。その高値に驚く銀行家の様子を見て、さらに注文が殺到し、価格が急騰した。

莫大なマネーを生み出したことから、ＣＤＯを組成した銀行家は、騙されやすいカモに不良債権を売りつけるという、本来の目的をすぐに忘れた。自分たちが売り出したＣＤＯでほかの投資家が儲けると、指をくわえて見ていることができず、リーマン・ブラザーズのような銀行は欲に目が眩んで、みずからのＣＤＯを買い戻し始めた。買い戻せば買い戻すほど、すでに高い価格はますます高騰し、手元のＣＤＯの価値も跳ね上がり、ボーナスも跳ね上がった。その儲けに狂乱状態に陥った銀行は、巨額の資金を互いに貸し付け合い、より多くのＣＤＯを買い漁った。

要するに、銀行はみずからが仕掛けた罠に頭から飛び込んでいったのだ。そしてＣＤＯ内の不良債権がすべて焦げ付き、２００８年に市場が暴落すると、投資銀行はみずから掘った底な

44　社債やローン債権などの債務を束ねて、これを担保資産として発行される証券化商品。１９８０年代にアメリカで初めて発行されて市場が拡大した。２００７年に不動産価格が下落すると、サブプライムローン（低所得者向け住宅ローン）が多く含まれていた債務担保証券が、相次いで債務不履行（デフォルト）に陥り、２００８年の世界金融危機の一因となった。

しの穴に落ちた。その様子を目の当たりにした政治家と、連邦準備制度理事会（ＦＲＢ）やイングランド銀行、欧州中央銀行（ＥＣＢ）などの世界のおもな中央銀行は、慌てて金融機関を救済しようとした。その時だった。エスメラルダ率いるクラウドショーターズが、ストライキを呼びかけたのは。

テクノ反逆者たち

エスメラルダはイヴァと同じように大手金融機関で働いていたが、世界金融危機が起きる直前に退職していた。そのため、業界の裏の事情を熟知していた。クラウドショーターズは彼女の専門知識を活かして、中央銀行の目論見を外科的かつスタイリッシュに阻んだ。ほとんどの人が理解していないことを、彼らは理解していた。なにもかも民営化したことから、資本主義は〝金融ゲリラ攻撃〟に極めて脆弱になっていた。特にエスメラルダが理解していたのは、単純な債権からＣＤＯをつくり出す、「証券化」と呼ばれる不遜で皮肉なプロセスが、武力によらない草の根革命にとって絶好の攻撃対象だったことだ。

電気やガスなどの公益事業会社が民営化された結果、各家庭や中小企業に送られた電話や水道、電気料金の請求書はすべて、民間企業に支払う債務となった。だがそれらの民間企業は当の債務を、とっくの昔にどこかの金融機関に転売していた。それでは、その金融機関は具体的になにを購入したのか。市井の人《リトルピープル》たちが生み出す将来の収入の流れを回収する権利である。そして、その権利を使って彼らはなにをしたのか。その収入源を小さく切り刻んでいろいろなＣＤＯに紛れ込ませ、さらに別の——それこそ世界中の！——金融機関に売却したのだ。

エスメラルダとその仲間には、ＣＤＯの中身を特定する優れた技術的能力があった。苦心してソフトウエアを書き上げると、各ＣＤＯのどの債務がどの世帯の債務なのか、その請求書や債務の支払期限はいつなのか、誰に対する債務なのか、特定のＣＤＯを誰がその時々で保有していたのかを正確に突き止めた。その膨大なデータベースをもとに、エスメラルダたちは各世帯に連絡を取った。彼らのほとんどが激しい怒りを爆発させた。大手投資銀行のやり口にも。投資銀行家が待ち望んでいる救済措置に対しても。そこでエスメラルダたちは、費用がかからず、攻撃対象を絞った短期の支払い遅延ストライキに突入するよう、怒れる世帯に呼びかけた。エスメラルダはその運動を、クラウドショーティング（大衆による短期支払い遅延運動）と呼んだ。

クラウドショーターズが市民に呼びかけた檄文は、シンプルだった。実際、エスメラルダがヨークシャー地方の住民に呼びかけた初期の檄文は、プラーク（銘板）となってロンドンの国会議事堂を飾っている。

私たちに力を貸してほしい。あなたがその日の食事をテーブルに載せるのにも苦労しているというのに、そのあなたの法外な水道料金の請求書で利益を得ている者どもを、引きずり下ろすために。水道料金の支払いを2ヵ月間、遅らせるだけでいい。遅延料金の心配はいらない。クラウドファンディングで集めて私たちが補塡する。団結すれば揺るがず、分裂すれば倒れる！

同様のプラークはワシントンDCの議会議事堂のエントランスも、アテネのシンタグマ広場に面した国会議事堂も飾っている。

その呼びかけは瞬く間に拡散した。英国中の、やがて世界中の人びとがクラウドショーターズの活動を熱心に見守り、その訴えに従った。綿密に連携を図った支払い遅延ストライキは次々にCDO市場の崩壊を招き、その影響はおもな証券取引所にも及んだ。3週間もしないうちに中央銀行は悟った。民営化した公益事業会社が破綻の危機に瀕して、救済措置を必要としているというのに、金融機関が抱える数兆ドルの債務を救うわけにはいかない。

ほんの数ヵ月のあいだに2度も3度も続けて、数兆ドルをウォール街に投入するよう連邦議会を説得するのは不可能であり、アメリカ政府は、ゴールドマン・サックスやJPモルガンといった、金融業界の巨獣の歴史を終わらせるより仕方なかった。すさまじい波紋が生じた。アメリカの銀行を凌ぐ業績悪化によって、欧州の銀行も営業を停止する。ロンドンの金融街がメルトダウンを起こす。各国政府は、ガスや水道などの破綻した民間企業の再国営化を余儀なくされる。FRB、ECB、イングランド銀行、日本銀行、さらには中国人民銀行までが金融業界の空白に介入して、市民に銀行口座を提供せざるを得なかった。そして、それが中央銀行のパーキャプ口座への道を開いた。

エスメラルダとクラウドショーターズは、グローバル金融の衰退に大きな役割を果たしたものの、彼らだけでOC革命の炎を燃え上がらせることはできなかった。すでに崩壊の道をたどっていたウォール街の息の根を止めることはできたが、資本主義の凍結はそう簡単ではなかった。そこで重要な役割を担ったのが、別のテクノ反逆者たちだった。

インド西海岸に位置するムンバイには、金融センターで働き、みずからを「ソリダリティ・ソーシング・プロキシーズ（連帯調達代理人）」、略して「ソルソーサーズ」を名乗る急進的なトレーダー集団がいた。彼らは大企業の最大の株主が年金基金だと気づくと、グローバリゼーションでとりわけ〝お笑い草の〟不正行為に狙いを定めた。そしてクラウドショーターズに倣って労働者に呼びかけ、ゼロ時間契約、低賃金、二酸化炭素排出、劣悪な労働条件、あるいは株価吊り上げを狙った人員削減など、労使慣行が最悪の企業を名指ししてもらった。世界中の数百万人の労働者が一斉に悪徳企業の名をあげると、ソルソーサーズは、その悪徳企業の株式を保有する年金基金に払い込む月々の掛け金を保留するよう、労働者に訴えた。ソルソーサーズの次のターゲットはどの年金基金だ、という噂が立つだけで、その悪徳企業の株価は暴落し、不安に駆られた投資家は関連の株式ファンドから逃げ出した。しばらくするとソルソーサーズは、狙いを定めた企業のリストを年金基金に送るだけでよかった。リストを受け取った年金基金が、即座にその企業の株を処分したのだ。さもないと、入ってくるはずの月々の掛け金が入ってこなくなるからである。

みずからの影響力を知ったソルソーサーズはその翼を世界に広げ、さらに野心的で高尚な要求を行なうようになった。悪辣な会社や、環境問題に取り組まない企業の株式売却を求めただけではない。会社法の改正も求めたのだ。こうしてソルソーサーズは、シアトル近くを本拠とする、ある企業の先駆的なフラット構造に倣って、「１人１株１票」モデルを会社法に規定するための一歩を踏み出した。

２０１０年初めになると、新たなテクノ反逆者が登場した。「ブレードランナーズ」を名乗るグループである。１９８２年公開のＳＦ映画『ブレードランナー』で、レプリカントを追い詰めて始末する主人公リック・デッカードに敬意を表したのだ。彼らは自分たちをネオ・ラッダイトになぞらえた。19世紀初頭、労働者や職人が機械を打ち壊すラッダイト運動[45]が発生した。その時、熱心に労働者を擁護したのが詩人のバイロン卿だったことから、ブレードランナーズは21世紀のネオ・ラッダイトの守護者にその詩人を選んでもいる。とはいえ、ブレードランナーズは技術を恐れなかった。そして、19世紀のラッダイトたちを史上最も誤解された者として称えた。彼らが機械を打ち壊したのは自動化に対する抗議ではなかった。それは、技術イノベーションを使って労働者の尊厳と未来を剝奪しようとする、社会の趨勢に対する抗議だったのだ。事実、ブレードランナーズは、デジタルプラットフォームを駆使し、ＡＩも受け入れたが、そのような機械は共有の繁栄のために利用されるべきであって、ネオ封建制度か少数対多数の階級闘争の道具にしてはならないと強く訴えた。

ブレードランナーズが最初のターゲットに選んだのは、ビッグテックだった。巨大企業は独占力を振るい、その莫大な富のおかげで、ウォール街や年金基金に頼って資金を調達する必要がなかった。ブレードランナーズの初期のリーダーのひとり、アクウェシは１９９０年代にマイクロソフトで働いていた。２００９年初め、そのアクウェシは、グーグルが人間の新しい権利を〝うっかり〟発明してしまったと指摘した。自由に情報を入手し、即座にアクセスする権利である。

「新しい権利の発明に伴う問題は」アクウェシはグーグルの経営陣のひとりに、悪戯っぽく述

45　１８１０年代に、当時、産業革命の真っただなかにあった英国において、繊維工業を中心に起こった機械の打ち壊し運動。機械の導入によって、失業の危機に曝された労働者たちが起こしたとされる。「ラッダイト」の名称は、この運動を指導したネッド・ラッドという若者にちなんだという説がある。

べている。「情報提供の独占権を失い、情報供給が生み出す利益を得る権利も――まず間違いなく――失ってしまうことだ」

ブレードランナーズは、ビッグテックを一度に一社ずつターゲットにした大規模ストライキを指揮した。最初の成功はアマゾン相手の抗議ストライキだった。世界中の倉庫労働者の時給を2倍にせよ、という要求の回答を勝ち取るために、24時間のボイコット運動を呼びかけたのだ。ブレードランナーズが名づけたその「サイトを見ない日」に、アマゾンの売り上げは普段の10パーセントほども落ちなかった。だが、それで充分だった。時給の1・5倍引き上げを、アマゾンが即座に約束したのだ。この成功で勢いに乗ったブレードランナーズは活動範囲を広げ、いろいろな運動に乗り出した。

「サイトを見ない日」はソーシャルメディアで支持を集め、世界的なうねりを生み出し、若者を中心におおぜいの市民が参加した。やがて、次のターゲットを公表するだけで、その企業の株価は暴落し、経営陣と彼らのやり口はオンラインで容赦なく暴かれた。２０１２年初めにはフェイスブックを破綻に追い込み、個人情報の所有権はその個人に帰属するという法的承認も勝ち取った。ブレードランナーズは、大きな影響力を持つまでに成長し、歴史をつくり、社会に重大な変化をもたらした。

また、環境問題に取り組む「エンバイロンズ」と連携して、化石燃料産業の消滅も目指した。パニックに陥った各国政府に圧力をかけて、環境汚染物質に厳しい制限を課し、２０２５

年までに二酸化炭素の排出量を実質ゼロにして、土地の開墾とセメント生産にも制限をかけるように迫ったのだ。強い影響力を誇る業界のリーダー企業は、それらの制限を、クリーンエネルギーに転換して利益を上げる好機と捉えたが、OC反逆者はさらに、もしターゲットにされたくなければ次の条件に従うように要求した。上場を廃止し、社内で働く全員に取引不可能な株を1人1株ずつ与え、アナルコ・サンディカリズムの企業モデルへと転換する土台を築くこと。

3年も経たないうちに、クラウドショーターズ、ソルソーサーズ、ブレードランナーズ、エンバイロンズの4つのグループは、極めて強力なネットワークを築いて、ターゲットを絞った行動主義を展開した。これには〝国境なき寡頭政〟も持ちこたえられなかった。

コスティはそのネットワークを、テクノ・サンディカリズムと呼んでいた。20世紀を代表する偉大な経済学者のガルブレイスは、1960年代中頃に、資本主義の権力のネットワーク――巨大企業や巨大銀行で見られるその集合体――を、専門家集団《テクノストラクチャー》による管理機構と呼んだ。[46] テクノ・サンディカリズムは、ガルブレイスのその言葉に倣ったものだ。そうと知って最初、

46　経済学者のJ・K・ガルブレイスが、著書『新しい産業国家』のなかで提唱した。市場の不確実性を回避するために、大企業は「計画化」という手段を用いる。企業の所有と経営の分離が進んだ現代において、その意思決定を行なうのは、大企業内部の専門家集団だとして、ガルブレイスはその集団を「テクノストラクチャー」と呼んだ。

コスタは驚いた。その言葉に詳しい者にそれまで会ったことがなかったのだ。その時、ふと思い出したのは、2008年の時点まで、自分とコスティがまったく同じ人間だったことだ。

それは祝福であると同時に、制約ももたらした。コスタは、エスメラルダやアクウェシ、OC運動のほかの重要メンバーとも直接やりとりがしたかった。この先駆者たちは資本主義を奇跡のように限界点の向こうへと押し出し、新たな社会経済制度を描き出して、見事に実現させたのだ。その重大な移行のあらゆる面について、ぜひとも詳しく訊きたいものだ！　だがもちろん、そんなことはできない。ケルベロスのシステムでは、自分と同じDNAの持ち主としかやりとりができないからだ。コスティひとりに頼ることは、情報の範囲はもちろん、その量まで限られてしまった。やりとりをしばらく続けたあと、コスティはコスタの「退屈な歴史の質問」に苛立つようになっていた。

「退屈だって？」コスタは思わず声を上げた。「彼らについて、分厚い研究書がたくさん書かれても当然だと思うがね」

コスタは不満だったが、コスティはそれ以降、過去に関するコスタの質問にほんの断片的にしか答えてくれなくなり、その代わりに、コスティ自身が興味のある話題について詳しく語った。それでいて、OC運動の反逆グループについてコスティから届くわずかな情報から、技術に精通した彼らが天賦の才と勇気と節度を兼ね備えるという、類いまれな特性を持っていたことがわかった。成功した過去の革命家には欠けていた美徳である。たとえば、コスティの世界には「フライングピケッツ」を名乗るグループがいた。彼らは、1936年の「国際旅団」以来となる国際的な連帯を生み出した。国際旅団はスペイン内戦で活躍した外国人義勇兵の部隊であり、フランコ総統率いるファシストから民主主義を守ろうとしたものの、その目的は果たせなかった。いっぽうのフライングピケッツも崇高な目標を掲げた。OC運動が勢いを増す国からその勢いが弱い国や地域へと、多国籍企業が活動の場を移して労働力を搾取するのを阻止したのだ。こういうことだ。もしアメリカでOC運動の抵抗に遭って妥協を強いられ、その損失を補填するために、ある多国籍企業がナイジェリアで労働力を搾取しようと目論んだら、フライングピケッツがアメリカでストライキを呼びかけるとともに、ソルソーサーズやブレードランナーズと連携して、その企業の株式や証券、売り上げに損害を与える活動を繰り広げたのだ。

あるいは「ウィキブロワーズ」を名乗る反逆グループもあった。彼ら〝無政府主義のギークたち〟が、その重要な役割を証明したのは、既存体制によるOC反逆の圧殺計画を葬った時だった。ウィキブロワーズの慧眼は見抜いていた。政府や企業が一般市民や反逆グループよりもはるかに有利な立場にある理由は、彼らが監視情報にアクセスして、その情報を管理できるからである。ビッグブラザー[47]――市民を監視する独裁者や権力機構――を阻止するためには、こ

47　英国の作家ジョージ・オーウェルのディストピア小説『一九八四年』に登場する、架空の独裁者。国民を監視する政府や政治家を指す。後述のパノプティコンと同様に、監視社会の喩えとして使われる。

ちらも同じ手段を備え、同じ条件で戦う以外にない。そこでデジタルアイをつくり、そのレンズをビッグブラザーに向け、誰でもその動きを監視できるようにした。

ウィキブロワーズのいちばんの武器は、パノプティコン・コードと呼ばれるソフトウエアだった。パノプティコンとは、ジェレミー・ベンサム[48]が発明した、中央に監視塔を置いて、まわりに独房を放射状に配した「一望に監視できる円形の監獄」を指す。ウィキブロワーズがオープンソースを使って協業的に作成したパノプティコン・コードは、感染力の非常に強いコンピュータ・ウイルスだった。潜伏し、検知を逃れ、地球上のあらゆるコンピュータを密かに感染させた。そして、ネットワークでつながった世界中のデバイスに侵入したところで、ウィキブロワーズが起動させた。その結果、すべての情報が即座に透明になった。誰でもなんでもチェックできた。市民は政府のどんな極秘情報にでもアクセスできた。労働者は、彼らについて記した上司のファイルを読むことができた。誰でも、世界中のどこに取りつけられたカメラの映像でも見ることができた――街灯に取りつけられた監視カメラから、軍のドローンが捉えた映像までなにもかも。貧困層や弱者も初めて、富裕層や権力者と同じように情報にアクセスできるようになったのだ。アメリカ国家安全保障局（NSA）[49]の情報でさえ、例外ではなかった。わずか数分で世界は変わった。政府と企業は麻痺に陥った。何十億というレンズが彼らに向けられていたのだ。親族が互いに忌まわしい秘密を見つけ出し、多くの家族関係に亀裂が入った。生涯の友情は試練を迎えた。だが、その混乱は静かにやってきた。世界が画面に釘付けになったからであり、次にどこでなにが映し出されるのかわからず、不気味な静けさが降りたからである。

ＯＣ反逆者は、権力にしがみつく者の行動に世界の注目を集めた。あちこちの国でＯＣ活動に一斉に軍事介入するという政府の陰謀を、ウィキブロワーズが白日のもとに曝すと、世界中で非難の声が上がった。だが、陰謀に対する怒りは徐々に改革を求める声に変わっていった。職場の民主化。国家権力による監視の中止と非軍事化……。複数の国家がテクノ・サンディカリズムの活動家に企てた極めて致命的な攻撃を、ウィキブロワーズは防いだだけではなかった。それどころか、彼らは、はるかに大きなことを成し遂げたのだ。市民の力という精霊《ジーニー》を魔法のランプから呼び出したのである。いったん解き放たれたジーニーを、支配者層が再び閉じ込めることはできなかった。

コスタがわずかながら情報を得た最後のＯＣグループは、「インフィルトレイターズ」だった。「潜入者たち」の意味を持つ彼らの仕事は、コスタにとってあまり面白いものとは思えなかった。ＯＣ精神を植えつけるために、彼らはあらゆる国のあらゆる種類の既成政党に潜入し

48　18～19世紀の英国の哲学者、法学者。パノプティコン（一望監視施設）の考えは、近代管理システムの起源とされ、多くの刑務所や矯正施設などに取り入れられた。ベンサムはまた、哲学者としては「最大多数の最大幸福」を原理とする功利主義思想で知られる。

49　ＮＳＡは、米国防総省（ペンタゴン）の情報機関。暗号や通信を使った諜報、安全保障を担当する。

て活動を展開したのだ。潜入に失敗した時には、その国のOC反逆者に協力して新しい政党や運動、労働組合の結成を目指した。彼らにとって最優先の目的は、コスティが勤めるような会社のなかに、民主主義の参加形態をつくり出すことにあった。そのような参加形態を維持するためには、その地域や国で、あるいは国境を越えて、民主主義に活力を吹き込む同様の精神がぜひとも必要だったに違いない。

国が違えば、もちろんOC反逆の現れ方も違った。前進もあれば後退もあった。反逆者たちのほうで、妥協を迫られた場合も多い。それでもなお、1848年に欧州各地を襲った革命[50]と、1991年の旧ソ連の崩壊に影響を受けなかった者がいないように、反逆者が巻き起こす変化の波を、なんらかのかたちでかぶらない国はどこもなかった。既存制度の特徴が多く残ったとしても、あちこちの国で政治制度が変わった。アメリカで起きた急進的な変化は、「アメリカ合衆国建国の父」の精神の自然な発展形として描かれた。アメリカ連邦議会は、そして英国の国会議事堂でも、市民議会を受け入れざるをえなかった。中国において会社法の変更は、1990年代に毛沢東思想を切り離した、鄧小平《とうしょうへい》路線の論理的延長として提示された。欧州では、崩壊の危機にあるEUを支える新たな契約として導入された。皮肉にも、寡頭政の資本主義が最もしぶとく生き残ったのは、旧ソ連から独立した国々、特にロシア連邦においてだった。

「なにより奇妙なことに」コスティは書いていた。「資本主義の打倒と経済民主主義の確立を、誰よりも早くから夢見ていたのは僕たち左派だったのに、伝統的な左派は、ほとんどなんの力も及ぼせなかった」そんなことを聞いたら、アイリスは大喜びするに違いない。コスタはそう思った。

再会

こうしてコスタは、アイリスの家の玄関先に立っていた。心を許せる唯一の友人にその衝撃的な話を伝えるためである。切望と不安がないまぜになった再会の場合、たいてい社交辞令の挨拶や儀式がつきものだろう。ハグだとか「どうしてた?」の一言だとか、紅茶やお決まりの世間話だとか。だが、この時のコスタが強く望むとともに不安で仕方なかったのは、アイリスとイヴァが下す結論だった。案の定、アイリスの家のキッチンに招き入れられるとイヴァが加

50　フランスで起きた「二月革命」や、ウィーンとベルリンで起きた「三月革命」など、1848年に欧州で同時多発的に発生した革命を指す。

わり、挨拶も交わしたが、アイリスが質問を繰り出すまでにそう長くはかからなかった。「それで、いったいなんの用かしら？　ＴＡＴＩＡＮＡがあなたの妄想じゃなくて、恋人であることを願うばかりだけど」

第5章

審判が始まる

疑念を一時停止に

社交辞令や儀式などというものは、アイリスには無縁だった。ほぼ2時間というもの、アイリスはコスタを嘲笑い、揶揄し、弄んだ。コスティとのやりとりの内容を伝えようとするコスタの努力を挫いた。そして、2008年秋に自分とコスティの世界が分岐したと話したとたん、アイリスの嘲りは最高潮に達した。

「ウォール街が大暴落[51]した1929年には分岐しなかったと、どうして言えるの？」アイリスが皮肉交じりに訊ねる。「あるいは第2次世界大戦の最中には？　ヒロシマに原爆が落とされた瞬間には？　ベトナム戦争はどう？　2020年に、あの非情なウイルスが何ヵ月も私たちをロックダウンさせた日には？　そんなことを言ったら、プレミアリーグのウルヴァーハンプトン・ワンダラーズが、ゴールを決めるたびに分岐したっておかしくないじゃない？」

「確かにそうかもしれない！」コスタは答えた。「ひょっとしたら、数え切れないほどたくさんの違う現実が、どの瞬間にも枝を広げているのかもしれない。それが唯一納得のいく考えだ。だからと言って、それがどうなんだ？　理由はどうあれ、僕はコスティの世界と遭遇した。たぶんＨＡＬＰＥＶＡＭが導いてくれたんだろう。僕にとって、それがいちばん重要な世界だとわかっていて。いずれにせよ、分岐の先に世界があり、それが別の現実に無限につながっている、と考えたところで意味はない。『もし〜だったら』という話はいくらでも思いつくけど、確かめることはできないんだ。コスティとのやりとりは絶好の機会だよ。もちろん僕たちは、そのチャンスをうまく摑むべきだ！」

助け舟は思わぬ方向から現れた。イヴァである。彼女は「どれほど不満足か不幸せでも、私たちは最善の世界に生きている」という極端な楽天主義者であるいっぽう、そのありえない世界が存在するという思考実験に参加する気になっていた。しかも、イヴァ自身もその世界を本気で信じていないにもかかわらず、アイリスの頑迷で狭量な性格を暴露する機会をみすみす逃すつもりはなかった。

「私は構わないけど。あなたの言うコスティが存在して、架空の世界で元気に暮らしていると

51　１９２９年にウォール街のニューヨーク株式市場で株価が大暴落した。それをきっかけに、１９３０年代前半に世界的な大恐慌に発展した。経済は崩壊し、失業者が街に溢れ、各国は自国の経済を立て直すためにブロック経済へと転換し、保護貿易主義を生んだ。さらにファシズムの台頭を許すことになり、それが第２次世界大戦につながったとされる。

仮定しても」イヴァがコスタに向かって言った。アイリスが苛立つ様子を明らかに楽しんでいる。「信じがたい仮定を受け入れることが、啓蒙につながることもある。アイリス、あなたも知っていると思うけど、デカルト[52]はマイナス1の平方根という、現実には存在しない、ありえない数を発明した。どんな戯言《ざれごと》も信じる者を笑い物にするために。顎ひげを蓄えた架空の友が空におわすと信じる者を、不遜な無神論者が嘲笑うみたいに。だけど、それから1世紀もすると、オイラー[53]やガウス[54]のような天才数学者が現れて、もし私たちが疑念を一時停止にして、虚数が存在すると仮定すると、たくさんの重要な問題が解けることを証明した。それどころか、現代の技術は虚数なしには成り立たない。だからアイリス、いいでしょ？　もう一つの世界が存在すると仮定して、どこへ行き着くか、確かめてみましょうよ。コスタが導く〝ウサギの穴〟に飛び込んでみるのよ」

イヴァのオープンな態度に、アイリスは面食らった。

「学問的に高尚だという錯覚のせいで、あなたたち経済学者はイカれた仮定を、気持ちよく受け入れようとする」アイリスが続ける。「だけど、それが資本主義に疑問を投げかける仮定だったためしがない」そうは言ったものの、コスティのポスト資本主義世界を認めるイヴァの思いがけない積極性に気圧され、アイリスも頑なな態度を改めた。コスタもわざわざ、サンフランシスコからコスティの報告を携えてやってきたのだ。というわけで、とつぜん試合開始となった。

ワームホールを通して届いた報告を、3人はただの一段落も疎かにせず、6時間ぶっ通しで読み込んだ。数ヵ月後、アイリスはその日のことをこう綴っている。あの日、2025年6月12日木曜日にコスティの報告を読み、議論し、質問し合った数時間は、私たち3人を以前にもまして強く結びつけた。あのプロセスのおかげで、誰かがこの仲間を抜けることも、誰かほかの人間が加わることも不可能だ、という思いを確かめ合った。コスティの世界について、情報の断片をつなぎ合わせて理解することが、まずは全力を尽くす目標になった。自分やイヴァが実際にその存在を信じるかどうかは、もっとあとでいい。

だが、それはなぜだろうか——もう一つの世界のなにが、3人をそれほど強く結びつけたのだろうか。それは、3人が味わった幻滅の体験ではなかったか。イヴァは、善意でリベラルな資本主義を信じていた。アイリスは、革命が恐怖ではなく解放を生むと信じていた。そしてコスタは、技術が社会を民主化すると信じて疑わなかった。ところが、3人の信念はどれも無残に打ち砕かれた。その深い憂うつを前に、それぞれの信念が間違いではなかったかもしれない

52 16〜17世紀フランスの数学者、哲学者。幾何学に代数的解法を適用した解析幾何学の父とされる。また近代哲学の父とされ、著書『方法序説』のなかで「我思う、ゆえに我あり」という言葉を残した。

53 スイス生まれ。18世紀最大の数学者と謳われる。微分積分学を発達させ、視力を完全に失ったあとも研究を続けた。多面体に関するオイラーの定理などで有名であり、天体物理学者としても活躍した。

54 ドイツ生まれ。19世紀最大の数学者と謳われる。純粋数学のほか、応用数学や天文学、電磁気学の分野でも優れた業績を残した。磁束密度のCGS単位「ガウス」は、彼の名前にちなんでつけられた。

可能性の扉が開いたのだ。別の世界が実現していたかもしれないのだ。3人にとって、2008年は傷心の年だった。だからこそ、コスティの報告を読み込むことが、破れた夢を修復する共通の試みになったのだ。

イヴァは、学術論文に臨むような態度でコスティの報告を読み、オイラーやガウスがデカルトの虚数を扱ったような態度で、コスティが描き出す企業のあり方について考えた。アイリスはすぐに夢中になり、かつてその実現に命を懸けた急進的な世界が存在する可能性を探った。そして、コスタは孤独な生活から解放され、束の間の休息を味わっていた。

さまざまな圧制のかたち

アイリスは信じなかった。上司のいない企業は確かにすばらしく思える。だが、背後にはたくさんの問題が隠れているに違いない。コスティの話のようにはいかないはずだ。

「フラット組織だからといって、圧制的なヒエラルキーが無条件になくなるわけじゃない」アイリスが続ける。「正式なピラミッド型の権力構造がなくても、コスティの会社は簡単に専制的な職場になりうる。なんといっても、容赦ない圧制のパターンを人類がつくり上げたのは、法や市民、企業という言葉が書き記されるはるか以前だったのだから」

自分は苦い経験を通してそう学んだのだ、とアイリスが漏らした。1970年代、アイリスは若い大学講師として「象牙の塔」に入った。男性の同僚は、アイリスが議事録を取り、紅茶を淹れて当然だという態度を示した。法に規定されていたわけじゃない。もっとひどい。雑用はどうせ若い女性の仕事だという、休憩室に漂っていたあの無言の圧力は、世間に漂う家父長制となんら変わりなかった。

権力のネットワークをつくるのは法と明文化されたルールだという考えは、よくある勘違いにほかならない。いいえ、権力のネットワークが先よ。まずはそのネットワークが自然に出現し、そのあとで行動規範や規則ができ、最後に法のかたちに結晶する。ヒエラルキーを法制化する慣例を葬ったところで、ヒエラルキー構造にとどめを刺せるわけじゃない。宗教組織を脱退したところで、迷信を排除できないのと同じことだ。コスティの企業で誰もが公的な自主管理を享受していることは、アイリスも疑ってはいなかった。「だけど、見えないところで自主管理を強いられてる人はきっといる」

アイリスの異議は、フラット組織に対する疑念にとどまらなかった。男性優位の権力ネットワークを身をもって経験したアイリスは、人間の性はヒエラルキーの空白を嫌い、その空白を埋めるために、目に見えない、微妙なかたちの圧制と支配の方法を無数に見つけ出す、という信念の持ち主だった。それはつまるところ、平等主義を掲げる学校の校庭で、いじめっ子が小さな病んだ帝国を築くことだ。ヒエラルキーは弱者を虐げる時でも、弱者を保護する。埋め合わせというわけである。多くの同僚が民主的な機構を乗っ取るさまを、アイリスは嫌というほど目にしてきた。労働組合やタウンホール・ミーティング（社内対話集会）のこともあれば、協同組合や近所の活動グループのこともあった。だからこそ、骨の髄までサンディカリストのアイリスは、ブライトンの小さな自分だけの世界に引きこもったのだ。そしてまさしくその同じ理由によって、コスティの言う上司のいない企業に対する疑念を本能的に拭えなかった。

「正式な圧制と正式じゃない圧制の、どちらのヒエラルキーを選ぶのかと訊かれたら、私が選ぶのは正式な圧制のほう。同僚どうしのなかの隠れた強制じゃなくて」

フラット組織に対するイヴァの異論は、もっと実務的だった。

「すばらしいように聞こえるけど」イヴァはくすくす笑った。「なにかを前に進めるためには、すぐに誰かが誰かになにかをしろと命令するはめになる」

イヴァの考えはこうだ。建築家や弁護士の礼儀正しい事務所では、民主的なパートナーシップもしばらくのあいだは、それなりにうまく機能するのかもしれない——だが下働きの人間にも同等の議決権を与えるべきだという、馬鹿げた考えを受け入れるように要求された時にはどうだろうか。たとえその要求を受け入れたとしても、新たな関係は長続きせず、時とともに破綻する。イヴァはその意見を頑として変えようとはしなかった。パートナーシップが拡大すると、合意に基づく組織は厄介なものになる。必然的に非効率になり、不満が生じる。退職者が出て、新規採用者が入ってくると、常に面倒な問題が持ち上がる。遅かれ早かれ、泣き言が機能停止につながる。もしフラット組織が確かなモデルなら、この世界でも主流になっていたはずだ。それが、イヴァの断固たる考えだった。

その時、それまで聞き役に徹していたコスタが口を開き、イヴァにこう指摘した。僕たちが暮らすこの世界でも、英国だけで少なくとも2000万人が、組合、共済、NPOなどの「民間非営利セクター」で働いている。そこには、彼らを解雇する権利、彼らに仕事を強要し、彼らを罰する権利は上司にはない。たとえば、救命や消防をはじめ、基本的な社会サービスを提供する組織で働く人たちは驚くほど有能だ。彼らのような民間組織がなければ、2020年のコロナ危機はもっと多くの命を奪ったに違いない。僕が考える問題はこうだ。経済全体は果して、そのような民間の非営利部門に倣えるのだろうか。

アイリスが首を横に振った。コスタに向かってではない。イヴァに向かってだ。イヴァが意図的に論点を外したからだ。

「民主的なパートナーシップが本質的に非効率なわけじゃない」アイリスが反論する。「コスタが指摘した通り、正式に任命された上司がいなくても、秩序がおのずと生まれることはある。だけど、民主的パートナーシップがその並外れた能力を発揮するのは、すでに権利を有する者の権限を強化するとともに、残りの者からこっそり力を奪い取る時ね」上司の権限が正式に規定され、それゆえ戦う余地がある時に上司の支配を受けること以上にタチが悪いのは、上司を置かないことが正式な権利で決まっているにもかかわらず、酷使され、搾取されることだ。「リベラルとして」アイリスは直接イヴァに話しかけた。「あなたもきっと同じ意見だと思うけど、ここで答えるべき本当の問いはこうじゃない？　他者を支配する力を、どうやって封じ込めるのか。職場などのいじめは、どうやって阻止できるのか。フラット組織は、家父長制と戦うための妥当な第一歩なのか」

いろいろな証拠がある、とアイリスは言った。いっぽうでは、公的に平等主義を謳う場所で最悪の虐待が横行している。その最たる場所が家庭だ。そのいっぽうで、コスタが指摘したように、合意に基づく形態において組織が完全にうまく機能できることを、多くの人が毎日のように証明している。

「あなたは小事にかかわって、大事を忘れていると思わない？」今度はイヴァが反論する番だった。イヴァにとってはるかに大きな懸念のもとは、ピラミッド構造を排除したことではなく、株式取引を禁止したことだった。威圧的な同僚が権力を握りすぎないか、と心配することは贅沢な悩みだ。起業するか事業を大きく育てたい時に、株式の売却を禁じられていたらどうだろう。そこに象徴される、合理性と自由とを揺るがす甚だしい脅威と比べれば、専横な同僚など贅沢な悩みにすぎない。「株の購入を禁じるだけでも充分ひどいのに、それを権力の民主化という名の下に行なうなんて、まったく追い討ちをかけるようなものよ」

イヴァはコスタがどこでその通信文を手に入れたのか、聞いていない。だが、どうせコスタのユートピア的な空想の産物だろうと考えていた。だから、コスタが自由市場の代わりに思い描いたのが、お決まりの集産主義者の悪夢でなかったことに励まされる思いだった。イヴァはもう長いあいだ、コスタとアイリスという左派の友人に対して、自由市場を擁護してきたのだ。イヴァは実際、喜んでいた。コスタが思い描くユートピアの企業では、〝子守国家のおせっかい〟に妨げられることなく、人びとが自由に転職していたからだ。かつてあれほど自由市場資本主義を否定していたコスタが、資本主義のない市場を理想化しているとは、なんて大きな進歩だろう。それでも考えれば考えるほど、コスタが焼き直した社会主義が、古いスターリン主義[55]の国家建設計画以上に、合理性と自由に対する脅威になるかもしれない、とイヴァは思った。市場は受け入れるが、株式市場は禁ずるという巧妙な一手に、イヴァは全力で反撃する必要性を感じた。

「企業の一部の売却を禁じるという考えは、農奴制[56]へと続く道の第一歩になる」イヴァの口調は熱を帯びていた。「それは、成人どうしが同意の上に取引するという、誰にも奪えない権利

55　ヨシフ・スターリンは、１９２４～53年の旧ソ連の最高指導者。１９２４年末に「社会主義国家建設」の理論を打ち出し、１９２８年からの「５ヵ年計画」によって、急速な工業化と農業の集団化を強硬に推し進め、国民を抑えつける政策を取った。

に異議を唱えること。ジルがジャックにりんごか企業の一部を売りたいと考え、ジャックのほうでも購入に同意しているのなら、なんの権利があってそれを阻止するわけ？」

まるでイヴァはアイリスを、もう一つの世界の懐疑者から擁護者に転向させようと目論んでいるかのようだった。

流動性所有

株の取引は、ジルがジャックにりんごを売るのと同じように、シンプルで無害なものだろうか。コスティの世界で株式取引を法律で禁じたことは、自由の侵害と愚行だろうか。それとも、民主主義国家で投票権の売買を禁じているのと同じく、優れた考えだろうか。それが問題だ、という点ではアイリスもイヴァも意見は同じだった。ところが当然ながら、答えは同じではなかった。

イヴァの答えには、複雑な哲学的議論も歴史的分析も必要なかった。株とは、企業が将来に生み出す利益の一部を、株式の購入者が受け取る権利を付与する契約にすぎない。もしジルがジャックにりんごを売ることになんの問題もないのであれば、ジルの果樹園で将来に実をつける収穫の分け前を、なぜジャックに売ってはいけないのか。その違いは、ジャックが購入するのが、まだ生産されていないりんごの収穫の一部だという点だ。ジャックはリスクがある点も承知している。たとえば収穫前に雹《ひょう》が降って被害が出たら、ジャックが手にできるりんごが少なくなってしまうかもしれない。だが、もしジャックがそのリスクを承知で、喜んで自分のおカネを支払うのなら、なんの権利があってジャックをとめられるだろうか。

いっぽうのアイリスは、その違いはイヴァが考える以上に大きい――実際、はるかに大きい――と考え、次のように説明した。レヴァント会社[57]は、エリザベス1世時代に設立され、地中海貿易を独占した会社である。そのような世界的な貿易会社でさえ、16世紀末まではギルドかパートナーシップだった。個々の構成員が資金をプールして、個人ではとても不可能な大事業に取り組んだ。ところが、1599年9月24日のこと。シェイクスピアが『ハムレット』の完成に向けて頭を悩ませていた場所にほど近い、ムーアゲイトフィールズを入ったところにある

56　封建的身分・社会制度。農奴と呼ばれる半自由民の農民が、領主から土地を借りて耕作に従事し、生産物地代や賦役（労働）、相続税などの義務を負った。領主の支配を受け、土地に縛りつけられたが、家族や財産を所有でき、ある程度の自由を認められていたという点で奴隷と異なる。

57・58　レヴァント会社は地中海貿易を専門とした英国の会社。その後、英国、オランダをはじめとする列強各国で帝国勅許の東インド会社が設立され、のちの株式会社のもととなった。

ハーフティンバー様式の建物で、歴史的な出来事が起きていた。ある会社が設立されたのだ。その所有権は小さな断片に分割され、ちょうど銀のように、匿名で自由に売買できた。実際の事業活動に関わることなく、誰にも告げることもなく、新しい会社の一部を所有できた。こうして、世界初の合本制会社が誕生した。それが、チューダー朝のイングランドで最も革命的な発明だったことは間違いない。その会社の名前は、もちろん東インド会社[58]である。

今日、ある解説者は、東インド会社の所有構造をテムズ川の美しい水の流れに喩える。その流れは「同じ川には違いないが、川を構成する水は絶えず変化している」。ある企業の所有権がひとたび、その企業を設立し、なかで働く人たちから切り離されるようになると、企業は流れの集成になる。それ自体が流動性の生命を持つ。人間の感覚を超えて拡大することもある。実際、川のように不滅の存在になるかもしれない。

アイリスは続けた。歴史とは、権力の蓄積をめぐる絶え間ない戦いである。一国の王であろうと、コカ・コーラのような巨大企業であろうと、莫大な資金はそのような権力の蓄積に必要な資源を買い取る。匿名で取引可能な株を無制限に発行できる権利と、流動性ある株式市場の設立は、新たな存在をつくり出した。強大な権力を持つ企業である。本拠を置く国の権力をも凌ぐほど強大な権力を握った企業は、遠い異国の地でもその力を大いに発揮して、人びとと資源を搾取できた。

株式保有とうまく管理された株式市場は、歴史に勢いを吹き込んだ。東インド会社において、所有と事業活動とを切り離したことが、可変的で圧倒的な力を解放した。やがて歯止めがきかなくなり、大英帝国をも凌ぐ力を持ち、株主の利益だけに責任を負った。国内において、東インド会社の官僚制は女王陛下の政府を腐敗させ、大きな支配を及ぼした。海外においては、総勢20万人の私兵がアジア諸国や大西洋に浮かぶ島々の、それまでなんの問題もなく機能していた経済を破壊し、現地の人びとを確実に、システマチックに搾取した。

とはいえ、東インド会社が特殊だったわけではない。その後、東インド会社をテンプレートに多くの会社が生まれた。そのうちのひとつアングロ・ペルシアン石油（現ＢＰ）は、１９５３年に米英の秘密情報機関と協力して、イラン最後の民主政権の転覆を図った。あるいは、アメリカのコングロマリットであるＩＴＴ（国際電話電信会社）は、１９７３年にチリで発生した軍事クーデターで重要な役割を果たした。もっと最近の例をあげれば、アマゾン、フェイスブック、グーグル、エクソンモービルなどがそうだ。これらの巨大企業相手に、どんな国民国家の支配も実質的に及ばない。

リベラルは馬脚をあらわした。権力の過度の集中を見て見ぬ振りをした時、リベラルの本性が露になったとアイリスは非難する。東インド会社の支配下にある社会の自由は、全体主義政権の支配下にある社会の自由と変わらない。つまり、そこに自由などない。だからこそ、りんごの売買と株式の売買とは似て非なるものだ。大量のりんごは最悪の場合でも、大量の腐ったサイダーを生産するだけだが、流動性の高い株式に投資する巨額の資金は、市場にも国家にもコントロールできない、悪魔のような力を解放しかねない。

「リベラリズムの致命的な偽善は」アイリスはさらに非難する。「高潔なジルとジャック、近所の肉屋、パン屋、ビール醸造者の存在を喜んでおきながら、恥ずべき東インド会社やフェイスブック、アマゾンを擁護したこと。これらの巨大企業にご近所はない。パートナーもいない。道徳感情にも配慮せず、競合を破滅させるためには手段も選ばない。パートナーシップを匿名の株主に替えることで、私たちはリバイアサン（怪物）を生み出してしまった。それがついには、イヴァ、あなたのようなリベラルが大切だとおっしゃる、あらゆる価値を台なしにして否定したのよ」

話しているあいだに、自分の言葉につい感情が昂ったこともあり、アイリスはコスティが描き出す世界について、思わず熱っぽく語っていた。

進化の流れと歩むか、絶滅と戯れるか

「藁《わら》にもすがろうってわけね、アイリス」イヴァの顔には憐れみの表情がありありと浮かんでいた。「市場の美点は、最も適した組織のかたちが生き残る自然の生息環境だってこと。それ以外は架空の世界でしか生き残れない。1人1株の原則に基づく民主的な企業が、どんな意味でも優れているのなら、いま、ここに存在しているはず。ところが実際、それはコスタが空想する報告のなかにしかない」

それを合図にコスタが口を開いた。「ある環境で進化したシステムが証明するのは、そのシステムが、その環境でみずからを複製するのが得意だということだけだ。僕たちが暮らしたくなるようなシステムを生むわけでもない。さらに重要なことに、より長く生き残る能力を表しているわけでもない。環境は変わる。時に急激に、時にシステム自体が及ぼす悪影響によって。ほかのシステムを打ち負かすことは、それらのシステムと調和して生きる以上に、自己破壊を招くかもしれない。ウイルスがいい例だ。エボラウイルスは感染力と複製力が極めて強く、宿主《しゅくしゅ》の致死率は、たとえば新型コロナウイルスと比べてもはるかに高い。新型コロナウイルスは〝比較的無害〟でありながら、2020年に資本主義を屈服させた。問題は、株式取引と資本主義がこれまでほかのシステムを打ち負かしてきたかどうかではない。そのふたつの影響として、宿主である社会が果たして生き残れるのかどうかなんだよ！　そして、それについて言えば、君たちふたりがまだ考えていない、別の要素も考慮に入れるべきだ」

「へえ、そうなの？」とイヴァ。「まあ、そう言うんなら、ご親切に教えてくださらない？

私たちが見落としたという、その要素を」
「テクノロジーだよ、もちろん」それがコスタの答えだった。

電子流動性

「もし今日の株式市場の影響を正しく評価するのならば」コスタが続ける。「アイリスが指摘したように、17世紀に株式市場が誕生したことだけや、あるいはイヴァ、君が披露したように、株式市場が広く浸透したという事実だけで捉えることはできない。株式市場の進化を、環境との関係も踏まえて考えなければ。取引可能な株の導入のおかげで、企業は理論上、制限がなくなったのかもしれない。ところが、実際に制限がなくなったのは、ある技術が発明されたあとだ。1864年に英国の理論物理学者ジェイムズ・クラーク・マクスウェル[59]が発見して、活用した電磁気学が可能にした技術だよ。

さて、僕は確信を持ってこう認めるが、もしマクスウェルがかの電磁方程式を考え出したのが、たとえば15世紀だったなら、ほんのひと握りの数学者仲間が大いに刺激を受けて終わりだっただろう。それ以上のことはなにも起こらない。ところが、トーマス・エジソンがマクスウェルの方程式を使って送電網を開発したからこそ、世界に電力を供給することになった。エジソンにそのような偉業が達成できたのも、株式市場を介して巨額の資金を調達できたからだ。君に言う必要もないだろうがね、イヴァ。ニューヨークのパールストリートにエジソンが開設した世界初の発電所は、株主が所有していた」

「まさにそれが私の言いたかったことよ」イヴァがにっこり微笑んだ。「マクスウェルの方程式がなければ、発電も電話も、レーダーもレーザーも、デジタルのものはなにひとつなかったに違いない。だけど株式市場がなかったら、GEやベル電話会社、アマゾンなどのネットワーク企業が必要とする巨額の資金は調達できず、科学者の描いた設計図は、ダ・ヴィンチのヘリコプターの設計図とともに、博物館に展示されて終わりだった。だからこそ、株式市場を禁じた先進社会を思い描くなんて、まったくどうかしてる」

「ちょっと待って、イヴァ」コスタが口を挟んだ。「株式市場が技術と遭遇して、どちらも変化を遂げた。お互いに変化して共進化を遂げた。そして、新たなものを生み出した。ガルブレ

59　19世紀の英国の理論物理学者。同じく英国の物理学者であるマイケル・ファラデーの電磁場説を理論化して、電磁波の存在を証明した。1864年に「マクスウェルの方程式」によって、電磁気学の基礎方程式を表した。

イスの言うテクノストラクチャーだ。そしてそのプロセスのなかで、株式市場と技術はそのふたつの環境も変えたんだ」

テクノストラクチャーの誕生

歴史を猛烈な勢いで前に進めた本当の原動力は株式市場ではない、とコスタは言った。エジソンが抱いたような壮大な野心に融資するためには、株式市場は流動性がまったく足りなかった。コスタが改めてイヴァに指摘したように、20世紀の変わり目にあれだけの発電所、送電網、工場や配電網の建設を賄うだけの資金は、銀行にも株式市場にも調達できなかった。あれだけ大きな規模のプロジェクトを軌道に乗せるためには、同じくらい大きな規模の信用ネットワークが必要だったのだ。

株式保有と技術は手を取り合って、株主が所有する巨大銀行の誕生を促した。巨大銀行は、新たな種類の巨大債務を生み出し、新たな巨大企業に積極的に融資した。そしてそれは、世のトーマス・エジソンやヘンリー・フォードたちに対する、巨額の当座貸越のかたちを取った。もちろん、彼らが借りた資金は実際には存在しない――まだ、この時点では。それどころか、彼らは巨大企業を築く資金を、その巨大企業が将来、生み出す利益から前借りしているようなものだった。

その信用供与枠が生んだ大量の資金は、製鋼法のベッセマー転炉やパイプライン、機械、送信機を製造し、ケーブルを設置しただけではない。企業の吸収合併にも使われて、もとの巨大ネットワーク企業を凌ぐカルテルが誕生した。民間とはいえ、旧ソ連のような「計画化体制」が登場して世界中に広がり、大企業家や金融業界の大物が手を組み、みずからのためにみずからが思い描く未来をつくり上げた。それがガルブレイスの言う、大企業のなかの専門家集団「テクノストラクチャー」である。コスティの世界でテクノ・サンディカリストたちが引きずり下ろそうとしたのも、そのテクノストラクチャーだった。

コスタが説明する。「テクノストラクチャーは、20世紀のあいだに何度も制御不能な状態に肥大し、市場の規律や公共の美徳といった考えを圧倒した。ウイルスと同じように、テクノストラクチャーも繰り返し宿主を病気にした。彼らが民間債務を貪欲に求めたことから、1929年に株価が暴落し、1930年代には大恐慌が発生して、第2次世界大戦の悲劇を招いた。その影響を受けて、戦後の各国政府は巨大銀行を去勢し、テクノストラクチャーを鎖につないだ。ところが1970年代初めになると、彼らは軛《くびき》を逃れて、国の制約を振り払った。

やがて彼らを支援し、扇動したのが、サッチャー首相とレーガン大統領が起こした政治的反乱だったんだよ。

こうして、テクノストラクチャーは再び支配力を掌中に収めたんだ。そして、将来価値を略奪する彼らの試みは新たな高みに達し、２００８年にまたもや世界金融恐慌を招いた。今回は一掃すべき世界戦争の瓦礫はなく、中央銀行が大量のお札を刷り、そのぴかぴかの公的資金を注入されてテクノストラクチャーは素早く復活した。だけどその頃にはウイルスはその宿主をひどく病気にして、みずからの環境を略奪してしまい、完全な回復は望めなかった。肥大して、炎症を起こしたテクノストラクチャーは、新たな流動性を真の生産力に、質のいい仕事に、カーボンニュートラルな経済に転換できなかった。その状況の恐ろしい危険を身に沁みて理解するためには、環境の略奪によって発生した２０２０年の本物のウイルスが必要だった。それでもなお、その時もまた、各国政府はテクノストラクチャーに巨額の資金をつぎ込むことが妥当だと考えた。彼らがまるで救命ボートででもあるかのように、病気の原因にしがみついたんだ。２０２３年になる頃には、テクノストラクチャーと寡頭政の支配者たちは、この地球を――制御不能に陥った環境危機と社会危機に捕らわれたこの惑星を――ますます牛耳っていた。だからこそ僕が危惧するのは、地球という惑星の正気を取り戻すためには、株の取引を禁止するだけでは不充分ではないか、ということなんだ」そして、コスタはこう締めくくった。

「だけど僕に言わせれば、ＯＣ反逆者はどんぴしゃだった。ああいう活動が必要なんだよ！」

郵便はがき

料金受取人払郵便

小石川局承認

1063

差出有効期間
2022年9月9日
まで

112-8731

東京都文京区音羽二丁目
十二番二十一号

講談社
第一事業局企画部
行

★この本についてお気づきの点、ご感想などをお教え下さい。
(このハガキに記述していただく内容には、住所、氏名、年齢などの個人情報が含まれています。個人情報保護の観点から、ハガキは通常当出版部内のみで読ませていただきますが、この本の著者に回送することを許諾される場合は下記「許諾する」の欄を丸で囲んで下さい。

このハガキを著者に回送することを　許諾する　・　許諾しない)

TY 000069-2009

愛読者カード

今後の出版企画の参考にいたしたく存じます。ご記入のうえご投函ください（2022年9月9日までは切手不要です）。

お買い上げいただいた書籍の題名

a　ご住所　〒□□□-□□□□

b　お名前《ふりがな》

c　年齢（　　　）歳

d　性別　1 男性 2 女性

e　ご職業（複数可）　1 学生　2 教職員　3 公務員　4 会社員（事務系）　5 会社員（技術系）　6 エンジニア　7 会社役員　8 団体職員　9 団体役員　10 会社オーナー　11研究職　12 フリーランス　13 サービス業　14商工業　15自営業　16農林漁業　17主婦　18家事手伝い　19ボランティア　20 無職　21その他（　　　）

f　いつもご覧になるテレビ番組、ウェブサイト、ＳＮＳをお教えください。いくつでも。

g　最近おもしろかった本の書名をお教えください。いくつでも。

小事と大事

資本主義は大企業に有利に働くようにできているというコスタの批判に、イヴァは反感を覚えなかった。リーマン・ブラザーズのような巨大銀行が、エベレストさえ矮小に見えるほど莫大で、不安定な債務の山を築いたという批判も受け入れた。イヴァにとって譲れないのは自由市場であり、集産主義に強い恐怖を抱いていた反面、ゴールドマン・サックスのペテン行為も、アマゾンが中小企業を破綻に追い込む権利も、エクソンモービルが地球を燃やし尽くす行為も擁護しなかった。

最後には、イヴァも彼らがなにを企んできたのかを身をもって学んだ。世のCEOたちは、社会の富を増やすためではなく私物化するために、金融業界の大物《グル》と化していたのだ。2008年に世界金融危機が起きる前でさえ、世界の裕福な事業体ランキングの上位100のうちの65は、一国の政府ではなく金融化した法人だった。「それにまさか」イヴァが交互にふたりを見つめて言った。「彼らが社会の価値の擁護者であるはずがない。ところで、コスタ。腐敗しやすい、ごくひと握りの経営者が強大な権力を振るう危険性について、わざわざこの私に講義していただかなくても結構。だけど」イヴァが続けて反論する。「これは声を大にして言わせて。小さな欠点のせいで本当に大切なものを捨ててしまうことは、本当に賢明かしら？東インド会社やリーマン・ブラザーズ、ウォルマートといった民衆の敵を、株式市場は誕生させる。だからといって、それが取引可能な株を禁止する大きな理由にはならない。ええ、車は玉突き事故を発生させる。だけど、それが車を禁止する理由にはならない。それどころか、より優れた交通規制をより厳格に施行する理由になる。企業も同じ。ぜひとも社会に介入させて、社会が正しいアメとムチを使って、企業を社会の共通利益の方向に導く必要がある」

「待った、ちょっと待った」それはイヴァらしくもない議論の矛盾だった。その矛盾を指摘する機会にコスタは飛びついた。「君と知り合ってもう長いけど、君はまさしく、その社会の共通利益という概念に、ずっと批判的だったんじゃないのか」

イヴァは痛いところを突かれた。社会の望みを客観的に理解するのは難しいどころか、不可能だというのが、イヴァの考えだったからだ。具体的に言えば、イヴァや仲間の経済学者は、どんな公平な方法の可能性も否定した。すなわち、さまざまな人の多様な望みを、良識的で実行可能な社会的優先事項のリストにまとめることはできない、という考えの持ち主だったのだ。だからこそ、資源を配分する合理的かつ最も効果的な方法は、自由市場の競争以外にないと信じた。実のところ、共通の利益という考えを急進的に否定したのはマーガレット・サッチャーである。1987年9月に女性雑誌『ウーマンズ・オウン』のインタビューで、サッチャーはこう大袈裟に問いかけた。「社会とは誰のことですか。社会などというものは存在しません！　あるのは個人の男女、そして家族だけです」

「長いあいだ、君が僕たちや学生に話してきたように、共通の利益を——社会全体の意志を——定義するのが不可能なら」コスタは追及した。「社会はどうやって介入するんだ？　どの共通の目標に向かって企業を導くんだ？　あるいは、君が考えを変えたということか」

「あなたの指摘はもっともよ、コスタ」しばしの沈黙を破ってイヴァが認めた。「社会全体の意志を見極めようとしても、より影響力の強いグループや個人に操られてしまうことは避けられない。だけど、共通の利益をいつも不完全にしか捉えられないとはいえ、大まかには捉えられるし、また捉えるべきよ。富をつくり出す市場の力を完全に失ってしまわないために」

「そんなこと、許さない！」アイリスが大声で口を挟んだ。「ひとつしかない、あなたの取り柄を犠牲になんかさせない。少なくとも信念は守るのよ、イヴァ！」

アイリスにとってイヴァの取り柄とは、曖昧模糊としたエセ進歩主義を唱える改革屋とはきっぱり手を切った、サッチャーのような態度にあった。彼らのような独りよがりの改革屋ときたら、「共通の利益」について延々と御託を並べるが、その実、自分たちが単に絶滅寸前の体制を擁護していることに気づいてもいない。実際、共通の優先事項という考えをイヴァが容赦なく否定するのを、アイリスは全面的に支持していた。もっとも、イヴァとはまったく別の理由からだった。

「共通点なんか、あるはずがない」アイリスが指摘する。「清潔な飲み水もなく、一日1ドル以下で暮らす少女と〝宇宙の支配者〟とのあいだに。1回のボーナスが、サハラ以南の一国の教育予算を凌ぐ彼らとのあいだに」

「それでいて、彼らのあいだでも公正な競争は不可能だ」コスタが言った。「アマゾンやウォルマートのような強大な企業に勝てる者はいない」

「選択肢は次のどちらかしかない」アイリスが続ける。「重要な価値や自由を、リベラリズムの名において強圧的に押し潰す寡頭政に屈するのか。それとも、資本主義という発明を覆さざるをえないと認めるのか。そして後者の場合、残された道はひとつしかない。コスティの話を信じるならば、それはOC反逆者たちが切り開いた道ってこと」

「なるほど」イヴァが頷く。「それには同意する。たぶん、あなたの言う通りだと思う。資本主義という野獣を手懐《てなず》けようとしても、おそらくうまくいかない。そして、その場合」イヴァがアイリスの目を見据えた。「1980年代初めに、あなたたちが老いぼれの中道派ではなくサッチャーを選んだように、いまの私は株を取引する自由を選ぶ。たとえそのために、息子のトーマスが大人になった時に世界を牛耳っているのが、強大な権力を振るう醜い企業だとしても。完璧な選択なんてありえない、アイリス。私たちはみな、毒を選ばなければならない。手足を縛られた社会のなかで生きていかなくちゃならない。だけど私は、自分の小さな会社の株を売ったり、大企業の株をほんの少ししか買ったりできない社会には生きていたくない。なぜなら結局のところ、私たちを貧困から救い出し、いまも貧困に喘ぐ数百万人を救い出す現実的な可能性を与えてくれるのは、株の取引しかないからよ」

愚か者の賭けか

「考えてみて、アイリス」イヴァがさらに問いかける。「確かに2008年はひどい年だった。でも、この1世紀の技術の進歩に驚かないのはミドルクラスの偽善者だけ。そしてその1世紀のあいだに、数十億人が貧困を脱して大きな安堵を感じ、さらには安い服や充分な食べ物から、ほかの人たちとつながるスマートフォンまで、いろいろな利益も望めるようになった。それが可能になったのは、株取引によって現在が未来から借り入れができ、これまでよりも豊かな生活を送れるようになったから。株取引がなければ、企業はコスティの世界のように、資金調達をすべて借り入れで賄わなければならない。もしそうなら、私たちはいまも16世紀と同じような暮らしをしてるはず」

「あなた、2008年の金融危機から本当に何も学ばなかったわけ?」アイリスが訊く。「存在しないおカネを融資する免許と株式市場とが結びついた時、破滅へと続くハイウエイが生まれる。すべての企業の所有が、ごく一部の人間の手に集中するだけじゃない。経済が根本的に不安定になる。なぜか。それは、未来が愚か者の賭けだからよ、イヴァ! 未来は『うまく行けば』とか『もしかしたら』とか、せいぜい『ひょっとすると』という可能性にすぎない。資本主義は債務で私たちを惑わし、未来はこれまでとは違うと請け合ってきた。5年前に新型コロナウイルスによって債務バブルが弾けると、資本主義の途轍もない脆弱性が露になった。ウイルスは、2008年以降の回復に伴うあらゆるナンセンスにとどめを刺した。そして2008年の時と同じく2020年のあとに資本主義が証明したみずからの能力は、自然淘汰の興味深い逆転現象だった。つまり、銀行の破綻規模が大きく、損失額が大きければ大きいほど、巨額の公的資金を注入されて、社会の剰余金を手に入れる能力も大きかった。資本主義よ、汝の名は『バンクラプトクラシー』[60]なり。破綻規模の大きな銀行による支配のこと」

イヴァは動じなかった。「コスタの言うその資本主義者のテクノストラクチャーは、なぜみずからの優れた功績を否定するの? 彼らは中国を経済大国に変えた。おおぜいのインド人科学技術者たちの明晰な頭脳をうまく活用した。アフリカ諸国の食糧不足を解消し、銀行口座を持てない人たちが、スマートフォンを使って送金や受け取りができるようにした。明らかな失敗もあったにしろ、株の取引を禁止してそれらの功績を台なしにすることは、本当に正しいことなの？」

議論の行き詰まりに気づいて、コスタが口を挟んだ。やはり、ふたりはより大きな全体像を見逃しているようだ。

「企業はあらゆる手立てを使って天才を雇用する。科学技術者、設計者、金融エンジニア、エコノミスト、さらにはアーティストまで。何度もこの目で見てきたよ」コスタが続ける。「だけど、企業はその天才たちを使ってなにをしてきたか。彼らの才能と創造力を、人間を破壊するために使ってきたんだ。創造的である時でさえ、イヴァ、資本主義は搾取と無関係ではない。株主利益を追求するために、企業はそれらの天才たちに、人間と地球の価値あるものを――地球内部に眠る鉱物から海の生物まで――、それこそ最後の一片にいたるまで搾取させてきた。優れた頭脳は、地球資源の略奪を認めるよう政府を丸め込むために使われた。そして、そのために新たに市場をつくり出した。二酸化炭素や環境汚染物質の排出取引市場だ。彼らの雇用主が牛耳っているインチキ市場だよ！　東インド会社と違って、テクノストラクチャーに

60　Bankrupt＋ocracy。バンクラプト（Bankrupt）は「倒産者」「破綻者」などの意味。クラシー（-ocracy）は「支配」などを意味する接尾辞。破綻規模の大きなメガバンクが、社会や経済を支配すること。著者バルファキスの造語。

自前の私兵は必要ない。彼らは僕たちの国とその軍隊を所有している。なぜか。それは、彼らが僕たちの思考をコントロールしているからだ。業界が汚ければ汚いほど、彼らは巨額のカネを手にし、さらに忌み嫌われる。業界の権力者たちは債務で生み出した莫大な資金を投じて、ますます影響力を買い、反対派を黙らせてきた。かつて彼らは新聞社を買収して、テレビ局をつくった。いまじゃロビイストの大群を雇い、シンクタンクを設立して、トロール[61]を雇ってインターネットに虚偽の情報を撒き散らしている。もちろん、人類滅亡の推進者である政治家に、巨額の選挙資金をぶち込んでるよ」

「コスタの言う通りよ、イヴァ」アイリスが語を継ぐ。「未来は愚か者の賭け。そして最大級の愚か者は、私たちの未来に賭けているテクノストラクチャーを支援して、けしかけてるヤツらよ。シェイクスピアの『テンペスト』[62]の主人公プロスペローが現代に生きていたら、『空気のなかへ、希薄な空気のなかへ溶けてしまう』架空の富の運命を、猛烈に喜んだに違いない。2008年にメルトダウンを起こし、溶けてしまったのは金融だった。2020年には、人工呼吸器、殺菌剤、トイレットペーパーを除いて、地球上のあらゆる市場がメルトダウンした。そして2023年になる頃には、もはや後戻りできなくなる気候変動の臨界点を超えて、地球上の最後の氷河がほぼ完全に溶けてしまった」

資本主義が誘発する気候変動は、アイリスとコスタ以上にイヴァを動揺させた。ふたりと違ってイヴァには息子がいる。その息子に自分が滅びゆく地球を遺《のこ》すように感じていたのだ。それを除けば、資本主義を葬っても、いいことはなにひとつない。資本主義が気候と自然に及ぼす破滅的な影響を無効にするためには、巨額の資金が不可欠だ。株式市場には、グリーン投資に資金を供給する仕組みが必要であり、二酸化炭素や私たちの暮らしを脅かす環境汚染物質に、適正な税金をかける必要がある。

「忘れちゃったの、イヴァ？ 古いことわざにもあるでしょ、馬に鞭は打てないって」アイリスが指摘した。「どれほどたくさん市場を設計するか刺激しても、どれほど新しい税金を次々に導入しても、いったん〝資本主義株式会社〟が私たちの未来に賭けたなら、私たちに未来はない。なぜ今日の私たちの生活は持続不可能なのか。それは、あなたのような頭のいい人間が株の保有を擁護し続けるからよ。未来の利益の流れを買う権利が、歯止めのきかないテクノストラクチャーを勢いづかせ、抑制なきものにしてしまうことくらい、あなただって本当はわかってるくせに。お手柄ね、お嬢さん。あなたたちのおかげで、彼らはますます熱心に人類の破滅に取り組んでいる！」

「資本主義について、あなたがどうおっしゃろうと」イヴァが切り返す。「それ以外のどんな

61 「荒らし」「荒らす人」などのネットスラング。掲示板やSNSのコメント欄を荒らす個人のほか、インターネット上でプロパガンダやフェイクニュースを拡散する組織を「トロール工場」と呼ぶ。

62 シェイクスピアのロマンス劇。弟に領地を奪われたミラノの公爵プロスペローが、魔術によって嵐を起こし、弟の乗った船を難破させて復讐したのち、和解する物語。テンペストは英語で「嵐」の意味。

選択肢も、資本主義には及ばないことが証明されている。だからこそ、ほとんどの人は資本主義を必然的なものと考えている」

「かつては王権神授説[63]もそうだった。だけどその思想も廃れた」コスタが言った。

「ええ、確かに」とイヴァ。「だけど、フラット組織と取引不可能な1人1株で、本気でうまくいくと思ってるの？　まさかそれで本当に、人類を救うグリーン革命を起こせるとでも？」

「さあ、わからないな、イヴァ」コスタは認めた。「だけど僕には、コスティが報告してくる世界が、僕たちにとっても戦いとる価値のある、現実的なユートピアの姿にいちばん近いように思えるんだ」

「どんなユートピアにしろ、私の問題がなにか知ってる、コスタ？」アイリスが険しい口調で訊ねた。「男どもよ！　すばらしいものになりそうなものがなんでもそうであるように、あなたたち男どもはユートピアを横取りして、ぞっとするものに変えてしまう。それ以上に最悪なのは、ほとんどの女性が、その過程で男どもの言いなりになってしまうこと」

イヴァはただ黙っていた。

カフェテリア論争

イヴァにとって、資本主義のない市場はさほど無謀な考えでもなかった。それどころか、現実問題として、それがどんな結果をもたらすのかについて懐疑心は拭えなかったにせよ、悪くない考えだと思った。だが倫理的な異論もあり、その問題をふたりにぶつけた。

「こんな想像をしてみて。私とあなたがカフェを始めたとする。一生懸命働いて、たっぷり愛情をかけ、もちろんお金もたくさんつぎ込む。そして、誰かを、たとえば午後にウエイターとして働いてくれる人を雇わなくちゃならなくなる。その時、あなたは本気でこう言うつもり？ そのたまたま雇ったウエイターに、私たちと同じだけカフェの株を渡すよう、国が強制することは納得できる。そのウエイターに私やあなたと同じ意思決定権を渡す権利を、国は持つべき

63 15〜18世紀の西欧で盛んだった、「王権は神から国王に授けられた絶対的で神聖な権利だ」という思想。

だって。お願いだから、歴史絡みの痛烈な皮肉はこの際、抜きにして、私の質問に答えてくれる？」

痛烈な皮肉と受け取られないよう、アイリスは呟くように言った。「人びとを労働力として捉えられず、そのことも認められない現象が蔓延している。だけど、あなたがイエスかノーで答えろと言うのなら」アイリスが続けた。「答えはイエスよ。ええ、国の強制によって、そのウエイターに私たちと同等の意思決定権を渡すことには、まったく問題がない。それどころか、そうすべきだと思う。こう考えてみて、イヴァ。私の数学の能力は、どう見てもあなたの能力には及ばない。私たちがカフェにつぎ込んだ労力、能力、エネルギーも必然的に同じじゃない。それでも、あなたはこの私とカフェの株を半分ずつ保有しても構わないと思うのね？もしあなたと私でカフェの株を半分ずつ保有しても構わないのなら、どうしてウエイターとはダメなの？」

「それには、明らかな理由が少なくとも3つある」イヴァが冷静に説明した。「第1に、私とあなたが一緒にカフェのアイデアを考え、開店に向けて労力をつぎ込んだ。だけど、そのウエイターはカフェができたあとで入り込んだ。第2に、私とあなたは同じだけ資金をつぎ込んだ。だけどウエイターは支払っていない。そして第3に、事業につぎ込んだ時間も資金も社会資本も圧倒的に少ないのだから、そのウエイターが私たちと同じだけ、事業に熱心だとは言えない」

「カフェのアイデアを思いついたのは、確かに私とあなたかもしれない」アイリスが答える。「そして、開店に向けてふたりで労力をつぎ込んだとする。だけど、ビジネスはその日その日が勝負。ウエイターを採用した時から、彼女が毎日、店のためにつぎ込む労力は、私たちがすでにつぎ込んだ労力と同じじゃないかもしれない。だけど、同じくらい重要ではある。それに、カフェの所有権は本当に早い者勝ちなの？　もしそのウエイターが、私やあなたには絶対に引っ張ってくることのできない、新規の顧客をぞろぞろ連れてきたらどう？　とはいえ、資金についての2番目の理由はもっと説得力がある。それでも、事業につぎ込んだ金額に応じて株が配分されるべき——事実上、購入されるべき——ことに同意するのなら、私たちがカフェで働き続けるかどうかに関係なく、当然、その株を売却できるわけよね？　だけど、カフェで働いていない相手に株の購入を許したとたん、カフェは終わり。スターバックスは、テクノストラクチャーの付属物でしかない。私たちのカフェも、その惨めなスターバックスとして閉店するか終わりになる」

イヴァがあげた3番目の理由はいちばん説得力があったが、アイリスにとっては同じく決定的ではなかった。

「たとえウエイターの働きぶりが、あまり熱心じゃなかったとしても」アイリスが続ける。「私とあなたはやはり株式の過半数を保有することになり、ウエイターを解雇するか、ボーナスを減らすことはできる。そしてそれが第2、第3のウエイターを採用する時に、役に立たない人材は雇わないよう、私たちがより慎重になるんだったら、それだけでもいいと思うけど。差し迫った問題は、誰がどの株を保有するかじゃない。つまるところ、同じだけ株を保有しているからといって、必ずしも同じ報酬を受け取るわけじゃない。だけど同数の株の保有は、長年のあなたの考えを裏づけ、問題を解決する唯一の現実的な方法のはず。共同事業に対する個人の貢献を客観的に測定するのは不可能だ、とあなたは以前から主張してきた。論文を発表する際、共同執筆者のかたちをとって、研究者の名前をアルファベット順に並べる慣例を踏襲するのも、そのためでは?」

「個人はどんな重要な意味でも平等だ、という危険な考えを左派が捨てるのは、私、いつでも大歓迎よ」イヴァは悪戯っぽく言った。

「さてそれじゃ、誰がどれだけ株を保有し、それがどんな効果をもたらすのかという問いから離れて、本題に戻りましょうか。本当の問題は、私たちが会社の純収入を、職場の独裁権力によって配分されたいのか――株が取引可能なら当然そうなる。それとも、企業の戦利品の配分を職場の民主主義によって決定したいのか――それが可能なのは、取引できない株が同等に配分された時だけになる」

ふたりは問題の核心に迫っていた。

「ええ、その通り、アイリス」イヴァが自分の結論を述べた。「私は資本主義と取引可能な株に投票する。それが職場の独裁権力に対する投票であることは、私もよくわかってる。でもそれは内部の独裁権力であって、誰でもそこから抜け出すことはできるし、資本主義と取引可能な株は、全体的な自由を約束する前提条件になる」

「そして私が投票するのは」アイリスが笑みを浮かべた。「民主主義の職場。リベラルな民主主義を嘲笑わず、この惑星を荒廃させない唯一のタイプの民主主義の職場」

ふたりにとって、それ以上の意見の歩み寄りは無理だったに違いない。イヴァはその時点で議論を終わらせたかったが、彼女が最悪に思った社会力インデックスと市民陪審についての議論が残っていた。アイリスたちの見るところ、そのふたつには、公共の利益に寄与しない企業を解散に追い込む力があった。

「無作為に選ばれた陪審に判決を下され、カフェが閉鎖に追い込まれやしないか、怯えながら生きていくだなんて」イヴァが漏らす。「それ以上に独裁的な権力の濫用が思いつく？」

「まったくサルトルの言う通りだ。地獄とは他人のことだ」コスタが口を挟んだ。「だけど、人生を地獄に突き落とすいろいろな方法があるなかで、信用格付け機関や、傲慢なテクノストラクチャーが牛耳る市場や、僕たちがつくり出したデータを使って、その僕たちを商品に変えてしまうビッグテックの監視に比べたら、市民陪審ははるかにマシに思えるよ」

そろそろ中国の話を持ち出すタイミングだ、とアイリスは思った。「中国共産党は国内の事業主に、もし社会の役に立たないならば株式を没収する、と伝えているらしい。私、選挙で選ばれた政党を信用するくらいなら死んだほうがいいのに、ましてや莫大な権力を持つ共産党だなんて。だけど結局のところ、どんな所有についても神権を持つ者はいない。だから、なんらかの方法で私たち自身が決めなくちゃいけない。それなら、無作為に選ばれた仲間の市民が下す判断に委ねたほうがマシ。本当のところ、官か民かを問わず、それ以上に優れた権力のチェック機構は思い浮かばない」

そんなふうに議論は続いた。アイリスはあえて反対意見を述べたかと思うと、コスティの世界の妥当性や魅力を強く擁護して、ふたつの役割を交互に務めた。いっぽうのイヴァは、取り憑かれたように断固たる敵意を示した。中央銀行が個人口座を開設して、市民に現金を一律に支給する制度を熱心に非難したかと思うと、次の瞬間には、企業は利益ではなく収入に応じて税金を納めるべきだ、という考えを揶揄した。コスタとその相も変わらぬ平等主義を、アイリスが攻撃することもあった。その時ばかりは、イヴァもアイリスに同意するほかなかった。当のコスタは時差ボケが激しく、傍観役に甘んじ、やがてカウチのうえでうとうとと眠り込んでしまった。アイリスとイヴァの論戦は続き、夜も更けていった。

サバティカル

翌朝、コスタが目を覚ますと、アイリスとイヴァがくたくたになりながらも、いまだ熱い舌戦を繰り広げていた。それからの3日間というもの、3人は顔を合わせては議論を戦わせ、コスタはせっせとメモを取った。サンフランシスコに戻ったあと、コスティに訊ねる質問を忘れないためだ。コスタが飛行機に乗る前日の夕方、3人は座って質問の最終リストをまとめた。だがアメリカに発つ当日になって、最後の紅茶を飲んでいた時に、アイリスとイヴァがコスタにはまだ帰ってほしくないと伝えた。

コスタにとっては、3人の結束を確かめた貴重な数日だった。アイリスとイヴァは、コスタが持ち出した突拍子もない話と複雑な思考実験に、おおいに刺激を受けたと打ち明けた。アイリスにとっては、意欲を掻き立てるテーマを再び議論できたことが嬉しかった。いっぽうのイヴァは、大企業の有害な影響についてみずからの考えを吐き出せて、思いがけず気持ちが楽になっていた。「感謝しなくちゃね」イヴァがからかった。「僕は〝もうひとりのあなた〟ですってコスタに信じ込ませた、その悪戯好きの相手に」

「あれが全部でっちあげだって、どうして言い切れるんだ？」コスタが訊いた。

「怪しげな物理学のほかに？　あんなの、信じるもんですか。大衆が連携して資本主義を破滅に追い込むだなんて。デジタルな連携が――あなたの言うそのOC反逆者が――世界を変える無血革命につながった……すばらしいお話よね。庭の隅に棲む妖精のお話と同じくらい。それはともかく、あなたが帰ってしまうのは残念ね」

「その物理学は完全に本物だよ。僕が保証する。政治の話をすれば、どんな革命も実際に起こるまでは、起こりそうにないように思える。だけど、僕たちの世界で起きたクラウドソーシングの活動を考えてみればいい。2019年に、ポルトガルの看護師が待遇の改善を求めてストライキに踏み切った。すると、何万人もの支援者が資金を提供し、政府はついに要求を呑まざるを得なかった。その前にはフィンランドで、数千人が2年にわたってベーシックインカムの給付実験に参加し、少なからぬ額を見ず知らずの他人に寄付した。ニュージーランドでは、ハッカーのグループがCDOに狙いを定めて、クラウドショーターズばりの攻撃を計画していた。そして2020年のパンデミックのさなかには、99歳の英国の退役大尉が自宅の庭を100往復するキャンペーンに挑戦して、集まった莫大な額を国民保健サービス（NHS）に寄付した！　これらの活動が弱者支援を超えて拡大し、その矛先が、経済危機の一因をつくった金融業者や地球を破壊する企業、パンデミック対策に失敗した政府に向かうなら、僕は〝どんなことだって可能〟に賭けるね」

イヴァがあまり納得していないのは、その表情からも明らかだった。次の瞬間、コスタはこう口走って、ふたりだけでなく自分自身をも驚かせた。「ふたりとも、僕と一緒にサンフランシスコに来ないか。もうひとりの君たちに質問するために」

そう口にするとすぐに、それが当たり前のことのように思えた。ケルベロスのセキュリティは、同一のＤＮＡの持ち主のあいだでしか、メッセージのやりとりができない。そのためコスタはコスティとしか会話ができず、しかもコスティはどうやらコスタとのやりとりに嫌気が差しているようだった。だが技術的に言って、アイリスとイヴァがもう一つの世界の自分たちに質問を送れないはずはない。もちろん、そのふたりがあちらの世界でも元気に存在し、コスティがふたりを見つけ出せれば、の話だが。

「君たちには、コスティも知らないことで、もうひとりの自分に訊いてみたい話が山ほどあるはずだ」コスタが持ちかけた。

イヴァがアイリスのほうを見ると、アイリスはしばらく黙ってキッチンの床を見つめていた。だが、ついに顔を上げてアイリスの目がイヴァの目と合った時、コスタはふたりの返事を理解した。

「トーマスにも声をかけられるかもしれない」イヴァが言った。

トーマスはイヴァのひとり息子だ。英国での義務教育を終えて、2年前からアメリカに移り住んでいる。それ以来、イヴァは息子と会っていない。トーマスは連絡を避けている。父親との関係を築くためであり、母親から離れて自分を〝見つけ出す〟ためだという。トーマスの名前をふと口にするたびに、イヴァはため息を漏らした。だが、この時は息子の名前を晴れやかな気持ちで口にした。シリコンバレーに来るよう、トーマスの興味を惹けるかもしれない。彼にとっては最先端のラボで過ごすチャンスであり、ひょっとしたら本物のワームホールだって覗けるかもしれない……。

「だけど、警告しておくよ」とコスタ。「ワームホールを覗き込むと、個人的につらい事実を突きつけられる恐れがある」

「それ、どういう意味？」アイリスが訊く。

「ここに来る少し前にコスティと交わしたやりとりで、彼が何気なくクリオという名前を出して、彼女をとても可愛がっていると言ったんだ。コスティの娘のことだった」コスタはいったん言葉を切って紅茶をひと口飲み、ため息を吐いた。「あいつ、ちゃっかり家庭を持ってたんだ！」コスタはアイリスとイヴァのほうを向いて、こうつけ加えた。「僕みたいにショックを受けないよう、うまく心の準備をしておくことだ」

第6章

資本主義のない市場

政治的より個人的

ワームホールを使って、アイリスとイヴァのどちらがどの質問をするのかについては、すぐに意見が一致した。コスタは、もう一つの世界のアイリスとイヴァに、サイリスとイヴという名前をつけていた。ところがアイリスとイヴァを、サイリスとイヴに紹介する方法については、そう簡単には思いつかなかった。

サンフランシスコに戻ってコスタが3人のアイデアを伝えると、コスティがすぐに飛びついた。コスティは、古い友人のサイリスとはいまも親しく連絡を取り合っており、イヴを見つけ出す方法もよくわかっていた。コスティの世界では、イヴはなんと、かなりの有名人だったのだ。実際、コスティはすでに、サイリスとイヴに秘密を打ち明ける方法を練り始めていた。コスタのブライトン行きの成功に刺激を受け、コスティは自分もやってみるよ、と約束した。1週間後、コスティがこう書いてきた。サイリスとイヴは懐疑的にせよ、乗り気だ。ただし、インチキではないと確信させる工夫が必要だよ。それから1週間後、アイリスとイヴァがサンフランシスコに到着し、ふたりで広々とした一室に落ち着いた。HALPEVAMを設置したラボのふたつ隣にある部屋だ。ふたりはこれから、2008年9月まで同じ人生を送ってきた、もうひとりの自分たちと接触することになる。最初に送るメッセージは重要だ。それに失敗すると、ワームホールが実在することを、アイリスとイヴァ、そしてサイリスとイヴの双方に納得させ、お互いのあいだで信頼関係を築くのが難しくなってしまう。

「まずは相手に質問する前に」コスタが助言した。「自分しか知らないことを伝えるんだ。相手に信用してもらうために。そうやって僕もコスティに信じてもらったんだ」

イヴァはリーマン時代の同僚に、自分の人生のどん底が2008年9月のリーマン・ブラザーズの経営破綻だと思われたかった。そうすれば、本当の絶望には気づかれずに済んだからだ。実際の奈落の底は、トーマスの父親との別れだった。金融業界を離れてプリンストン大学に入り、妊娠が発覚した直後のことである。金融システムの破綻や自分が思い描く資本主義世界の崩壊など、イヴァにとっては取るに足りないことだった。それよりも、自分は相手の男性にとって重要な存在だとばかり思っていたのに、実際は意味のない存在だと思い知らされた時のほうが、よほどショックだった。だが、そのトラウマは誰にも打ち明けていない。

「あの人のことでいまも喪失感を覚えてる?」イヴァがイヴに訊ねた。

イヴの答えを待つあいだ、自分がひどく愛情に飢えた人間に聞こえたに違いないと思い、イヴァは愕然としていた。あの人が去っていったあと、自分はこれほど孤独な心を抱えて生きてきたのだろうか。そしてイヴの答えが返ってきた時、イヴァは安堵すべきか、自分を恥じるべきかわからなかった。イヴが、相手の男性のことをほとんど覚えていなかったのだ。

驚きはすぐに純粋な好奇心へと変わった。「トーマスはどうしてる？」イヴァが訊ねた。イヴの返事を読んだイヴァの目から涙が溢れた。もう一つの世界にトーマスは存在せず、イヴにはアグネスという9歳になる娘がいたのだ。イヴァはアイリスから何度か、1970年代のフェミニズム運動の「個人的なことは政治的なこと」というスローガンの話を聞いたことがあった。「個人的な出来事」だと思っていたことが、実際は社会関係のなかで生まれた「政治的な出来事」だったという意味である。そしてイヴァはこの時、そのスローガンを思い出しながら、その逆もまた真なりだと考えていた。

長い空白の時を経て再会した一卵性双生児のように、イヴァとイヴはお互いの過去について訊ね、相手の人生を詳しく知ろうとした。最初に打ち明けたのはイヴァのほうだった。自分はリーマン・ブラザーズの経営破綻に激しい衝撃を受け、長いあいだ、閉じこもりがちになった。時おり自分の心を明るくしたのは、トーマスの父親だけだった。結局、その男性の存在がありながら、プリンストン大学に願書を提出して経済学の博士課程に進み、無気力な状態を脱した。ところが相手の男性はイヴァを手放さず、イヴァが自分に夢中だという弱みにつけこんだ。それなのに、イヴァが妊娠したと知るや逃げてしまった。自分は誰にも知られずトーマスを出産した。シングルマザーとして苦労しながら難しい博士号を取得し、英国へと、ブライトンへと逃げた……。

イヴァの報告にイヴも充分に応え、相手の男性に抱いていた幻想がすぐに消えたことを教えてくれた。きっかけは、２００８年11月に彼女の受信箱に届いた1通のメールだという。メールの送り主は、みずからをエスメラルダと名乗った。個人的なメールではなかった。仕事を失ったウォール街のおおぜいのアナリストのアドレスに、一斉送信されたものだった。エスメラルダは、イヴをクラウドショーターズに誘った。のちにイヴたち〝ウォール街の武器〟を使ってCDO市場を破滅へと導き、最終的に投資銀行を破綻へと追い込む金融エンジニア集団だ。投資銀行の業務としてまかり通っていた、壮大な詐欺行為に加担した罪悪感に苛まれ、イヴも参加の誘惑に駆られた。そう告げたところ、相手の男性が激怒した。リーマン時代の上司だったことから、自分にはまだイヴに命令を下す権利があると勘違いしていたのだ。だが、イヴの決意は揺るがなかった。次期オバマ政権の特別専門委員会を率いることになる男性の下で、ウォール街の再建に尽くすという卑しい仕事に就くのか。それとも、クラウドショーターズに参加するのか。イヴに迷いはなかった。

いつのまにか、イヴはOC革命の真っただなかに巻き込まれていた。２００９年1月にバラク・オバマがホワイトハウス入りした頃には、すでにクラウドショーターズ東海岸チームの重要メンバーにのぼりつめていた。内破した金融帝国を再建すべく、当局が復活を企てていたデリバティブを葬るために、リーマン時代のイヴの経験が役立った。「毎日がスリル満点だった。ハイテク革命ほど精神を研ぎ澄ませ、孤独を解消してくれるものはなかった」イヴがそう振り返った。

1年後、イヴはクラウドショーターズの仲間のイーボとつき合い始めた。イーボはガーナに住んでいた時、アクウェシ率いるブレードランナーズの活動に参加して、革命家としての一歩を踏み出し、その後、ニューヨークに移り住んで合同キャンペーンに取り組んでいた。一連の支払い遅延ストライキを扇動するとともに、数々の金融商品に狙いを定め、その支払いの流れをストライキによって弱体化させた。こうしてOC革命が実を結ぶと、イヴとイーボは新たな制度の設立に向けて無我夢中で働いた。

やがて、イーボは移民を支援する国際機関の「人間移住プロジェクト」を率いた。いっぽうのイヴは金融業界で培った知識と経験を活かして、「国際通貨プロジェクト（IMP）」で働いた。IMPは国際通貨基金（IMF）の後継機関として、世界の通貨システムを管理した。だが2016年に娘のアグネスが生まれると、ふたりは家庭と子育てを優先した。新たな家族が加わった日、エスメラルダからイヴに手書きのカードが届いた。「その子が弾圧の陽気な敵に成長しますように」

その話に、イヴァは顔をほころばせた。トーマスに義理の妹のような存在があると思うと、驚くほど気持ちが慰められるのだった。

配管工とウエイター

数日が経ち、数週間が過ぎ、やりとりは必然的に経済や金融の話に移っていった。イヴァの最初の質問は、コスティの報告を読んで以来、ずっと頭から離れなかった話題についてだった。すなわち、企業は採用者を、必ず同等の権利を持つパートナーとして雇わなければならないのか。

「あまり重要でない職務の人間を雇う時には、もちろん賃金だけで構わないんでしょう?」イヴァが訊ねた。

「ええ」イヴが答える。「その仕事が『単独基準（Disjointedness Criterion）』に当てはまる場合は」

イヴによれば単独基準、通称DCは、仕事で生み出される価値をふたつに区別するために導入されたという。ひとつは個人によって生み出され、個人の仕事として測定される価値。もうひとつは、チームワークによって生み出される価値。たとえば、パイプの破裂を修理するために配管工が呼ばれたとする。その時、その配管工による仕事は、同じ建物のほかの誰かによる修理とは〝別個に〟評価される。それゆえＤＣの対象となり、その配管工は会社に対して１人１株の権利を要求できない。ただ、その仕事の対価が支払われるだけだ。

今度は俳優の例で考えてみよう。俳優はそれぞれ華やかなオーラや才能、情熱を舞台で発揮する。ひと握りの俳優がそのスター性によって、チケットの売り上げに貢献する。重要な役柄をこなす俳優が華を添える。単なるエキストラもいる。それでも、一人ひとり――俳優から舞台監督、舞台デザイナー、照明監督、いろいろな関係者まで――が芝居につぎ込む努力や貢献を、客観的に測定することは不可能であり、その意味でどんな舞台も「共同制作」といえる。そして、その場合はＤＣの対象から外れる。舞台の上演のようなチームワークを基本とする事業では、１人１株１票のルールが適用される。なぜなら、個人の貢献を客観的に測定することはできないからだ。個人の貢献はもちろんボーナスの額で報われるが、株式の差で表すことは法的に認められていない。

「それなら、カフェで不定期に働くウエイターの場合は？」とイヴァ。「ＤＣの対象じゃないの？」

「ええ、対象じゃない」イヴが答える。「その時々で修理を頼まれる配管工と違って、ウエイターはそのカフェの文化の一部であり、その店の産物だから」イヴの説明によれば、ウエイターはただコーヒーを運ぶだけではない。客は店の雰囲気にもおカネを支払うのであって、ウエイターはその店の雰囲気づくりにひと役買っている。オフィスや工場、農場や建築事務所も同じだ。そこでつくり出される最終的な成果物が、その職場の文化や、参加者全員が生み出す相乗効果を反映している場合には、ＤＣの対象から外れる。

「だけど、そんな馬鹿ばかしいほど硬直した制度を労働市場に導入するなんて、まともじゃない気がする」イヴァが漏らした。「新規採用する企業の意欲も低下するし、採用数も制限してしまうのでは？」

「そこがあなたの間違っているところよ」イヴが指摘する。「労働市場などというものは存在しないし、これまでも存在しなかった」

イヴの説明はこうだ。資本主義の下でさえ、雇用された瞬間に、誰でも市場を去ってその反対の世界に参加する。つまり、計画化体制――企業――に。どんなマーケットプレイスでも、特にデジタル市場であれば、たいてい匿名で売買する。金銭的な取引を除けば、取引相手とのあいだになんの関係もない。ところが会社に入れば協力し、相手を丸め込み、提案し、議論し、支持し、約束し、奮い立たせ、同盟を組み、同僚について不満を漏らす。要するに、価格が規定するのではない関係に入る。結婚したり、軍隊に入ったり、劇団を設立したりするのと同じだ。資本主義の世界とイヴの世界との唯一の違いは、〝労働者が体験する関係の種類〟にある。資本主義の下では企業内の関係は専制的であり、純収入の配分も専制的だ。いっぽう、イヴの世界のコーポ・サンディカリズムの下では、企業内の関係は民主的であり、ボーナスの配分も民主的だ。

納得したわけではないが、議論の行き詰まりを感じて、イヴァはほかにもたくさん訊きたい質問のひとつに移った。重要な問題である。

貨幣

イヴァが大学で講義する時、極めて優秀な学生相手であっても、貨幣は最も説明が難しいテーマだ。事実、貨幣がどのようにつくられるのかについて、イヴァ自身が完全に誤解を捨てたのは、ウォール街で何ヵ月も働いたあとだった。投資銀行に入ってその壮大な不正行為に手を染める前、まだ物理学を専攻していた頃のイヴァは、紙幣が一国の中央銀行で印刷されて、商業銀行に供給されるものと思い込んでいた。事実、現金がそうやって発行されることは間違いないが、紙幣と硬貨は貨幣全体のわずか3パーセントを占めるのにすぎない。となると、残りの97パーセントはどうやって生み出されるのだろうか。

消えた97パーセントがどうやって——誰によって——つくり出されるのかについて、イヴァが大学の講義で説明し始めると、どの学生もまずは驚き、嫌な予感を覚える。その97パーセントをつくり出すのは、中央銀行ではない。商業銀行と投資銀行だ。そう告げると、学生はたいていこう訊ねる。「国が認可する印刷機を使わずに、民間銀行がどうやって貨幣をつくり出すんですか」

「簡単です」イヴァは答える。「銀行が、一般的な法人顧客のジャックに100万ドルの融資を決めたとします。そうすると、銀行はジャックの口座にただ100万ドルと打ち込みます。まさかと思うでしょうが、それで終わり。融資を認め、数字を打ち込むだけで、銀行は貨幣をつくり出すんです!」

イヴァはいつもこう説明する。重要なのは、それらの数字が銀行にしかアクセスできない共有のデータベースに——つまり帳簿に——打ち込まれることだ。その〝おカネ〟を銀行の顧客が送金する時——つまり、ジャックがその数字を自分の口座から、たとえば供給業者のジルの、建設業者のボブの、あるいは従業員のケイトの口座に振り込み、今度はジルやボブやケイトが同じようにその数字を、彼らがおカネを支払う相手の口座に振り込む時——、それらの数字はデータベースのひとつのセルから次のセルに移動するだけだ。そのシステムが持続可能であり、しかもマルチ商法でないためには、条件はひとつしかない。銀行がジャックのためにつくり出した100万ドルが、そのセルの列のどこかで、新しい財・サービスを生み出し、それらがもとの100万ドルを上まわる市場価値を持つことだ。その余剰によって銀行は利息を、ジャックは利益を得る。アイリスはそれを、銀行は未来の価値を略奪するという意味で「愚か者の賭け」と呼んだ。かつてコスタはあるサッチャー叩きの集会で、「資本主義はSFのように架空の通貨を使って、未来の資産を取引する」と説明した。

貨幣をつくり出して銀行が裕福になればなるほど、銀行家の性として、ますます多くの貨幣をつくり出す。もちろん、そのようなシステムが危険なのは、ジャックやジル、ボブやケイトが生み出す財・サービスの市場価値をはるかに凌ぐ貨幣総量を、銀行がただ数字を打ち込むだけで生み出してしまう時だ。市場価値を上まわる総量の貨幣を、銀行が集団的につくり出した時、現在が未来から借りた貨幣を、現在はもはや未来に払い戻すことができなくなる。そして、ジャックやジル、ボブやケイトがその匂いを嗅ぎつけた時――つまり銀行のデータベース上の価値の総量が、顧客資産の実際の価値を下まわることに気づいた時――、ジャックたちは銀行残高を現金で要求するかもしれない。

「その時、取り付け騒ぎが始まり」イヴァはいつも学生にそう話した。「システムも崩壊します」

資本主義の無法な西部地帯《ワイルドウエスト》とでもいうべき金融市場と信用市場において、中央銀行は保安官の役目を果たす。民間銀行が無尽蔵に貨幣をつくり出して、世界を貨幣で溢れさせ、取り付け騒ぎが起きないようにするためだ。そのため、中央銀行は二重銃身の散弾銃を銀行に突きつけている。ひとつ目の銃身に込めてあるのは、取り付け騒ぎが起きても中央銀行は貸し出さないぞ、というメッセージであり、ふたつ目の銃身に込めてあるのは、万が一貸し出すとしても高い金利を課すぞ、というメッセージである。中央銀行はまさにそのふたつの脅しによって、次々と貨幣をつくり出す銀行の傾向を制御する。秘訣は、バランスをうまく取ることだ。銀行に充分な裁量を与えて経済成長を促すいっぽう、貨幣の流入が新たな財の生産ペースを上まわって、ドルやポンドの価値が実質的に下がらないようにコントロールする。インフレの抑制である。

この時、イヴァの頭に真っ先に浮かんだのは、コスティの報告にあった、OC革命のあとに銀行が徐々に廃れていったふたつの理由だった。ひとつは株式市場の消滅である。株式市場が消滅してしまえば、貨幣をつくり出す民間銀行の重要性は失われる。ふたつ目として、中央銀行が市民全員にパーキャップ口座──「積立」「相続」「配当」──を提供したことが決定要因となった。イヴァにとっては明快に思えたが、それでも疑問がふたつあった。まず、パーキャップはどのような経緯で生まれたのか。そして、成長を促すと同時にインフレを抑えるために、中央銀行はどうやってマネーサプライを調整してきたのか。たとえば中央銀行は単に「配当」に振り込む額を増やすことで、貨幣量の増大を図るのか。企業は融資を個人の貯蓄にしか頼れないのであれば、中央銀行が景気を抑えたい時には、貸し手に金利を引き上げるよう指示するだけなのか。言い換えれば、中央銀行は、貨幣の創出と融資を──実際、金融全体を──完全に独占しているということか。そのような権力の集中は非効率であるばかりか、著しく危険ではないか。イヴの答えは、イヴァにじっくり考える材料を与えた。

イヴによれば、商業銀行の口座から中央銀行の新たなシステムへの移行は徐々に進み、その速度は国によってばらばらだった。アメリカでは2012年に始まり、2018年に完了した。英国ではアメリカのあとを追うようにして始まり、2019年に完了した。欧州、ラテンアメリカ諸国、インドやほかの地域ではもう少し長くかかったが、中国の動きは素早かった。2012年末には、すでに独自システムへの移行が完了していたのだ。

アメリカではまず、中央銀行にあたるFRBが事態の収拾にあたることを、市民に知らせるかたちで始まった。2011年初め、OC反逆の広まりに伴い、FRBは社会保障番号を持つ者にパーキャップ口座を与えた。当初は規模も小さく、FRBは毎月200ドル程度を各口座に振り込むだけだった。現金としては引き出せなかったが、PINを使ってパーキャップの別の口座に無料で振り込むか、税金の支払いにあてることもできた。それゆえ、市民や企業と取引する者も、税金を支払う義務のある者も、事実上誰でも、FRBから「配当」に振り込まれる額を使った!

彼らは振り込まれた額を、取引や税金ですぐに使い切った。振り込まれる額が少ないために、市民は引き続き、商業銀行の口座をメインに使わなければならなかった。そこで、その残高を商業銀行からパーキャップ口座へと移し替えてもらうために、当局は魅力的な提案を打ち出した。まずパーキャプ口座に「積立」を加えた。「こんな特典があります」当局はアメリカ市民に次のように呼びかけた。「パーキャプの『積立』に貯蓄を移し、1年間引き出さなければ、1000ドルごとに最大50ドルを、すなわち5パーセントを税金からお引きします」言い換えれば、税金を1年前に先払いすると、5パーセントの減税が受けられるが、気が変わってそのあいだにお金を引き出すこともできた。口座の残高に5パーセントもの金利をつけることは、商業銀行にはとても不可能なうえ、減税を提案する権利もないため、商業銀行の口座からパーキャプの「積立」に貯金が流出し始めた。

中央銀行はさらにデビットカードを提供し、パーキャプ口座の「配当」と「積立」のスマートフォンアプリも使えるようにした。そのため、商業銀行からパーキャプ口座へ残高を移し替える動きが加速した。最初の特典は5パーセントの減税――実質的に5パーセントの金利――だったが、「手数料」「官僚主義」「煩わしさ」を排した点も大きな魅力だった。いったん商業銀行からパーキャプの「積立」へ残高を移し替えてしまえば、当座預金から「積立」へおカネを移す必要もなく利息を受け取れた。煩雑な官僚主義もなく、なにもかもが自動的に処理された。となると、微々たる利息しか支払ってくれず、手数料まで請求する商業銀行にこだわる理由はなにひとつなかった。

ＦＲＢが市民に提案した第2の魅力的な特典は、新生児全員に「相続」口座を与えると発表したことだった。その10万ドルの資金は、もちろん赤ん坊が成人したあとに、きちんとした利用計画を提示しない限り、手はつけられない。ところが大喜びした親たちが、その助成金に釣られて、ますますパーキャプを利用するようになったのだ。

2019年になる頃には、ほとんどの取引は、銀行間の決済システムから、パーキャプの全口座を収めたFRBの帳簿に移行していた。この新たな公有システムは有機的に進化して、すばらしい制度に発展した。所得税と消費税を全面的に廃止する1年前、当局は貯蓄を促すインセンティブとして、5パーセントの実効金利を維持しようとしたが、それを減税のかたちで提案することはできなくなった。それでは、当局はどうやってその金利を維持したのだろうか。彼らはごくシンプルな方法を採用した。1年間、貯蓄を引き出さなかった場合、100ドルの残高につき5ドルを振り込んだのだ。FRBの包括的な公的決済システムはすぐに、かつての公共図書館のように愛され、高く評価された。ぴったりの愛称までついた。「ジェローム」である。図書館員の守護聖人が聖ヒエロニムス（英語名ジェローム）だと知ったクラウドショータ

ーズのメンバーが、わざわざ選んだのだ。2020年になる頃には、FRBのデータベース「ジェローム」は市民全員のパーキャプ口座を管理し、「積立」「相続」「配当」間の取引を誰でも即座に、無料で行なえるようにして、民間銀行間の有料の決済システムを絶滅に追いやった。資本主義の下で何世紀にもわたって商業銀行が牛耳ってきたシステムが、ついに終わりを迎えたのだ。

イヴァが強い印象を受けたのは、商業銀行を引き継いだあとの中央銀行に対して、OC反逆

者が本能的に不信感を抱いていたことだ。ワシントンDCのFRBが入るビルのエントランスの上に、エスメラルダ率いるグループは明確な警告を刻んでいる。「金をつくり出す権力に目を光らせよ。水が塩に為すことを、その権力は倫理に為す」。1970年代初めに労働者が政府に翻弄されたことを、OC反逆者は忘れていなかった。当時、あちこちの中央銀行が莫大な紙幣を刷ったことから、労働者がたとえ賃上げを勝ち取ったところで、激しいインフレのせいで実質賃金が下がってしまったのだ。

ジェロームが悪用されないよう、OC反逆者はシステムに全面的な透明性を課した。ジェローム内のあらゆる取引を精巧なアルゴリズムで調整し、決済や振替はすべて非公開にするいっぽう、システム全体の貨幣のダブつきについては、誰でも確認できるようにした。言い換えれば、特定の利益団体の圧力に屈して、当局がこっそり貨幣を生み出すことはできなくなったのである。

左派の反逆者がインフレを懸念したことに、イヴァは感心した。そのような懸念はリベラルなエコノミストや保守的な政治家だけのものだ、と思い込んでいたからだ。つまるところ、サッチャー首相とレーガン大統領が存在感を示したのは、煮え切らない中道左派政権を激しく非難したからにほかならない。中道左派政権は、労働組合と貧困層に取り入ろうとして紙幣を刷り、それが原因で1970年代にインフレが猛威を振るうことになったのだ。

しかしながら、OC反逆者の懸念は別のところにあった。彼らのようなアナルコ・サンディカリストは、権力の集中が倫理の消失を招くことを懸念した。そして、中央銀行の意思決定者は避けがたい誘惑から保護されるべきだと考えた。ＯＣ反逆者について詳しくわかってくると、イヴァは共感を強くした。もしアナルコ・サンディカリストの中央銀行家たちが、こちらの世界で２００８年以降に、そして実際、２０２０年以降に、アメリカや英国、欧州の中央銀行が取った行動について知ったら、どう思うだろうか。多くの市民がわずかな賃金のためにつらい仕事をこなし、貧苦に喘いでいるというのに、中央銀行は世界のたった０・１パーセントの最富裕層のために、数兆規模のドルやポンド、ユーロをつくり出していたのだ。

中央銀行の無料デジタル決済システム「ジェローム」が、完全に分散型のデジタルアーキテクチャだった点にも、イヴァは大いに感銘を受けた。それは、技術的にも政治的にも重要な特徴だった。技術的に言えば、たとえその一部が損傷するか破壊されても、ジェローム内の全決済データは失われなかった。そして、政治的にはさらに重要な意味があった。なぜなら、その情報に誰も中央でアクセスしたり、情報を改竄したりできなかったからだ。中央銀行でさえ不可能だった。ジェロームが分散型決済システムだと聞いて、イヴァはある人物の名前を思い浮かべた。そして、その設計者の名前をイヴに訊ねた。

「『ジェローム』が最終的にベースとするコンピュータコードがとつぜん登場したのは、２００８年10月だったんじゃないかな。確か、インターネットのあるチャットルームに、匿名のハッカーが投稿したんだったと思う。イン・コグニト（匿名）と書かれていたけど、結局、その人物が正体を明かすことはなかった」

ああ、やっぱり、とイヴァは思った。そのイン・コグニトはおそらく、ビットコインの発明者である、サトシ・ナカモトを名乗る正体不明の個人かグループに違いない。システムはまったく同じだ。違いはもちろん、ビットコインが過剰投機のマルチ商法に発展したのに対して、企業と貨幣が民主化されたイヴの世界では、シンプルな公的決済システムのプラットフォームになったことだ。面白みには欠けるが、評価の高い公共図書館のようなものだ。

コーポ・サンディカリストは、取引可能な株式にとどめを刺す法案を提出し、投資銀行に致命傷を与えた。数年のうちに現金と株式市場はほぼ消滅した。そして、法貨として残ったのは、中央銀行のお墨付きを得て、パーキャップ口座を流通するデジタル通貨だけになった。だが商業銀行と投資銀行の終焉は、国が融資を完全に独占するような、イヴァが恐れた事態にはつながらなかった。その反対のことが起きたのだ。

地域社会に根ざした金融業者がたくさん登場して、「ジェローム」に便乗して融資を行なった。パーキャップの「配当」か「積立」の残高を積極的に融資にまわしたがる市民は多く、そのような貯蓄者の資金を、協同組合の金融業者がプールして企業に貸し出した。より効率性が高く、リスクが低いとみなされた企業を対象とし、貸す側と借りる側の双方から控えめな手数料を受け取った。これらの金融業者と資本主義の銀行とのあいだには、大きな違いがある。第1に、彼らのような金融業者は株主のいない共同経営だった。さらに重要な第2の違いとして、融資できたのは、すでに生み出され、個人か企業が銀行に預けた価値に限られた。すなわち〝当座貸越を使った未来の価値の略奪〟は禁じられたのだ。

イヴァはまた、マネーサプライについても知りたがった。その点、イヴの世界において中央銀行の考えは明白だった。物価をコントロールし、社会的価値のある財・サービスの生産を可能にする、というふたつの目的のもとに、中央銀行は常に貨幣量を調整したのだ。平均物価が閾値を超えると、中央銀行はパーキャップの貯蓄に対する金利を引き上げ、支出の削減を促した。反対に経済活動が低迷している時には、金利を引き下げるか、パーキャップの「配当」に振り込むベーシックインカムの額を引き上げた。あるいはその両方の策を講じた。

イヴァの世界では、FRBやイングランド銀行は政府から独立を保つことになっているが、イヴの世界でもそうかと訊ねたところ、「中央銀行は確かに政府からは独立を保っているが、社会からはそうではない」という、いかにもそれらしい答えが返ってきた。中央銀行には、マネーサプライに関するあらゆる意思決定を下す「金融委員会」があり、委員の任命と監督は、市民から成る「金融会議」が担当した。「金融会議」自体のメンバーは抽選で選ばれ、交代制で務めた。社会のあらゆる構成員から公正に選ばれるよう、抽選にはアルゴリズムが使われた。

分散型の信用市場が活発だという話を聞いたあと、金融サービスを国が独占しているのではないかという、イヴァの懸念は薄らいだ。さらに和らいだのは、「金融会議」について詳しく知った時だった。そして懸念がほとんど消え去ったのは、中央銀行が発行する通貨と並んで、地域社会に根ざした通貨がたくさん存在すると聞いた時だった。独自の通貨を発行したいグループは、デジタルツールを与えられて、発行する権利がある。少額の手数料を払えば、国の通貨に交換することもできる。その結果、カリフォルニア州北部からコスティが生まれ育ったクレタ島まで、地元当局は地域内の商取引で使えるデジタル通貨を発行し、ジェロームによく似たモデルを採用した。その利点として、ローカルで生み出された価値を、地域内にとどめておけた。イヴァの世界では、スコットランドの都市アバディーンで生み出された価値は、自由にロンドンに移転できたが、イヴの世界では富の移転を調整した。都市間の富と商取引の流れの不均衡に応じて、地元の通貨から国の通貨に交換する際の手数料を増減したのだ。

そのような地域間のイノベーションに感心し、イヴァは次に、グローバルな商取引の仕組みについて知りたくなった。もしアバディーンとロンドンとのあいだで、不均衡を調整するシステムがあるのなら、英国とボツワナとの貿易においても、不公平はもちろん、不均衡を是正する同様のシステムがあるはずだ。イヴは、国際金融システムのなかでも特に興味深い特徴について教えてくれた。

貿易

ＩＭＦを引き継いだＩＭＰ、すなわち「国際通貨プロジェクト」に勤めるイヴは、イヴァの質問に答えるのには理想的な相手だった。イヴァがまず驚いたのは、２０１３年にＩＭＰに変わる前のＩＭＦを、イヴが激しく非難したことである。「私たちがＩＭＰでしている仕事は、ＩＭＦがしていた仕事とはまったく違う」堂々としたイヴの口調だった。

実際、ＩＭＦは評判が悪かった。１９７０年代以降、経済の破綻した国を相手に、その国の市民を借金でがんじがらめにするような条件で、資金を融資してきた。たいていアフリカやラテンアメリカ、最近では欧州の国が、よその国の銀行に対する政府債務を返済できなくなった時点で介入し、新植民地主義ばりの条件で資金を貸し付けた。そして、その国の公共財産を〝国際的な寡頭政〟に十把一絡げに移転させ、学校や病院の閉鎖を迫り、年金給付額の削減を要求し、貧困ラインを下まわる基準への賃金引き下げを命じた。ＩＭＦが介入した国ではどこでも、あとに残るのは苦痛に満ちたブラックホールだけだった。

それに対してＩＭＰの使命は、資金援助ではなかった。民間銀行が消滅したあとの世界には、もはや〝無慈悲な国際執行官〟たるＩＭＦは不要だった。ＩＭＰの職務は、世界経済の安定を図るいっぽう、発展の必要がある地域を借金漬けにせず、彼らに直接、資金を投資することだった。

「つまり、社会主義者がついにカネのなる木《マジック・マネー・ツリー》を発明したってわけ？」イヴァが訊ねる。

イヴは平然としていた。そしてもうひとりの自分のイヴァに向かって、ふたりがよく知っていることを指摘した。カネのなる木は、もう何十年も前に、かつてふたりが勤めていたリーマン・ブラザーズのような投資銀行が発明した。いいえ、ＩＭＰの仕事は違う。ＩＭＰは、財と貨幣の輸出超過国に2種類の税金を課し、世界貿易と国際的な資金の流れを安定させてきた。課税で得た収入は、最も貧しい地域の開発資金に、返済の義務なく充てられる。

こちらの世界では、数十年も前から輸出超過国と輸入超過国とに分かれてきた。たとえばドイツは、ギリシャをはじめとする世界中の国から輸入するよりも、はるかに多くの財を輸出してきた。ドイツは常に貿易黒字であり、その鏡像であるギリシャは常に貿易赤字だ。この状況は、裕福な国どうしであっても珍しくない。英国はドイツに対して一貫して貿易赤字だった。実際、第2次世界大戦以降、ドイツ以外のほとんどの国が貿易赤字だった。アメリカも例外ではない。１９６０年代以降、アメリカはドイツ、日本、そして最近では特に中国を相手に、輸出より輸入が上まわってきた。そのような厄介な貿易不均衡がさらに大きくなり、拡大の一途をたどる時、問題が発生する。

貿易不均衡の拡大が確実に問題に発展する理由は、たとえば、ドイツ製の自動車の輸入代金を支払うために、ギリシャのような赤字国が結局、黒字国からますます多額の借金を重ねなければならないからだ。アメリカの場合も同じだ。何十年にもわたって、日本、欧州、中国を相手に貿易赤字を抱えてきたアメリカが、超大国たる地位を維持する唯一の手段が、ウォール街への依存度を高め、日本の資本家、欧州の新興財閥《オリガルヒ》、中国の銀行の資金を呼び込むことだった。ポールに支払うために、いつもピーターから借りるのは賢明な戦略とは言えないが、ピーターに支払うためにピーターから借りるのは、それ以上に愚かな戦略だ。なぜなら赤字国は負のスパイラルに陥り、負債が積み重なり、当てにできない銀行にますます依存することになるからだ。

問題がさらに悪化するのは、輸入代金に充てるための融資を、その国が発行していない通貨で受ける時だ。つまりこういうことだ。アルゼンチンの通貨はペソだ。そして、そのアルゼンチンがたとえば石油を輸入するために、アメリカの銀行からペソを借りようとする。ところが、ペソの価値が下がるかもしれず、下がった時にはアメリカの銀行が損をする恐れがあるため、アルゼンチンはペソで融資が受けられない。そこで、アルゼンチンの中央銀行はペソしか印刷できないにもかかわらず、ドルで借りざるを得なくなる。同じように、ユーロはギリシャの通貨だが、そのユーロをギリシャは発行できない。

アメリカの銀行がアルゼンチンに対するドル建て融資を打ち切るとすぐに、アルゼンチンは山のようなドル建て債務を借り換えられなくなる。ギリシャも同じだ。ギリシャもドイツも通貨はユーロだが、ドイツ相手の慢性的な貿易赤字はつまるところ、ドイツからギリシャへの絶え間ないユーロ貸し付けを意味する。そうでなければ、ギリシャがドイツの財を買い続けることはできないからだ。黒字国から赤字国への新たな融資の流れがわずかでも中断すると、砂上の楼閣は崩壊する。そしてその時、ＩＭＦが介入する。ＩＭＦの職員はブエノスアイレスやアテネに飛行機でやってきて、黒塗りのリムジンで乗りつけ、一国の財務大臣の執務室につかつかと入り込み、一方的に条件を告げる。消失したドルかユーロを融資しましょう。ただし、条件があります。緊縮財政措置をとっていただきます。あなたの国の国民は貧困に陥るでしょうが、親から受け継いだ銀製品を売って、そのお金で生活し、国の債務を返済していただくことになります。あるいは、そのような条件を有無を言わさず突きつける。

その時だ。怒りに燃える、たいてい腹を空かせた抗議デモ参加者がブエノスアイレスやアテネの通りを埋め尽くすのは。歴史は同じシナリオを幾度となく繰り返してきた。貿易不均衡に端を発する定期的な景気後退が、赤字国の民主主義を毒し、黒字国において赤字国の国民に対する軽蔑の念を煽り、それが今度は、赤字国の国民のあいだに外国人嫌悪を誘発する。簡単に言えば、長引く貿易赤字が、そしてその鏡像としての貿易黒字がハッピーエンドに終わることはない。

それでは、その悲劇をＩＭＰはどうやって阻止するのだろうか。イヴは喜んで教えてくれた。ＩＭＰは２０１５年にインドのムンバイで発足会議を開催し、デジタル通貨「コスモス」の発行を決定した。コスモスは紙幣として印刷されることも、個人や企業のあいだで実際の取引に使われることもなく、国家や貿易圏間の会計目的でのみ使用される。ロンドンやバーミンガムの街角ではもちろん誰でもポンドで、アメリカ人ならドルで、日本人なら円で取引が可能だ。同じように、旅行をしたか、財を輸入した時にもなんの影響もない。英国人が中国に旅行し、日本のコンピュータを購入する時には、やはり人民元や日本円が必要だ。

このシステムの優れた点は、ＩＭＰの加盟国や貿易圏間のあらゆる取引がコスモス、略して「Ｋｓ」建てで行なわれることだ。たとえばドイツ製の車が大西洋を渡ってアメリカ国内で販売される時、購入者はドルで支払い、ドイツのメーカーはユーロで代金を受け取る。だがそのあいだで、ドルは最初にＫｓに変換され、その後、ユーロに変換される。ＩＭＰはあらゆる取引を帳簿に記録しているため、その時のＫｓの取引額も、アメリカの輸入総額とドイツの輸出総額の両方に加えられる。ＩＭＰは貿易赤字と黒字に応じて、双方に対して定期的にペナルティを科す。米独間の貿易に著しい不均衡が認められると、どちらの国も「貿易不均衡税」の対象になる。これはシンプルかつ自動的な仕組みだ。ドイツの対米貿易黒字に応じて、ＩＭＰにあるドイツ連邦銀行の口座からＫｓが差し引かれ、それと同時に、ＩＭＰにあるＦＲＢの口座からも同額のＫｓが差し引かれる。

差し引いたＫｓをＩＭＰがどう処理するのかを、イヴァは知りたがった。

「『国際再配分・開発デポジトリー（ＩＲＤＤ）』という共通基金に預けられる」イヴが説明する。「ＩＲＤＤはＫｓを使ってグリーン投資に、それも特に公衆衛生、教育、再生可能エネルギー供給網、交通輸送システム、有機農業に重点的に資金を供給する。資金のほとんどは開発途上地域にまわるけれど、アメリカやドイツの特定の地域が含まれる場合もある。その国のなかで貯蓄率の低い地域が対象になるからよ。それから、ＩＲＤＤは『人間移住プロジェクト』と協力して移民の流入にも資金を提供してる。実は、私の夫のイーボはそこで働いているの。それらの資金の実効性が高いのは、融資ではなく譲渡だから」

「課税を避けるためには」イヴが続ける。「輸入分とほぼ同額の財・サービスを輸出する必要がある。当初、課税率は貿易赤字と黒字の５パーセントに固定されていたけれど、２０３１年までに10パーセントに引き上げられると決まった。本年度、つまり２０２５年度で言えば、貿易赤字が１０００億Ｋｓの国は50億Ｋｓを支払い、その資金は最貧層の人びとや地域にまわされる。重要なのは、貿易黒字が１０００億Ｋｓの国も同じように、50億Ｋｓを支払わなくちゃいけない点ね」

イヴはさらに詳しく教えてくれた。「『貿易不均衡税』が優れているのは、たとえ不均衡が是正されなくてもプラスに働く点よ。つまり、ペナルティを科したことで貿易の不均衡が是正されたのなら大成功。だけど、その目的が達成できなくても、資金を生み出し、ＩＲＤＤを通じて開発途上地域に直接投資できる。しかも、それだけじゃない」

「世界の経済と政治が調和を生み出すカギは」イヴが指摘する。「あらゆるグローバルな不均衡の削減にある。財・サービスの流れだけじゃない。改善する不均衡には、ひとつの国や経済圏から別の国や経済圏への資金の流れも含まれる」

２０２１年に開かれたＩＭＰの上海会議において、Ｋｓの決済システムは、貧困国に流れ込む投機マネーの阻止にも拡大されることが決まった。そのような資金の流入は、イナゴの襲来に似ている。貧困国で儲かりそうな取引の匂い――油田の発見、大豆の新作柄など――を嗅ぎつけたとたん、ウォール街は溢れんばかりのあぶく銭でその国を満たす。その洪水はすぐさま、その土地の住宅価格を吊り上げ、株式市場の膨張を招く。偽りの豊かさに目が眩んで、地元住民は愚かな真似をする。ローンを組み、金儲けに加わるのだ。そして、たいていろくでもないガラクタに投資するはめになる。まもなくバブルが弾ける。情報に通じ、逃げ足の速いウォール街は、リスクの匂いを嗅ぎつけるとすぐに資金を引き上げ、あとに残された国の経済が崩壊する。

そのような資金の殺到と引き上げを阻止するために、ＩＭＰはふたつ目のペナルティとなる「過大資金流入税」を科している。非常にシンプルな仕組みであり、国境を越え、基準を超えて殺到する資金に対して、その送金速度と量に応じて課税する。あらかじめ決めてあった条件を満たすと、ＩＭＰはたとえばアメリカとブラジル間の送金から、過大に流入する資金の規模に応じてＫｓを差し引く。「貿易不均衡税」と同様に、差し引かれたＫｓは自動的にＩＲＤＤの口座に払い込まれる。

「そうやって、開発途上国に富を移転することで」イヴがつけ加える。「途上国政府が必要とする自由裁量を彼らに与え、『国際グリーンニューディール』の一環として、より厳しい二酸化炭素の排出規制に同意してもらってきた」

イヴァは最後に少し専門的な質問をした。「Ｋｓとほかの通貨との為替レートは誰が決めるの？」

「私よ」イヴが冗談交じりに答えた。イヴは、ＩＭＰの通貨オークション理事会で働いているという。理事会は毎日、国際オークションを開いて適正な為替レートを弾き出す。Ｋｓで表示される各通貨の需要と、各国の中央銀行や民間の参加者が売りに出す通貨量とがほぼ一致する地点で、為替レートが決まる。

要約すれば、ＩＭＰはほぼ自動的に動く市場ベースの国際的な規律システムを築き、貿易と資金の不均衡な流れをうまく是正している。そのメカニズムは資金を生み出し、開発途上地域のために使われて、低炭素エネルギー、環境に優しい輸送システム、有機農業、あるいは望ましい学校教育や医療制度への移行を促す。しかも、すべてが国際的な合意の上に成り立っている。２０１５年のムンバイの発足会議で締結され、２０２１年の上海会議で拡大され、あらゆる貿易と資金の流れは、ＩＭＰのデジタル帳簿を通してＫｓ建てで調整されているのだ。

そのすばらしさを、イヴァは認めざるを得なかった。

土地

1960年代、アメリカは月に向けた人類初の有人宇宙飛行計画を推進していた。1967年1月27日、打ち上げの予行演習中に司令船内で火災が発生し、ＮＡＳＡの宇宙飛行士3名の命が奪われた。その日はアメリカ、旧ソ連、英国が宇宙条約に署名した日でもある。条約は次のように明記していた。誰でも月やそのほかの天体を探査する権利を持つが、誰も月やそのほかの天体、あるいはその一部を「主権の主張、使用か占拠、あるいはそのほかのいかなる手段によっても」取得することはできない、と。それ以降、イヴァはこの曖昧な条約が地球にも適用されることを願ってきた。

筋金入りのリベラルであるイヴァは、独占を忌み嫌った。彼女にとって、独占の最たるものが土地の所有だった。その点においてイヴァには優れた先達がいた。敬愛する19世紀のイングランド人哲学者J・S・ミルである。ミルはかつて次のように書いている。地主は「働かず、リスクを負わず、倹約をせずとも、あたかも寝ているあいだに富を蓄えていく……。財政上の緊急事態が発生した時、その自然に増加する地代に対して、巨額の税金を課す権利を社会が最初から有していたとして」ミルは疑問を呈する。「地主はなんの不当な扱いを受けただろうか」。イヴァにとってもうひとりの英雄であるフランスの経済学者レオン・ワルラスは、さらに踏み込んだ発言をしている。土地は公有されなければならず、そこから生じる地代は、貨幣か公共サービスのいずれのかたちにしろ、社会配当として公的に還元されるべきだと唱えたのだ。

そのため、ワルラスの考えがイヴの世界で採用され、法文化されていると知って、イヴァはますます驚いた。15世紀末～19世紀、イングランドで「エンクロージャー（囲い込み）[64]」と呼ばれる運動が起き、地主や領主が開放耕地を囲い込んで私有地化した。ところが、イヴの世界ではその驚くような逆転現象が起き、あらゆる土地の所有権が地元当局に移転されていたのだ。2017年の英国土地大改革法に伴い、各州に「土地コモンズ（共有）局」が設置された。1年後、アメリカで同様の動きが起こり、連邦議会で土地トラスト法が成立する。大西洋を挟ん

64　英国では15世紀末～17世紀半ばと、18世紀後半～19世紀前半（産業革命時）に起きた。開放耕地や共同地を、地主や領主が垣根などで勝手に囲い込んで私有地化し、農場や牧羊場に換えた。これによって農業の資本主義化を招き、また耕地を失った農民が都市に流れ込んで賃金労働者が誕生したとされる。

だ両方の国で、各地方自治体の自由土地保有権（土地や建物の永久所有権）は、即座に「ｇコムズ」――英国では土地コモンズ局、アメリカでは土地トラスト――に移転された。現在の土地所有者をなだめるために、暫定的な取り決めとして、一代限り無料の賃貸借契約を法令で認めた。企業にとっては、１人１株１票のおかげで、土地利用についてｇコムズとのあいだで契約を結びやすくなった。

イヴァの理解するところ、基本的な仕組みは次のようなものだった。ｇコムズは土地を「社会ゾーン」と「商業ゾーン」に分けている。社会ゾーンには公営住宅と社会的企業を配し、商業ゾーンで徴収した家賃を、社会ゾーンの開発や運営資金に充てる。いっぽうの商業ゾーンはふたつに分かれる。ひとつは住宅地であり、市場価格の家賃が払えるか、払っても構わない市民が居住する。ふたつ目はビジネス用の商業スペースだ。商業ゾーンのシステムのカギを握るのが「常設オークション賃貸計画（ＰＡＳＳ）」であり、地域社会が商業ゾーンから最大の家賃収入を得るために、ＯＣ反逆者たちが考え出したメカニズムである。

その仕組みは極めてシンプルだ。ＰＡＳＳでは地元のｇコムズのウエブサイトに、各商業ゾーンの全建物の包括的なリストを掲載している。商業ゾーンの建物を占有する者は、個人の居住者か企業かに限らず誰でも、毎年初めにＰＡＳＳのウエブサイトを訪れ、自分が占有する建物のリストの横に、それぞれが考える市場評価額を入力しなければならない。すると、自己申告した評価額から一定の割合に応じて、ＰＡＳＳが月額の家賃を弾き出す。精査はなし。官僚主義もなし。家賃や〝実際の〟評価額の基準について、gコムズとのあいだで面倒な交渉の必要もない。

それではなぜ商業ゾーンの土地の使用者は、不当に低い市場評価額を入力しないのだろうか。その答えはPASSの別の仕組みにある。バーチャルの入札ルームでは、どんな訪問者でも、どの建物についても——オフィスか店舗であれ、一軒家かアパートであれ——入札が可能だ。現在の占有者よりも高い年間家賃を提示した者は、新たにその建物を占有できる。ただし適切な移行期間を置く必要はあり、その長さは建物のタイプや占有者の事情によりけりだ。この常設オークションのおかげで、占有者は公正を心がける。土地や建物の価値を高く設定しすぎれば、高い家賃を支払わなければならない。かといって低く設定しすぎれば、立ち退きの憂き目に遭う。

イヴァがPASSに認めたのは、経済学者が「メカニズムデザイン」[65]と呼ぶ、人びとの正直な行動を促すルールだ。有名なのは、ふたりでひとつのパイを分配する方法だろう。つまり、ひとりがパイを切り分け、もうひとりがどちらか好きなほうを選べる。イヴァがのちにPASSの話をした時、コスタはその理論を別の文脈で知っていた。

65　オークション理論やゲーム理論などを取り入れた、より公平で、より効果的な結果をもたらす制度や仕組みの設計方法。公的資源の配分や公共の意思決定において、それぞれの経済主体の選択に、その主体の「正直さ」や「利己性」がおのずと現れることを前提とした理論モデル。

「イソクラテスの『アンティドシス』[66]の逆バージョンみたいだな」コスタは呟いた。

イヴァは、その言葉をオンラインで検索しなければならなかった。イソクラテスは古代ギリシャの修辞学者であり、アンティドシスは財産交換を意味する。古代アテナイにおいて、行政単位のデーモス（区）は裕福な市民に対し、特別な公共サービスの費用を負担するレイトゥルギアー（奉仕義務）を命じていた。そのような負担を正当化する根拠として、「私有財産を蓄えることができたのは都市のおかげだから、デーモスには富裕層にその負担を要求する権利がある」というのが一般的な考えだった。そして、演劇の上演費用を負担するよう命じられた個人には、次のふたつの選択肢が与えられた。ひとつは、その費用を負担する。もうひとつは、自分は不当に選ばれたと考えてアンティドシスを申し立てる。

つまり、その個人は財産交換の訴訟を起こせた。たとえば、クリトンが演劇か宗教儀式の費用負担を命じられたとする。するとクリトンは「自分ではなくパイドンに命じるべきだ。なぜなら、自分よりパイドンのほうが裕福そうだからだ」と主張できた。もしパイドンがそれに同意しないなら、パイドンには費用負担を拒否する権利があった。だがその場合、パイドンは、自分の全財産とクリトンの全財産との交換に同意しなければならない。それゆえ、クリトンは自分よりパイドンのほうが裕福だと訴えるのを躊躇し、パイドンのほうでも費用負担を拒否するのをためらう。

ＰＡＳＳは同様の仕組みだが、その逆バージョンである。アンティドシスは、裕福だと不当に名指しされたほうにとっては救済策として働くが、PASSは不動産の占有者がその価値を低く宣言して、地域社会に不利益を及ぼすのを防ぐ。

イヴァの頭に次々に問いと懸念が浮かんだ。社会ゾーンの土地や住居はどうやって配分するのか。公営住宅のなかでも特に望ましい家は、誰が手に入れるのか。引っ越しはどうするのか。なによりもまず、誰がgコムズを運営しているのか……。システム全体が権威主義的集産主義につながる危険性は大きく、その点が懸念材料ではあったが、それでもイヴァはPASSを高く評価せずにはいられなかった。PASSは自動的で本格的な市場メカニズムだ。私有ではない土地の適正価格を明らかにし、完全な透明性を保ちながら、公的事業に最大限に貢献している。官僚主義を完全に排除し、もちろん不動産業者の必要もない。どれをとってもすばらしい特徴を侮ることなど、イヴァにはとてもできなかった。

続いてイヴから届いた報告はイヴァの問いに答えていたが、必ずしも満足のいく内容ではなかった。たとえば、イヴの世界では、州の幅広い市民で構成する「カウンティ協会」を設置して、土地を割り当てていた。彼らはまず土地を商業ゾーンと社会ゾーンに配分した。商業ゾー

66　イソクラテスは古代ギリシャの修辞学者。紀元前4世紀に修辞学校を設立した。イソクラテス自身も、古代ギリシャの奉仕義務を3度務めたが、そのうちの1度は裁判に負けて不承不承、引き受けたといわれ、最高傑作とされる弁論「アンティドシス」（財産交換）は、その時の体験がもとになっているという（『イソクラテスの修辞学校――西欧的教養の源泉』廣川洋一著／講談社学術文庫）。

ンをさらに住居用途とビジネス用途に配分し、社会ゾーンの不動産も配分した。カウンティ協会においても、多様なグループや地域社会から公正に代表を選ぶために、アルゴリズムを使って会員をランダムに抽出していた。

社会ゾーンに土地を多く配分すると、商業ゾーンからの収入が減り、社会ゾーンへの投資資金が減ってしまう。そのいっぽう、商業ゾーンを拡大しすぎると、公営住宅の不足を招いてしまう。同様に、商業ゾーンにおいて、住居用途を減らしてビジネス用途を拡大すると、裕福な居住者用の物件が不足する。高い購買力を持つ富裕層は、業績の好調な企業をその地区に呼び込み、地元経済を活性化してくれる。カウンティ協会にとってとりわけ難しい意思決定のひとつが、新規移住者用の規模をどう見積もるかだった。大きく見積もりすぎれば、住民の反感を買う恐れがある。かといって少なすぎれば、新たな活力の導入によって地元経済を豊かにする機会を逃してしまう。

イヴァの予想通り、カウンティ協会にとって最も細心の注意を要する仕事は、価格メカニズムのないなかで、公営住宅をどうやって割り当てるかだった。公営住宅に入居する資格は誰にあるのか。資格のある対象者のうち、誰が望ましい物件を手に入れるのか。

イヴはこう説明した。住民の不安を取り除くために、社会ゾーンでいったん部屋を割り当てられたら、その部屋の保有権は保障される。だが、誰かが出て行くか亡くなった時や、新たな公営住宅が建った時には、ランダムなデジタル抽選で割り当てられる。その州に移住して公営住宅を望む者は、誰でもひとつは部屋を確保できる最低限の可能性は保障された。それゆえ、誰にでも望ましい物件を手に入れるチャンスはあったが、当選確率は面接結果のよかった応募者に対して高くなり、パーキャプの「積立」の残高に反比例した。つまり、商業ゾーンの土地や住居に入札する余裕のある応募者には不利に働いたのだ。

このような社会の過度の管理を考えると、イヴァは恐ろしくなった。イヴァが市場を高く評価するのには、大きな理由があった。市場を利用すれば、社会的な義務や権力の力学を免れるからだ。市場でなにかを手に入れる時には、匿名で料金を支払えばいいだけだ。相手と知り合いになるか、交渉する必要はない。「自分には充分その資格があります」などと、赤の他人を納得させる必要もない。それでも土地に関する限り、資本主義はほとんどの人にその自由を与えてこなかった。

とはいえ、高級住宅街のケンジントンに建つアパートメントのペントハウスを購入できる自由があったとして、もしおカネがなく、またどれだけ必死に働こうと、不動産の価格が自分の収入よりも確実に速いスピードで上昇するのなら、その自由にいったいなんの意味があるというのか。

それよりも、商業ゾーンに常設オークションがあり、社会ゾーンで抽選を行なうイヴの世界は、イヴァにとって愛憎半ばする資本主義の不動産市場よりも、ずっとリベラルに映った。彼らのほうが、独占を防ぐはるかに優れた仕組みを備えていたからだ。

「私は転向者になれそうか？」イヴから届いた報告の余白に、イヴァはそう書き込んだ。

国境

この10年というもの、移民に対する入国管理が激しさを増し、仲間のリベラルがその〝実際主義《プラグマティズム》〟に屈し始めると、イヴァは精神的な孤立を深めた。武装兵士が監視し、自民族中心主義[67]の国民国家が資金を出して強化したフェンスに、イヴァは本能的に反感を覚えた。２０１６年以降、政治的に近い信条を持つ仲間のあいだで、外国人嫌悪と思しき感情が高まったことに愕然としていた。そして、イヴのパートナーでありアグネスの父親であるイーボが、「人間移住プロジェクト（ＨＭＰ）」を率いていると知り、断然興味が湧いた。

資本主義の世界では、グローバリゼーションは資金とコモディティが国境を越える自由の上に成り立つ。数兆ドルが絶え間なく、光の速さで地球をまわる。無数のコンテナが莫大な量の財を積み込んで海を越え、人間が引いた国境をまたぐ。それにもかかわらず、あちこちの壁が移民の自由な出入りを阻む。汚れた資金やプラスチック玩具、季節の果物は自由に出入りできるというのに、その自由が彼らにはない。アメリカとメキシコを隔てる壁の陰で、おおぜいのメキシコ人が有刺鉄線をよじ登る危険に逡巡する。その脇を自動車部品やコンピュータ、ビールを積み込んだトラックが自由に走り抜け、アメリカの国土のなかに吸い込まれていく。アフリカ産の野菜は無事に欧州へ渡れるというのに、あとに続いた数千人のアフリカ人は地中海で溺れてしまった。世界を国境のない地球村としてつくり替えるという名目で、グローバリゼーションは新たなフェンスを立てかけ、あちこちの古いフェンスを補強している。

イヴによれば、HMPの任務はシンプルだという。移動の自由を促進し、余計な不満を煽ることなく、地域社会が移民を受け入れるようにすることだ。イーボはHMPのコーディネーターを務めている。就任演説で彼が強調したのは、移民がいつも移住先の国に――たとえ資本主義の下であっても――大きく貢献してきたことだ。だが、移民が生み出した富の増加分は富裕層によって不均衡に刈り取られ、大部分の地元住民はその利益を享受できなかった。そして代わりに住民が体験したのは、公営住宅や施設、公共医療サービスや学校を移民と奪い合う現象だった。たとえば南欧諸国の住民は、まともな賃金と尊厳を求める我が子を、出稼ぎに送り出さなければならなかったというのに、その若者たちの到着は、移住先の住民の苦々しい思い

67 自分が属する民族や人種、あるいは文化を美化して、他の民族や人種を排斥しようとしたり、自分たち以外の文化を劣ったもの、異質なものとして否定的に判断したり排除したりすること。

と、「自分たちの権利を守れ」という声を掻き立てただけだった。

「自分たちの国を取り戻したい、と願う権利は誰にでもあります」イーボはＨＭＰの就任演説でそう述べた。「コントロールを取り戻そう《テイク・バック・コントロール》と願う権利はあります。ですが、まずはあなたの地域社会をコントロールしなければなりません」「テイク・バック・コントロール」とは、２０１６年に英国で行なわれた「ＥＵ離脱の是非を問う国民投票」で、離脱派が呼びかけたスローガンである。

　受け入れ側の人間に権限を与えること。そして彼ら地元住民に、自分たちが重要な社会的立場を担っており、主体的な行為者なのだという感覚を与えること。このふたつこそ、移民がもたらす利益を正しく理解する環境づくりのカギとなることを、イーボも多くのＯＣ反逆者たちも確信していた。そしてｇコムズとカウンティ協会が、地域レベルでその環境づくりを担う重要な手段となった。いっぽう、企業の説明責任を問う市民陪審は、草の根権威のもうひとつの重要な源泉となった。株式保有の終焉は不平等を劇的に是正し、パーキャプの「配当」と「相続」は市民の顔から眉間のしわを取り除いた。イーボは訴えた。「これらは、リベラルな移民政策に対する幅広い支持の基盤であります」

　移民政策そのものにも急進的な変化が求められた。そのひとつとして、ビザの発行権限を地元のｇコムズに委譲した。どのくらいのビザを誰に発行するかという決定権を国から委譲して、カウンティ協会がビザの申請を直接審査した。新しい住居や施設に要する追加資金は、ビザを発行する各州に、HMPとIRDDから分配した。そして無事にビザが発行されると、その移民は新たな移住者のひとりとして、社会ゾーンの公営住宅の抽選リストに入った。彼らが公営住宅に当選する確率は、リモート面接の結果によって決まり、面接はランダムに選ばれた住民のグループが担当した。

「グローバルな連帯は地域レベルで現れる」イヴが言った。

「もう一つの世界では英国がEUを離脱せず、トランプが大統領にならなかったのも当然ではないか」アイリスはダイアリーにそう書き記していた。

デジタル・ルネッサンス

2020年、新型コロナウイルスが猛威を振るい、失業者が街に溢れた時、イヴァはブライトンにある地元のパブのそばの壁に、ちょっと変わった落書きを見つけた。「仕事がなければ余暇もない」。この時のアイリスは単純な意味に受け取り、「まともに支払ってくれる仕事に就いてなければ、生きていくのに精一杯で、余暇を楽しむことなど不可能だ」と言いたいのだろうと思った。どちらもおカネを生み出さないという意味で、仕事も余暇も区別がつきにくい状態だ、というわけである。あれから5年が経ち、イヴの世界のデジタル経済についてわかってくると、イヴァはあの時の落書きにまったく違う光を当てるようになっていた。

当初、イヴァはこんなふうに考えていた。フェイスブックやグーグルが広告目的でデータを収集するのは、データの収集に同意した成人にとって、かなり無害な方法だ。ほんのわずかなプライバシーと引き換えに、非常に魅力的なサービスが無料で入手できるのだから。だが、なにかにつけコスタが指摘したように、フェイスブック、グーグル、ツイッター、インスタグラム、アマゾンなどの企業は単なるサービス提供会社ではない。彼らが手にする利益も、サービス提供の見返りではない。いいや、彼らは人間の行動を変える巨大な〝利益収集装置〟であり、ユーザーを依存させ、挑発し、悩ませ、激しい怒りを誘発する。その目的は、ユーザー関与とプロファイリング――そして、それに伴う利益――の最大化にある。

ビッグテックはふたりの人間をやりとりさせるだけで、人間の行動を操作することができる。コスタは、その点についてイヴァと議論する数少ない機会を捉えてそう主張した。

それが、「ソーシャルメディアは私たちをプロレタリア化している」というコスタの主張の意味だった。フェイスブックのユーザーは、その巨大な装置にせっせと労働力を提供しているばかりか、彼らが売り払う商品まで提供しているのだ。

「世界最大を誇るスーパーマーケットのウォルマートは、従業員からあらゆる価値を絞り取ることで悪名高い。ところがそのウォルマートでさえ、総収入の40パーセントを賃金として従業員に支払っている」コスタはよく不満を口にした。「だけど、フェイスブックが従業員に支払う賃金は総収入のたったの1パーセントだよ。しかも、ユーザーにはまったくなにも還元していない！」

それが2019年のことだった。2025年になる頃には、イヴァはこう確信するようになっていた。誇りあるリベラルなら誰も、ビッグテックが大衆を操作する技術を黙認しないし、彼らの利益を起業家精神の公正な報酬とも擁護しない。彼らは一種のテクノ封建制によって数十億人をタダ働きさせることで、利益を得ているのだ。

だからこそ、OC反逆が築いたデジタル経済についてイヴの説明を読んだ時、イヴァは思わず歓声をあげた。転換点はフェイスブックをターゲットにした、2012年11月5日のダブルストライキだった。アマゾンに対する「サイトを見ない日」に倣って、フェイスブックのユーザーが「報いを受けよ《フェイス・ザ・ミュージック》」と銘打ったボイコットを展開したのだ。だが今回、ユーザーはユーザーとしてストライキに参加したのではなかった。無給のデータ労働者として、フェイスブックの従業員と連帯してストライキに踏み切り、フェイスブックのページを訪問しなかったのだ。

そのいっぽう、コーポ・サンディカリストの新たな法律は株式市場を縮小させ、廃止に追い込み、ネットフリックスやウーバーのような、利益ではなく投機によって成長を遂げた、万年赤字体質の大企業を排除した。その法律と一緒になって、テック系企業を標的としたストライキの波は、大手データ収集企業を大混乱に陥れた。とはいえ、致命傷となったのは、すべての人間に個人データの完全な所有権を認めた、いろいろな「デジタル著作権法」だった。

その著作権法によって、インターネット経済は一夜にして激変し、人間の行動を操作する巨大な装置を絶滅に導いた。そしてそのあとに、無数のデジタル企業による多様なエコシステムが誕生した。新たなデジタル企業には、消費者協同組合の特徴がたくさん見られた。ターゲティング広告の収入が見込めず、株式市場にもアクセスできなくなったグーグルやフェイスブックなどの企業の新たな株主、すなわち、1人1株の従業員たちは、ユーザーコミュニティに金融支援を仰がざるを得なかった。こうして、貪欲だった世界最大級の独占企業は、瞬く間に巨大なデジタル共同体へと姿を変えたのである。

イヴの言葉を借りれば〝デジタル・ルネッサンス〟のカギは、OC反逆者が絶妙な名前をつけた「あなたの考えにペニーを」という少額決済プラットフォームにあった。その名称は、「なにを考えてるの？　1ペニー渡すからあなたの考えてることを教えて」という英語の表現を、うまく借用したものだ。この少額決済プラットフォームの事業的な特徴は、ネットフリックスのサブスクリプションモデル（月額課金制）と、英国の国民保健サービスの国民皆保障の原則とを組み合わせた点にあった。

ユーザーデータを必要とするアプリの開発者は、データの提供に同意したユーザーから必ずデータを購入しなければならず、対するユーザーはどのデータを誰に売るのかを選べた。同時に、アプリを使う者は誰でも、その開発者に使用料を支払わなければならない。一人ひとりが負担する使用料は微々たるものだが、ユーザー数の多いアプリでは莫大な額になることもあった。個人が少額決済プラットフォームで受け取った額は、インターネット利用料として使えた。だが、もしそのプラットフォームを使って支払えない開発者やユーザーは、パーキャプの「相続」から引き落とすよう申請することもできた。匿名のデータや魅力的なアプリには誰でもアクセスできたが、無料で使えるデータやデジタルサービスはなかったのだ。

こうして巨大テクノロジー企業の略奪から解放され、イヴの世界には小さなテクノロジー企業がたくさん誕生し、テクノ封建制の世界では繁栄できなかった活発なデジタルマーケットプレイスが生まれた。

「『あなたの考えにペニーを』と比べると、〝無料〟デジタルサービスのターゲティング広告の頃は、まるでデジタル中世時代みたいね」イヴが率直な感想を漏らした。

その活気溢れる新たなエコロジーにも、欠点がひとつあった。巨大テクノロジー企業の場合、圧倒的なスケールを活かしてビッグデータの威力を十二分に引き出したが、新たなエコロジーにはそのスケール感が欠けていたのだ。巨大企業が扱ったようなビッグデータにアクセスできなければ、活用できない技術も多い。たとえば、人命を救う診断ツールもそのひとつである。2016年、グーグルは英国の国民保健サービスと提携関係を結んだ。そして、国民保健サービスが保有する膨大な患者データにアクセスできる代わりに、危険な目の疾患を、一流の眼科医と同レベルで診断する機械学習アプリを開発した。ところが、その契約書が明記するところによれば、数年後には国民保健サービスも一般の商業ユーザーと同じように、そのアプリをグーグルから購入しなければならないという。グーグルにとってはまさに一挙両得である。対照的にイヴの世界のOC反逆者は、市民のデータが持つ実際の価値を反映させて、機械学習を公共サービスに役立てる、「主権者データ基金」という優れた制度をつくり出した。データの価値を引き出してから——すなわち、データの使用料を徴収してから——その価値を地域社会に還元する独創的な仕組みである。具体的には次のようになる。

公的か私的かを問わず、あらゆるデータは「主権者データ基金」のクラウドコンピュータネットワークに匿名で保存される。国民保健サービスのデータを利用したグーグルのように、「主権者データ基金」のデータを利用する企業は、その国の基金に使用料を支払わなければならない。基金のデータを使って開発した技術が成功すればするほど、基金に支払われる使用料は増え、その資金を使って新たな技術のブレークスルーが生まれることになる。

イヴァにとって、またしても仕事と余暇の区別がつきにくくなっていた。イヴの世界では余暇にもおカネを生み出すのだ。ブライトンの街角の落書きに漂っていた疎外感は、イヴの世界では違うものに変わっていた。まったく別の、そう、正反対のものに。疎外感は、人びとに権限を与える「エンパワメント」に変わっていたのだ。

著しく価値の下がったＧＤＰ

……玄関の特殊な鍵や、その鍵を壊す犯罪者を収容する刑務所も含まれます……ナパーム弾や核弾頭、街角の暴動を鎮圧する警察の装甲車も含まれます……それなのに、子どもたちの健康や教育の質、彼らが遊びで味わう喜びは含まれませんし、詩の美しさも含まれてはいません……つまり、あらゆるものを測定するというのに、人生を価値あるものにするものは、なにひとつ測定していないのです。

これは、ジョン・Ｆ・ケネディ元大統領の実弟ロバート・ケネディが、ある演説のなかでＧＤＰ（国内総生産）を厳しく批判した有名な一節である。[68] その詩的さにもかかわらず、いや、

68　この演説当時はＧＮＰ（国民総生産）を使用していた。

その詩的さゆえに、ケネディの批判はいつもイヴァを苛立たせた。２０００年代の終わり、イヴァが経済学部の大学院生だった頃、ＧＤＰ叩きは誰にとってもお手軽な批判になっていた。とはいえ、イヴァは思った。ＧＤＰ叩きは、不公正で的はずれではないか。それはたとえば、海の美しさや水面《みなも》のきらめきが人の心に与える感動を正しく捉えていないという理由で、気圧計を批判するようなものではないか。

「もちろん、大地震が起きて数千人の犠牲者が出るとＧＤＰは増加します」イヴァはゼミの学生にそう教える。「ＧＤＰは、そのようにつくられたものだからです。まずは救助活動にかかる費用。そして、復旧や復興にかかる費用。もちろん、あなたを励ましてくれる恋人の仕草も、森を焼き尽くす火災もＧＤＰには含まれません。ＧＤＰは地震の恐ろしさを軽んじるためのものではありませんし、かたちのないものの美しさや、環境を脅かす災害に無関心な態度を取るためのものでもありません。ＧＤＰは、測定するようにつくられたものを測定するものです。つまり国内総所得であり、国内総支出です」

資本主義を動かすのは金銭的利益だ。資本主義の下では、社会の資源はいやが応でも、利益が見込まれるところに引き寄せられ、損失が出るところを嫌う。イヴァの考えでは、ＧＤＰはそのようにして働く力の〝ある時点での姿を捉えた断片《スナップショット》〟だ。有効なスナップショットだが、それ以上でもそれ以下でもない。「ＧＤＰは資本主義の原動力を捉え、資金を生み出す活動の種類を描き出します。あなたたちが敬愛するカール・マルクスは確かこう言ったはずです。おカネは私たちの生活の疎外された本質だ、と。GDPを捨てて、なにか別のもっと……適切な指標に代えることは、資本主義の脈動を捉える指を手首から外すことであり、野獣の態度を測る唯一の方法を捨てることです」

GDPに代わる、もっと受け入れやすい新たな測定基準を、環境保護主義者が要求するたび、イヴァは暗澹たる気持ちになった。「市場価格のない森や湖を保護したいのなら、そうすればいいでしょう。さっさと保全命令を出せばいいだけです！ 価格の代わりになる恣意的な基準をでっち上げて、無形の価値を測ったところで、いったいなんの意味があるでしょうか」

皮肉にも、彼らのような〝ヒップな反資本主義者〟こそ彼ら自身の最大の敵だ、とイヴァは密かに考えていた。資本主義の下で、森や湖に定量的な価値を割り当てるためには、実際に売りに出して、いくらの値がつくのかを確かめる以外にない。イヴァはいつも学生にこう講義していた。資本主義に代わる選択肢がない限り、GDPを批判するのはやめるべきです。その代わりに、子どもたちの健康や彼らが書いた詩の美しさのような、測定できない公共財に投資することです。

少なくともそれがイヴァの考えだった。当時はイヴァもほかの人たちと同じように、資本主義に代わる選択肢はないと固く信じていたのだ。ところが、イヴのこのところの報告を読んで、その信念が揺らぎ始めていた。

資本主義の終焉にもかかわらず、あるいはその終焉ゆえに、イヴの世界の市場は健全で活気に溢れているように見えた。いまだに多くの経済活動が貨幣所得を使って測定されるいっぽう、多くの民間部門において活動の原動力は、純収入の最大化でもなければ市場原理でもなく、社会力インデックスのようなツールにあった。企業をランク付けする社会力インデックスによって、企業はさまざまな活動に資源を振り分けた。顧客や隣人、芸術家、地域社会全体が作成した社会力インデックスは、企業の経済活動を、価格や供給量を反映したものではない数値で表した。あるいは市民陪審はどうだろう。市民陪審は、社会力インデックスを使って実際に企業をランク付けし、公益に貢献しない企業を解散に追い込む力がある。社会力インデックスや市民陪審の強いインセンティブによって、企業は利益を最大化する事業計画から離れる。そして、変動する株価に右往左往することもなく、敵対的買収の不安からも解放され、社会のニーズに、より敏感になる。カウンティ協会も、地域社会の利益を考えて土地を割り当てる。彼らは市場原理を利用して、社会的目的のために資金を調達するが、その意思決定は、資本主義の不動産市場が生み出す価格の影響を受けたものではない。

資本主義が終わりを迎え、市場が私的所有から解放されると、別の種類の価値があとを継いだ。イヴの世界では、「交換価値」ではなく「経験価値」で判断したのだ。すなわち「その引き換えに手に入るもの」ではなく、「それを使う人にもたらす経験や体験」によって価値を判断したのである。もはや社会を支配しているのは、価格、量、金銭的利益だけではなかった。そして、経験価値が交換価値の軛《くびき》から逃れれば逃れるほど、ＧＤＰは意味を失うか妥当性を失うことになる。それがイヴの世界で起きたことだった。引き続き、ＧＤＰは貨幣所得を測定する役割を担うだろうが、それは経済にとってたくさんある測定基準のひとつにすぎない。資本主義が終焉する前にはとても考えられなかった、ＧＤＰの降格が起きたのだ。

市場を助けるためか

市場は資源の効率的な配分によく失敗する。イヴァはそのことを、「隣に住んでいる女性は誰か」と同じくらい熟知していた。だがつい最近まで、市場に対するイヴァの信頼が薄れることはなかった。信頼を失うはずもなかった。希少な資源を配分する、市場よりも優れた方法を思いつけなかったからだ。さらに重要なことに、市場以外のどんな方法も、誰がなにを手に入れるかについて意思決定する権限を、中央当局に与えてしまうからだ。

１９２０〜30年代、イヴァのリベラルな先人は社会主義者を激しく攻撃していた。社会主義者は原料や仕事、財を配分するために、市場を排して、中央で設計された体制の導入を目指していた。それに対してリベラルは批判した。どんな頭脳も組織も、どれほど利口で善意であろうと、社会がなにを欲しているか、どんな能力を有しているか、その資源をどう使うべきかをわかっていない、と。自由市場の信奉者たるリベラルは断言した。それは、計算能力が不充分だからではない。「円積問題[69]」が難しいのでなく絶対に不可能であるように、みながなにを欲し、どうやって手に入れるのかを理解することは完全に不可能だからだ。それぞれが消費者か生産者として市場に集まることでしか、一人ひとりがなにを欲しいのか、なにができるのかはわからない。少なくとも、それが当時のリベラルたちの主張だった。

イヴァもそう考えていた。ところが２０１９年、その固い信念を揺るがす出来事が起きた。アマゾンのサイトを閲覧し、画面をスクロールして「おすすめ商品」を見ていた時のことだ。アルゴリズムが気味悪いほど正確に、イヴァの好みを指摘していたのだ。今度は音楽で試してみた。ビッグテックは、イヴァを調査済みだった。アマゾン、スポティファイ、アップルミュージック。どれも彼女の好きな歌を選び、彼女が視聴に興味を持ちそうな楽曲を勧めていた。イヴァがアルファベットをひとつかふたつ、グーグルの検索画面に打ち込むだけで完全な単語が現れた。ネットフリックスは、おすすめ映画を次から次へと表示した。イヴァの映画の好みを知り尽くしている友人でなければ、とてもできないことだ。そのおすすめは完璧ではなかったにしろ、イヴァはとつぜん、リベラルの主張がもはや真実ではないことに気づいた。中央で設計された体制は、私たちの欲しいものを知っているのだ。

共産主義の非効率性を非難するリベラルの主張が誤りだったと、資本主義の技術に証明されて、資本主義に対するイヴァの信頼は、糸一本でつながっている状態だった。中央計画体制は、たとえそれが効率的なものだとしても、個人の自由と人権に重大な脅威を及ぼすというのが、イヴァの信念だった。だが、果たしてそれだけだったのか。１９９１年に資本主義が勝利した理由は、旧ソ連や東ドイツの市民に自由がないことよりは、むしろ、パンであれテレビであれ、なにかを手に入れるためには、いちいち列に並ばなければならないことだった。単に自由だけの問題なら、赤い旗はいまでもクレムリンの上で、はためいているのかもしれない。いや、ホワイトハウスの上でも。そう考えると、イヴァは恐ろしくなった。

個人の好みを中央が満たすことはない、というリベラルの言い分は虚偽だとビッグテックが証明すると、イヴァはこんな結論に達した。シリコンバレーのおかげで、最も大きな、そして唯一、恩恵を受けるのはおそらく中国共産党だろう。中国政府がアリババと同じような技術を開発した時、その技術を中国政府が採用しないという理由はない。中国版アマゾンと呼ばれるアリババが、顧客が次に欲しがっている商品を正確に予測するために使う技術を、中国共産党が使えば国全体の経済を管理できるのだ。すでにその権限も有している。あと必要なのは手段だけだ。そしてＡＩがもう少し進化すれば、中国式の共産主義が市場を完全に制圧するのを阻

69 「与えられた円と等しい面積を持つ正方形を、定規とコンパスを用いて作図できるか」という問題。古代ギリシャで、３大作図不能問題として研究された。

止するものがあるだろうか。

2025年にサンフランシスコのコスタのラボを訪れた時、イヴァはすでにそのような懸念に悩まされていた。実際、そのような懸念のせいでイヴたちの報告を熱心に受け入れた。彼らから届くメッセージは、イヴァのような自由市場の信奉者ですら驚くようなものだった。本来ならば、彼らが描き出す社会にイヴァはひどく憤慨したに違いない。OC反逆者は株式市場を廃止した。労働市場を排除し、銀行を消滅させた。土地を公有化し、ビッグテックは頼みの綱の利益のもとを絶たれた。それなのになぜ、リベラルの権化であるイヴァは、多くの点でリベラルの悪夢ともいうべきイヴの世界の特徴を、市場にとってすばらしい好機と受け取ったのか。

その理由は、イヴたちの世界が、どんなリベラルにも抗しがたい魅力に溢れていたからだ。所得税もなければ消費税もない。労働者には転職の自由があり、パーキャプ口座も持ち運べる。大企業の市場支配力は抑制されている。みなを貧困から解放するだけではない。社会保障事務所の受付で恥ずかしさに打ち震えながら、給付金を受け取らなくてもいいのだ。効率的な無料決済システムがあり、デジタル通貨を発行する権利も与えている。市場原理を最大限に活用して、商業ゾーンにオークションを導入し、公営住宅の開発費用を賄っている。国境をまたぐ貿易と資金の流れを安定させる、国際的な金融システムもある。地域社会に権限を与え、移民を歓迎する環境づくりを行ない、移民の受け入れを促している。

イヴの報告のほぼすべてが、イヴァの不安を掻き立てたことは間違いない。だがそれはまた、市場がついに本来の目標を達成した世界でもあった。OC反逆者が可能であり望ましいと考えたのは、私有財産制、企業帝国、ターボチャージャー付きの金融が消滅したあとで、純粋な競争力を持つ市場を築くことだった。それは、真のリベラルが資本主義の下で、夢に思い描くしかない市場だった。

イヴァはイヴの報告を丹念に読み返し、彼らがそのような市場を築いたのでは**ない**証拠を探した。だが3度目に読み返した頃には、イヴァの心に途方もない考えが深く根を下ろしていた。本来の市場が復活するためには、資本主義の終焉が必要だったのだ。

イヴァとアイリスがサンフランシスコにやって来て2ヵ月が経った。イヴァは夏の休暇が終わったあともサンフランシスコに留まるために、サセックス大学に有給休暇を申請した。表向きの理由は、息子のトーマスが11月にやって来ると約束したからだが、本当の理由は、イヴァがイヴたちの世界に強く興味を惹かれたからであることは、コスタとアイリスにもわかっていた。イヴァもアイリスも随分前に、もう一つの世界の存在について疑いを捨てていた。

だが、もう一つの世界に対するイヴァの関心が膨れ上がるいっぽう、コスタの心は懸念で膨れ上がっていた。コスティから届く報告は、ここしばらく停滞ぎみだった。そして9月も末になる頃には、ふたりのやりとりは、ワームホールを維持するための、もっぱら技術的な内容に限られてしまっていた。実際、イヴァとアイリスがもうひとりの自分たちとやりとりをしているあいだ、コスタとコスティは躍起になってワームホールの安定に取り組んでいた。ワームホールの崩壊を防ぐためには、データの厳密な割り当てが不可欠だった。コスタの記録によると、イヴァは頻繁にやりとりし、アイリスのほうはメッセージが届くとじっくり時間をかけてから、メッセージを送り返していた。10月も終わりを迎える頃、イヴァは自分の割り当て分をほとんど使い切り、アイリスはまだ半分も消化していなかった。

イヴがまるで焦らすかのように、「2022年に深刻な金融逼迫があった」と漏らした直後に、コスタがイヴァに向かって、君の割り当て分はもう終わりだと告げた。イヴァの心は引き裂かれた。イヴはどうしてもっと早く、そんな重大なことを教えてくれなかったのだ。激しく苛立ち、憤慨しながら、その反面、イヴの世界も金融危機とは無縁でなかったと知って奇妙な安堵を覚えていた。数キロバイトを追加してくれと懇願したが、コスタは頑として聞き入れず、「まだ短い段落ひとつくらいなら、やりとりできるよ」とイヴァを説得した。そこでイヴァはアイリスに向かって、自分の代わりに、アイリスの割り当て分を使って金融逼迫について訊いてくれないか、と説きつけた。イヴァには、最後の割り当て分を使ってほかに訊きたいことがあったのだ。

「アグネスは思春期の始まりをどう過ごしてる?」アグネスはイヴの娘だ。

「母親の私に、時々、イラついてるみたいね」イヴが答えた。「父親のことはそれほどでもないみたいだけど。でもあの娘《こ》は楽しそうだし、充実してるみたい」

そう聞いて、イヴァは不思議なほど気持ちが慰められた。トーマスとのこの数年間は難しいものだった。その息子との再会を前にイヴァは不安でいっぱいだったが、イヴの言葉を聞いたあとでは、いまのトーマスが直面している苦しみや葛藤が必然的なものでもなければ、母親の自分のＤＮＡのせいでもないと、イヴァは身勝手ながらそう思い、自分の気持ちを納得させることにした。

第7章

天国でトラブル発生

なかなか死なないゴキブリ

２０２２年に起きた金融逼迫について知るために、イヴァがアイリスを掻き口説いていた頃、アイリスとサイリスのやりとりは、アイリスをまったく違う方向へと導いていた。市場や価格、所得が遠い世界の、実体のない、取るに足りないものに思える方向だった。

アイリスは出だしでつまずいた。コスタのアドバイスに従い、イヴァの例にも倣って、サイリスに自己紹介する時、自分以外は誰も知らない秘密を使った。それは１９７４年に、ある貴族の田舎の邸宅で開かれた、48時間にわたる乱痴気パーティでの出来事だった。その時の出来事が原因で、心優しい貴族の男性がのちに遺産を贈ったことから、アイリスは経済的に何不自由ない暮らしが送れるようになったのだ。

それからの半世紀というもの、アイリスは、遺産の贈与はあの出来事とは無関係だと思い込もうとしてきた。彼女を守れなかったことに対する無言の謝罪ではない、と信じ込みたかった。あの週末に耐えなければならなかった暴力と、我が身を苛むパニックを甦らせないために、アイリスは記憶を封印して生きてきた。それを、なぜいまになって掘り返さなければならない？　自分が何者かをわかってもらうことだけが、その理由ではなかった。サイリスに宛てた最初のメッセージを記しながら、アイリスはそれまで抑圧してきた古い傷口と向き合った。だがサイリスの怒りに満ちた返事を読んで、アイリスは自分を愚かに感じるとともに、サイリスが向こうの世界で、自分以上に耐えてきた深い苦痛を知ることになった。

しかしながら、18年近い空白と、そのあいだにふたりがまったく違う体験をしてきたにもかかわらず、徐々にぎこちなさが薄れていったのは、ふたりがともに男性の暴力という名の亡霊に付きまとわれ、苦しんできたせいだった。その点についてはOC革命もあまり成果をあげなかったとサイリスが認めた時、アイリスは失望したにしろ、驚きはしなかった。企業は民主化し、市民集会が次々に誕生し、銀行も不動産業者も消滅した。だが、男性と女性の関係は――たとえ極めて進歩的な社会やグループのあいだであっても――構造的、精神的にゼロサムゲームにとどまり、歴史的な勝者である男性が支配し続けてきたのだ。

「劇的な変化が起き、銀行は消滅し、資本主義でさえ終わりを告げる」サイリスが書いていた。「それなのに、家父長制は殺しても死なないゴキブリのようにしぶとく生き残る。しかもいまでは、政治的公正性《ポリティカル・コレクトネス》[70]という、ますます分厚いベニア板の裏に覆い隠され、偽装されてしまった」

サイリスの敵意にアイリスは当惑した。確かに、OC反逆によって家父長制が消滅したと聞いたら、ああ、やはりもう一つの世界は単なるつくり話だった、と一蹴していたに違いない。OC革命にどれほどの破壊力があったところで、政治革命によって家父長制が衰退するとは、とても信じられなかったからだ。それにもかかわらず、堅固な家父長制と政治的公正性に対するサイリスの激しい憤りにアイリスは面食らい、その顔には苦笑いが浮かんだ。アイリスの友人たちはこれまで何十年にもわたって、彼女の怒りや非難を耐え忍んできた。ところがいま、アイリスはサイリスに一方的に激しい感情をぶつけられ、生まれて初めて、自分自身が友人たちと同じ目に遭っていることに気づいたのである。

サイリスとのやりとりを通して、アイリスの確信は高まった。どれほど善意で、進歩的な考えの持ち主であろうと、家父長制がはびこる世界の住民が思い描くユートピアは、女性にとって荒涼たる世界である運命を免れないのだ。アイリスはその信念を14歳の時から持ち続けてきた。彼女の父方の祖母にあたるアナは、ウーマンリブ運動がファッショナブルどころか不名誉な烙印を捺される時代に、その活動を扇動した女傑だった。そのアナが14歳のアイリスに、自分を女性参政権[71]の獲得を目指す20世紀初頭の運動家だと考えるように促したことがあった。

「こう想像してごらんよ、アイリス」祖母が言った。「お国はない。法律ってものもない。BBCやイングランド銀行も、ロイヤルオペラハウスやイングランドサッカー協会のような権威ある組織もない」

まだ子どものアイリスには、とてもそんな世界は思い描けなかった。

「さて、こうも想像してみるんだ」アナが続ける。「あたしたちがみな――そうだよ、男だけじゃなくて女も――機会を与えられて、大きなテーブルにきれいに並んで、対等に座って、お茶をたくさん飲みながら議論するところを。そして、ちゃんと効果があって守りたくなるような規則や、みなに必要な制度や、お国や地域社会を治めたり家庭の問題を解決したりする最善のかたちについて話し合うんだ。そして、最後にこうも想像してみるんだ。その立派な集会で、どの法律や制度を導入するかを、満場一致で決めるところを。それはすばらしい社会じゃないかい？　そんな社会がどんなものか想像してみると、なんだかうっとりしないかい？」

祖母の無邪気な顔に浮かぶ高揚感に思わず釣り込まれそうになったが、アイリスは堪《こら》えた。アイリスの強烈な懐疑心を感じ取ったアナは、その理由をしきりに訊ねた。アイリスはようやく打ち明けた。

「だって、女はテーブルについたりしないもん。おばあちゃん」あの恐るべき自信に満ちた口調で、アイリスは答えた。「女は立って、やきもきしながら、飲み物や食べ物を横柄な男たち

70　偏見や差別のない、あるいはステレオタイプに基づかない中立的な表現や用語を使おうという考え。また、そのような偏見に基づいた態度を改めようという運動。「政治的妥当性」「政治的正しさ」などともいう。
71　英国では１９１８年に条件付きで特定の女性層に参政権が与えられ、１９２８年には21歳以上のすべての女性の参政権が認められて、男女平等の選挙権が実現した。女性参政権の獲得を目指す女性運動家は「サフラジェット」と呼ばれ、時に過激なデモ活動を繰り広げた。

に運ぶんだよ。そして結局、なにもかも男たちが決めてしまう」

実のところ、アイリスが疑っていたのは、国や権力の問題について男女が対等な立場で議論する可能性だけではなかった。祖母の思考実験をアイリスがにべもなくはねつけた理由を、明確に説明できるようになったのは、大学1年の時だった。「資本家階級《ブルジョワジー》が工場労働者と対等の立場で話し合う」という考えを、マルクスがまったく信じていなかったと授業で知ったからだ。浅慮な人間なら、マルクスとアイリスの異議を同じものと受け止めたかもしれない。ただ「男性労働者」の代わりに「女性」を当てはめただけでないか、というわけだ。ところが、アイリスの考えは違った。そのふたつの仮説は明らかに似ているにせよ、決して同じではないと言って譲らなかったのである。

新進気鋭の人類学者であるアイリスの意見は、マルクスの考えとは違った。そして、階級の異なる男たちのあいだにも共通点を見つけ出すことはでき、しばしば実際に見つけ出したと主張した。1960年代になる頃には、男性労働者が商工会議所や企業の重役室に、さらには政府機関や首相官邸に招かれることは珍しくなかった。だが、それはなぜか。世間一般の考えはこうだ。労働者がひとたび強力な労働組合に組み込まれたあと、労使間の平和を築き、互恵的な関係を結ぶために、経営陣や上司が組合のリーダーを熱心に取り込もうとしたからだ、と。

アイリスはそれを、不完全で、受け入れがたい説明として退けた。そして人間の悲劇は、たとえ失うものが非常に大きくても、共通の利害がすぐには協力に発展しないことだと訴えた。

人を結びつけるためには、まず利害以外の別のものが必要だ。それは信頼と忠誠の絆だ。ある種の共通のアイデンティティと言ってもいい。だが、対立する社会階級のメンバーに共通するアイデンティティとは、いったいなんだろうか。賃金や労働条件、法律や国の問題について意見の一致を見るような、どんな共通点が男たちにはあるのだろうか。それに対するアイリスの答えを聞いた男性も女性も仰天した。それは男が女を使うという共通の権利だ、とアイリスが答えたからである。

「成功したどの男性の陰にも驚いた女性がいる」[72] 1960年代のカナダの首相レスター・B・ピアソンの妻、マリオンはそう言った。その言葉を引き合いに出して、アイリスはよくジョークを飛ばした。「そして、階級の違う男どうしのあいだで成立する、どの取引の陰にも性的契約がある。女性の労働を――しばしばそのからだを――、決して同等ではないが、共同で所有するという契約が」

経営者や上司にはお飾りの美しい妻《トロフィー・ワイフ》がいて、彼らはさらに秘書や事務アシスタントやサポートスタッフもたくさん抱えている。いっぽう、経営者や上司から日々搾取されている男性労働者も家に帰れば、彼以上にこき使われて虐げられ、無給で働く女性労働者が待っている。

「たいしたものじゃないかもしれない」アイリスはかつてそう漏らした。「だけど、男たちに

72 「男性の成功の裏には、しばしばその成功を支えた妻の働きがある」という意味。マリオン・ピアソンは、歴代カナダ首相の控えめな妻のイメージを覆し、率直だが、時に鋭いユーモアのある発言で人気を集めた。

とってはそれでぎりぎり充分。どうこう言って、90パーセントの住宅ローンを組んでいる人間は、自分がその家を所有していると思い込んでいる。だから、妻の労働を所有しているという感覚によって、労働階級の男たちが、上司と自分とのあいだに充分な共通点があると考えたところで不思議ではない」

恋愛戦争

極めて進歩的な社会契約でさえ、それを支えているのは、女性の隷属という暗黙の契約だ。アイリスがそう信念を話すと、ほとんどの女性は愕然とした。フェミニズムの進化を誇りに思っている女性の友人は、アイリスがその功績を冒瀆したと言って腹を立てた。フェミニズムもある程度は成果を収めたことに、アイリスも異論はない。数百万人もの女性が権力のある地位に就いて、隷属状態を脱した。マーガレット・サッチャーはその典型的な例だろう。だが彼女たちは「名誉男性」になることで、すなわち男性社会に迎合して地位を築くことで、隷属状態から解放されたのにすぎない。そしてそのためには、まずはたいてい彼女たちより肌の色の濃い女性が、名誉男性の家庭内の地位を――隅に追いやられたプロレタリア階級の一員として――、引き継がなければならなかった。

アイリスには大胆な仮説があった。少なくとも18世紀末のフランス革命以降、進歩的な運動が勝利を収めるたびに、個人の女性は成功を手に入れたにせよ、全体的にはより深い隷属状態に貶《おとし》められてきたという仮説だ。選挙法の改正に伴い、年収や身分のより低い男性にも選挙権が拡大されると、女性はますます低い序列に沈んで、その代償を支払わなければならなかった。そのため1970年代に、進歩主義者の多くが女性の社会的地位が徐々に向上していると考えた時にも、アイリスは着実に低化していると考えていた。

1980年代に入り、友人たちが性の解放と、女性に対する権限の付与を祝っていた時にも、アイリスの分析はなお悲観的になっていった。彼女の見るところ、すばらしいセックスは、単に公正な取引の一種にすぎないと捉え直されていた。その反面、産業の空洞化が進むにつれ、働く男性の富は減っていき、彼らは自分たちの力が指のあいだから急速にこぼれ落ちていくのを感じ、その力を取り戻す手段としてセックスを捉えた。金銭やサービスの授受が絡む「取引するセックス」は、もちろん強制的なセックスよりもずっとマシだ。だが、それは女性を――そして実際、男性も――豊かにしたり、権限や力を与えたり、もちろん解放したりしない。それらが可能になるのは、男女が進んで恋に落ちる時だけだ。なぜなら、アイリスの考えによれば、恋に落ちることは自由市場や取引するセックスの対極にあるからだ。

「恋に落ちることは、サッチャリズムのあらゆる政策に抵抗する最高の行為のひとつ！」アイリスはよくそう宣言した。「株式、在庫、労働者、スケジュール。なんであれ、コントロールがなによりも重視される、いまの時代に恋に落ちることは、そのコントロールを〝誰か別の相手〟に譲り渡すこと。それは、金融資本主義の『交換価値』『個人の行為主体性』『自己決定』という根本的なイデオロギーを揺るがす」

「歓喜に満ちた親密な行為だけで幸せを摑むだと？　なにも購入せずして？」アイリスは、財界の大物の怒気を帯びた野太い声を真似て言った。「ほかの誰かに無条件で自分を差し出し、なんの見返りも求めず、その行為で純粋に満たされるだと？　まったく反資本主義者というヤツらは。なんて破壊的な考えなんだ。我々の生活様式を脅かす危険極まりない思想だ。ヤツらが〝麻薬戦争〟ばりに苛烈な〝恋愛戦争〟にすぐにでも乗り出すのではないかと、いったい政府は気づいておるのか」

1980年代も終盤になる頃には、サッチャーはもちろん成功を収めていた。なにかの喜びのためになにかを手放すという考えは、誰にもほとんど理解できなくなっていたのだ。そして、アイリスは性的政治の分野でも、すなわち男女間の権力構造や、それが男女の関係に与える影響についても、サッチャリズムの勝利を見出した。若者はセクシュアリティを、本質的に自分勝手で搾取的なものと考えるように育てられた。恋に落ちたと認めることは、カッコ悪いことになった。若い女性は常にセクシーに見られるように求められたが、実際にセックスをする段になると蔑まれ、「利益を最大化するためには供給を抑制しなければならない」などという、独占主義者の思想に毒されてしまった。「男が受け取り女が与える」という性的な原動力しか考えられなくなった、その同じ人間が、男女平等という〝政治的に公正な〟お題目を唱えていたが、実のところ、彼らの考えや行動はそのお題目からはまったくかけ離れていた。

「サッチャリズムは、セックスから性的魅力を奪い取った」アイリスはそう漏らしたことがある。「そしてセックスを、絶えずつきまとう暴力の脅威に彩られた、相互マスターベーションのかたちに変えてしまった」

その後まもなくして、鉄の女ことマーガレット・サッチャーは1987年の総選挙で3度目の勝利を収め、それを機に、アイリスはブライトンの自宅に永遠に引きこもってしまうのである。

ポスト資本主義の愛と死

10代の頃のアイリスは、資本主義の消滅が愛と正義に勝利をもたらし、その延長線で女性を解放すると想像するのが好きだった。ところが1970年代も終わり頃になると、その考えは薄れていた。そしていま、その懸念をサイリスの報告が裏づけた。

もう一つの世界では、OC反逆が始まった頃、ロマンスが返り咲いた。あらゆる革命がそうであるように、勇気ある偉大な行動が大きな破壊を生み、すばらしい恋愛を生んだ。ほとんどの関係は激しく燃え上がるのも速かったが、燃え尽きるのも速かった。それでも、2013年にOC革命の顔であるエスメラルダが挑発的な演説を行ない、「私たちの性的関係を貫く」革命の価値を訴えた。その歴史的なスピーチは、エスメラルダが演説を行なった、ロンドン市内のかつての歓楽街にちなんで「ソーホー演説」と呼ばれるようになった。

セックスをしている時、私は自分が客体であり主体であることを求める。賃金労働者であることも資本主義の雇用主であることも拒否するように、女性という型にはめられた客体であることも、男性の主体であることも拒否する。

将来を決めた相手にしか自分を与えてはならないと諭す人間を私が笑い飛ばすように、「あれは単なるセックスだった」と告げる人間も笑い飛ばす。セックスを神聖な台座に祭り上げることを拒否するかわりに、軽視もしない。

セックスか愛か。主体か客体か――そのような偽りの対比を拒否する時ではないか。セックスがすべてだという抑圧的な信念を、私たちはついに葬った。だがその信念に代えるべきは、セックスにはなんの意味もないという冷ややかな確信か。

セックスの定義を断念する時ではないか。それがすべてと関係がある、と理解するために。からだの悦び。愛。遊び心。だが、それはまた権力とも関係があるのではないか。

私たちの革命は、所有欲のあらゆるかたちの個人主義に異議を唱えた。新たな法律と市民参加制度は、企業、土地、信用創造、貨幣創造の私有に終止符を打った。経済と政治とを、道徳と効率とを、機能と公正とを再び結びつけた。

激しい戦いの末に新たな社会的取り決めを勝ち取ったというのに、セックスを市場取引のかたちのままに、権力関係のままにしておいていいのか。

思い出して欲しい。私たちが市場の力にいかに急進的に立ち向かったか。私たちは、ただ競争の権威を高めただけではない。いいや、株式取引を排除した。法律を制定して、労働者1人1株を実現した。信用格付けを排して、社会カインデックスを導入した。同志よ。私たちはセックスについても、大胆であると同時に急進的でなければならない。

同意の問題について取り上げよう。私たちは、これまで通り法体系や法律家によって同意を定義するのか。これまで通り国によって、寝室と生活のなかの同意を強要するのか。あるいは、自分の内面を批判的に見つめることで新たなスタートを切るのか。近年、政治制度と金融制度に対して、私たちが批判的な目を向けたように。

個人的に言えば、私はセックスに同意する権利と、同意なしには触《ふ》れられない権利とを要求する。だが私は、欲望なしには同意したくないことも知っている。そして、欲望が暴走するものであることも本能的に知っている。欲望は叫ぶ。渇望する。懇願する。もし私が相手に乞わなければならないなら、欲望は弱いに違いない。そして正直に言って、同志よ。もし相手が私に乞わなければならないなら、私にとって、それはすでに始まる前に終わっている。

私があなたとセックスをするためには、あなたに欲望を抱かなければならない。そして私が欲望を抱くのは、あなたが私に欲望を抱くからであり、それは私があなたに欲望を抱くからだ。なぜなら——言い換えれば——欲望がお互いの欲望を生み出し、欲望が欲望を絶えず駆り立て、その関係のなかで、私は主体であり客体であり、与える者であり受け取る者だからだ。同志よ。それは間違いなく相互主義の反対であり、市場交換のアンチテーゼである。

こう考えて欲しい。もし私が見返りを期待して与えるのなら、セックスがすばらしいものであるはずがなく、それゆえ真の合意に基づくものではない。私がセックスをするのは、その欲望を抑え切れないからだ。それがすばらしいのは、私が抑制を失い、セックスを愛するからだ。すばらしいセックスとは、真の合意によるセックスとは、契約に基づくものではなく、そこに特別な交換条件はない。公正という規範によって規制されることもなく、特定の関係に規定されることもない。

2枚の合わせ鏡のように、恋人たちは無限にその姿を映し出す。なんであれ、与え合うものがリスト化されたり、定量化されたりすることはない。

同志よ。私たちが革命を起こしたのは、あらゆる社会的階層において対立を協力に変えるためだった。どんな経験も数量化できないように、セックスもまた、共有する体験であり、数量化できない。歌をつくり、夜空に長い尾を引く彗星を見ることが、数量化できないのと同じように。

私たちの革命は賃金と利益との区別を終わらせた。人びとは搾取されることなく、協力してものごとを行ない、金銭的な利益を手にできるようになった。革命は政治と経済のあいだの壁も取り払った。企業に地域社会を持ち込み、地域社会に企業を組み込んだ。

さて今度は、私たちが自分たちのためにつくり出した機会を——意識的に——利用して、セックスと愛との、主体と客体との、欲望と同意との区別を終わらせるのだ。失うものはない。悦びの全宇宙を手に入れるのだ。

エスメラルダの「ソーホー演説」を読んで数週間が過ぎたあとでも、アイリスの目には涙が浮かんでくるのだった。どんな革命にも、ロシアのアレクサンドラ・コロンタイや、ポーランドのローザ・ルクセンブルクのような女性革命家が存在する。歴史に与えられた数少ない好機を捉えて、女性の従属に一石を投じると誓い、人間のより広い利益をも推進した、崇高で悲劇の女性革命家である。ところが、コロンタイやルクセンブルクと同じように、エスメラルダの夢も粉々に砕け散った。アイリスの考えるところ、その大きな理由は、エスメラルダの呼びかけに応じるだけの力が、ほとんどの女性にはなかったからだ。

サイリスがワームホールを使って「ソーホー演説」を送ってきたのは、彼女が望んだ性的革命が成功した証拠だからではなかった。もし成功していれば、実現していたはずの輝かしい姿を示すためだった。サイリスによれば、当初、急進主義が爆発的な勢いで広まったあと、政治経済制度は高いレベルで共有の繁栄を生み出すようになっていたが、それに伴い、新たに社会保守主義が台頭し始めたのだという。

2020年になる頃には、政治的公正性が世間の言説を支配し、エスメラルダが演説で使った言葉は不適切とみなされた。「同意の意味を定義せよ」という声が上がり、議論の的となり、法文化された。実際、２０１３年以降についてサイリスが教えてくれたことから、アイリスはこんな結論に達した。資本主義は終焉したが、資本主義が依存していた女性の隷属という性的契約は葬れなかった。

「『ゲイ解放戦線』の頃の私たちの活動を覚えてる？」サイリスがアイリスに訊ねた。ゲイ解放戦線は、１９６９年にニューヨークで結成された団体である。

「もちろん」アイリスが答える。

「私たちが戦ったのは、平等のためじゃなく解放のためだった」サイリスが続ける。「抑圧され、隷属している女性たちの惨めさを共有する権利のためなら、私、ベッドから飛び起きても、通りで抗議デモに参加しても構わなかった」

「忘れようにも、忘れられるはずがない」アイリスが答えた。

「私たちの夢は社会を急進的に変えることだった。ただ、社会に受け入れられればいい、なんて思ってなかった」サイリスは続け、その後、数度にわたるやりとりを通して、かつてふたりが勝ち取ろうとして大胆に戦った未来像について、詳しく語り合った。

当時のことをふたりで思い出しながらアイリスがありありと悟ったのは、サイリスが心の奥深くに巣くう、ある種の埋められない欲求を満たしていたことだ。だが、それはいったいなんだったのか。サイリスには友だちがいないのか。それとも、もっと不吉なことか。それらの考えを口にするだけでも、不安に駆られることだろうか。

「なにが間違ったのか」アイリスは密かに思った。「あの若いレズビアンたちの決意はどうなったのか。フェミニスト、労働組合、黒人の政治組織を巻き込んだ幅広い解放運動を展開するというあの意気込みは？　あれは解放を目的とする運動だった。それなのに、私たちはなぜその運動に、堅苦しく、圧制的な政治的公正性を招き入れてしまったのか。そしてそれに伴い、私たちが戦っていた、活気に溢れ、無限の可能性を秘めた自由をなぜ押し潰してしまったのか。なぜ自由の未来像は哀れっぽい平等のナラティブに劣化し、最悪の場合には〝クィア〟の商業化と、キッチュな結婚式をあげる権利と大差ないものに転化してしまったのか」

考えれば考えるほど、アイリスの確信は強まった。呆れるほどしぶとく生き残る性的契約──その破滅的な疎外の源泉を、アイリスは記憶にある限り激しく罵ってきた──は、サイリスの世界から届いた最悪の知らせであり、彼らの世界が達成したあらゆる善の輝きを奪い取り、それでなくても揺らいでいた人間性に対するアイリスの信頼をぐらつかせた。そろそろ別の経済的失敗の話題に切り替えるべきだろう。そうすれば、その不快な事実から、せめて気持ちを逸らすことができる。

というわけで、アイリスの割り当てを使って金融逼迫について質問してくれという、イヴァの要求を何日もはねつけたあと、アイリスはようやくその願いを聞き入れ、新しい話題についてサイリスに訊ねた。

「2022年に金融危機があったらしいけど、深刻だったの？」

確かに金融危機はあったとサイリスが答えた。そして決済システムが崩壊の淵に陥った経緯や、一連のOC反逆のあとで初めて、ボイコット騒ぎや抗議デモが発生した様子を簡単に教えてくれた。組織的なサイバー攻撃まで起き、OC反逆の精神や手段が甦ったのだという。

「ええ、2022年は確かにひどい年だった」サイリスが書いていた。「特にエスメラルダを失ったことは」

「〝失った〟ってどういう意味？　なにがあったの？」

「刺されて殺された。ある夜、歩いて家に帰る途中で」

アイリスは衝撃を受け、もっと詳しく教えてほしいと頼んだ。だが、サイリスが知っていることはあまりなかった。犯人は捕まらなかった。素性もわからずじまいだった。サイリスによると、犯行の様子は監視カメラに捕らえられており、本来ならば警察はすぐに動くはずだった。ところがこの時、警察の動きは鈍かった。しかも事件後に、監視カメラの映像を利用して犯人を特定することは、そのデータに対する犯人の所有権の侵害にあたるとされた。サイリスの世界では、その権利がしっかりと法律に規定されているのだ。

犯行の動機は2022年の金融逼迫に対する怒りだ、と囁かれた。資本主義の金融システムを攻撃する運動を率いたエスメラルダは、世間の目には決済システムの設計者と映っていた。その決済システムこそが今回の危機の原因だ、と考える者は多かった。その意見に反対の者もいた。

　エスメラルダの死にアイリスは打ちのめされた。その話を知った夜、アイリスはふたりの友人に慰めを求めた。だがイヴァは自分の問題で、正確に言うと、ひとり息子のトーマスの問題で頭がいっぱいだった。コスタはアイリスの話に親身に耳を傾けてくれたが、コスタには彼女の痛みが完全に理解できないことは、アイリスにも明らかだった。アイリスが気持ちを打ち明けたあと、コスタは悄然と窓の外を見つめていた。

　やがてコスタが長い沈黙を破った。「ギリシャ神話にはたくさんの悲劇的な女性が登場する。みんな、彼女たちを所有する男たちの絶対的な権力に抵抗して、命を落とした。今日のアンティゴネ[73]やカサンドラ[74]は、暗い裏通りで知らない男に刺殺される。それを進歩と呼ぶのかどうか、僕にはわからないな」

2022年の金融逼迫

アイリスは、エスメラルダの死を自分の妹のことのように悼《いた》んだ。その死を知った時に、2022年の金融逼迫に対するわずかな関心も消え失せた。そこで、詳しい経緯を記し、金融逼迫が世界経済に及ぼした影響や、その後の当局の対応を記した長い報告が届くと、そのままイヴァに手渡した。

最初の一文を目にしたとたん、イヴァは喜んだ。書き手は経済の専門家ではない。だからこそ念入りに書き込まれ、つぶさに記してあったからだ。イヴァの興味を強く掻き立てたのは、危機がよくあるパターンで始まっていたことだった。イヴの世界では、商業銀行が消滅して地域密着型の小さな信用ブローカーが登場し、貯蓄者と借り手とのマッチングを提案した。だが、あらゆる取引が中央銀行の無料デジタル決済システム「ジェローム」で行なわれる限り、理論上、金融危機は起こりえない。たとえ借り手が債務不履行に陥り、貸し手が損失を被ったとしても、銀行融資も債券市場もないため、その影響が世界の金融システムに波及するシステミックリスクは防げるはずだ。ところがそれが一変したのは、一部の怪しげなブローカーが、少なからぬ取引をジェロームから、金融当局のあずかり知らぬ闇のネットワークに移したせい

73　オイディプスの娘。テーバイの王女。王位を取り戻そうとして攻め寄せた兄が戦死した際、その遺体を埋葬したために反逆者とされ、幽閉されて自害した。

74　トロイアの王女。太陽神アポロンから予知能力を授けられるが、アポロンの愛を拒んだために、誰にも予言を信じてもらえない、という呪いをかけられた。その後、トロイア戦争の総大将アガメムノーンによって戦利品（奴隷）とされ、その妻の手にかかって殺された。

だった。

サイリスが教えてくれたのは、そのブローカーのせいでパーキャップの貯蓄をほぼすべて失ってしまった、友人のジョイスの体験談だった。ある日、ジョイスのもとに、悪辣なブローカーのひとつがオンラインでアプローチしてきた。彼らはデラウェア・コミュニティ・クレジット・サービス、通称DCCSと名乗り、借り手とのマッチングを持ちかけた。5年契約で、中央銀行の倍以上の金利を約束するという。さらに、なんの問題もない限り、ジョイスの資金をパーキャップ口座から移動させる必要もないと伝えた。ただ、契約書にサインすればいいだけだ。サインをすると、ジョイスは貸付資金を使えなくなる。そして、5年の契約期間中に、彼らが指定する口座に資金を移すよう、彼女に指示する権利をDCCSに与えることになる。なんの問題があるわけ？ ジョイスは思った。彼らは私の口座から資金を移動させることもないのだ。ところがこの時のジョイスには、DCCSが彼女の資金にアクセスする権利を悪用して、なにを企んでいるのかがわかっていなかった。

世の数百万人のジョイスたちが貸付契約書にサインすると、DCCSをはじめとするブローカーは、莫大な額の資金を、誰であれ、彼らが選んだ相手の口座に移し替える権利を手に入れた。次に彼らはgコムズにアプローチした。gコムズが、新しい商業施設の開発に（社会ゾーンの公営住宅の資金調達を睨んで）積極的に投資したがっていることを、知っていたからだ。そして、gコムズの将来の収益の分け前と引き換えに、莫大な額の即時融資を提案して契約書を交わした。gコムズの将来の金銭的利益を回収する権利を得たDCCSは、これで2種類の他人の資金にアクセスする権利を確保したことになる。ひとつは、ジョイスなどの個人のパーキャプ口座の既存の貯蓄。もうひとつは、gコムズが回収する将来の地代。

金融業者がふたつの収入経路を手に入れたら、彼らがそのふたつを組み合わせて、金儲けにつなげる方法をすぐに見つけ出すことを、イヴァはリーマン時代の経験から熟知していた。そして、まさしくその通りのことが起きた。DCCSは、ジョイスの資金の一部を引き出す権利と、gコムズの将来の収益の一部を売買する権利を与える契約書をこしらえた。そして「混合信用権利（MCRs）」と名づけたその契約書を、即席で設計したデジタル取引プラットフォームで売りに出した。その取引プラットフォームに法的な資格はなかったが、法律で禁止されてもいなかったのは、立法者にはそのような成り行きが想定できなかったからだろう。その後、首謀者が法の裁きを受けた時、彼らの言い分はいかにもいかがわしかった。「違法でないものは倫理的である」。その箇所を読んだイヴァは思わず苦笑いした。2008年の世界金融危機で経験した、めくるめく日々が甦ってきたからだ。

gコムズの将来の収益に対する期待から、ジョイスの現金にアクセスする権利は価値が上昇し、DCCSがジョイスに約束した利息を支払うために必要な分以上に売れた。飛ぶように売れるMCRsを見た、DCCSをはじめとする金融業者は、すぐに新たな案を思いついた。なぜ、カネのなる木をただ売っておく？　いま買い込んでおけば、あとで価格が跳ね上がった時に転売できるではないか。確かにその通りだった。ＭＣＲｓが明日も、より高値で売れ続ける限りは。

１年もしないうちに、市民のパーキャップ口座に入っていた残高の大部分が、ＤＣＣＳなどの怪しげな金融業者が間に合わせでつくった、無法状態の取引プラットフォームに移し替えられていた。ｇコムズを通して地元当局に資金が流れ込むと、地元のデジタル通貨は価値が急騰した。景気のいい地域の土地の需要が跳ね上がり、さらに地価を吊り上げ、ＭＣＲｓの取引の勢いが増した。商業ゾーンと社会ゾーンの土地開発に拍車がかかり、地域社会全体の購買力が上昇し、あらゆる種類の地元企業の業績が伸びた。誰もが勝者だった。そう、土地の価格が上がり続ける限りは。

サイリスの報告を読みながら、イヴァは良心の呵責と既視感を味わっていた。次の展開が読めたからだ。それは偶発的な出来事だった。サイリスの話によると、どこかで洪水が起き、イングランド南東部の土地の価格が下落したのだという。地価高騰の原因をつくったＭＣＲｓは、非公式の取引プラットフォーム上で一夜にしてその価値を失った。ＭＣＲｓの暴落は階段状に流れ落ちる《カスケード》滝となって伝播し、瞬く間にあちこちの地域通貨の購買力が崩壊した。おもに地域通貨を使って事業を展開していた企業が破綻する。ＤＣＣＳのような怪しげな信用ブローカーは、みずからの流動性の問題を解決するために、ジョイスたちのパーキャップ口座から現金を移す権利を即座に行使して、おおぜいの市民の口座を空っぽにした。

イヴァにとって、それは気が滅入るほどお馴染みの悲劇だった。だが、その後の展開はまったく違った。状況を把握した当局の動きは素早かった。破滅的な連鎖を無効にする手段を、当局がすでに準備していたのは幸いだった。ジョイスであれ誰であれ、深刻な被害に遭ったパーキャプ口座の全額を中央銀行が補償し、市民の購買力の回復に努めた。さらに、すべての口座に少額を振り込んだ。そうやって市中に出まわるおカネの量を増やして、世間に漂う重苦しい雰囲気を一掃し、活気を取り戻すことに成功した。

地域通貨の下落によって売り上げの大幅な減少に見舞われた企業も、公的資金の注入を一度だけ受けた。ＩＭＰは緊急会合を開き、特に損失が大きかった国への支援を打ち出した。混乱が収拾したあとに提出された法案で、次の3つが決まった。市民の金融会議を強化して通貨を規制する。非公式の信用取引プラットフォームをすべて廃止する。バブルを発生をさせ、市民の預金を危険に曝すような、悪徳信用ブローカーと預金者との契約を禁止する。

2022年の早い時期には、金融逼迫も収まっていた。愚行に走る人間の性がまたしても証明された格好だったが、サイリスの世界では防御が大きくモノを言った。当局の素早い対応がただちに危機を食い止めたうえ、新たな規制を設けたことで、他人の将来の収益で儲けることは二度とできなくなったのだ。イヴァは感心した。

「私たちが経験した、2020年のあとの〝間違いつづき〟[75]とはまったく対照的ね」間違いが間違いを生むシェイクスピアの喜劇を例にあげて、イヴァがそう漏らした。

いっぽうのアイリスは、より深い憂うつの淵に沈んだ。

「過剰な富」を分け与えるだけでは充分でない

アイリスがまだ若い活動家だった頃、シェイクスピアの『リア王』[76]ほど彼女の心を強く揺さぶった悲劇はなかった。〈私〉がいまも覚えているのは、ロンドンのオールド・ヴィック・シアターで、彼女の隣の席に座っていた時のことだ。リア王のかの有名な懺悔の台詞が舞台に轟きわたると、アイリスの頬をひと筋の涙が伝ったのだ。

裸同然の惨めな者どもよ、どこにいようと、
この無情な嵐に耐えている
被り物もない頭や、腹を空かせたからだで、
つぎはぎだらけ、穴だらけの襤褸《ぼろ》で、

どうやってこんな激しい雨風から身を守れようか。
おお、わしはいままでそのことにまったく気づかなかった！
これを薬とするがよい、驕《おご》れる者よ。
哀れな連中が味わう境遇に、みずからもその身を曝し、
余ったものを彼らに分け与えよ、
いまだ天に正義があることを示すために。

芝居を見たあとでアイリスに、零落した王の独白になぜそれほど心を動かされたのかと訊ねると、アイリスは腹を立てた。
「なんですって？　あの愚かな年寄りに？」アイリスが声を荒らげた。「いまさら、あんな社会民主主義みたいな泣き言を並べても遅いのに？」
「まあ、君がそう思うのなら。それで、その愚か者の嘆きでなぜ涙を流したんだ？」

75　幼い頃に生き別れになった双子の兄弟と、その召し使いの双子が繰り広げる騒動を描いた、シェイクスピアの初期の喜劇。『間違いの喜劇』とも。
76　シェイクスピア4大悲劇のひとつ。古代ブリテンの伝説的国王を題材にした、老王と3人の娘の物語。引用部分は、国を譲った長女と次女にリア王が虐待されて追い出され、狂乱状態で嵐の荒野を彷徨ったあと、あばら屋に入る場面。なおオールド・ヴィック・シアターは1818年に設立された由緒あるシアター。ヴィックは「ヴィクトリアン」の略。

すると、自分が心を動かされたのはリア王ではなく戯曲のほうだと、アイリスは答えた。あの劇を見て気づいたことがある。それは、邪悪な力は必ずお互いを認め合い、支え合うことだ。その力はいかにもたやすく、意識的に協力し合うというのに、善の力は肝心の時にお互いを裏切り、捨て去ることしか知らない。あれは憤懣の涙だった。あるいは、それがアイリスの言い分だった。

アイリスが、リア王自身になんの共感も覚えなかったことは納得がいく。過剰な富――リア王が呼ぶ「余ったもの」――を再配分する家父長主義を、アイリスが激しく嫌悪していたからだ。もちろん不平等の解消に異論はない。だが、1970年代の英国の労働党政権や、欧州の社会民主主義政権が実施したような所得の再配分は長続きしないうえ、逆効果を招くだけだ。それは、ますます過剰な富を割り当てるための格好の口実を資本主義に与えるだけであり、結局、その過剰な富を手に入れるのは、減り続けるいっぽうの株主たちなのだ。

「過剰な富を分け与えることは」その夜、観劇後にアルコールを飲みながらアイリスが言った。「一時的には天に正義があることを証明するけれど、少し経てばそうでもないことがわかるはず」

あれから数十年か経ち、アイリスは「だから言ったでしょ?」と言う機会を今回も逃さなかった。そしてサイリスに宛てた返事の冒頭で、天の正義のようなロマンチックな考えに対して、ふたりが抱いていた悪い予感を思い出させ、こう指摘した。OC反逆はろくでもない小悪党──銀行──の権力を剥奪した代わりに、別の小悪党を用意しただけではないか。

2022年の金融危機を収束させた当局が、見事な手腕を振るったことは間違いない。実際にそこで働いていない人が企業を所有し、働いている人が所有していないという不合理を廃絶したこともすばらしい。そしてもちろん、パーキャプの「相続」や「配当」によって極度の貧困を撲滅したことも、アイリスは高く評価した。それでもなお、サイリスの世界に対する根深い懐疑心を消し去るには充分ではなかった。アイリスは言った。私、あなたの世界の制度について深い疑念を拭い去れない。たとえば経済成長に伴う環境破壊を防ぐ力についても。あるいは、2022年の金融逼迫が証明したような、不当利益を貪る行為を阻止する力についても。「企業と土地と貨幣を民主的にコントロールする仕組みは、確かにすばらしいと思う。だけど、私は信じない。資本主義を終わらせたところで、しかもただ終わらせただけで、本当に公正な社会が実現できるとは思わない。サイリス、教えて。そんなことができたと、あなた、本気でそう言えるの？」

サイリスの答えは、アイリスを納得させるものではなかった。どちらかといえば、その反対だった。サイリスは認めた。市民集会は完璧とは言いがたい。古代アテナイ人[77]が理想とし、

77　古代ギリシャでは、アゴラ（広場）やアテナイ（アテネ）市の丘に集まって、一般市民があらゆる政策について演説して採決する、「民会」と呼ばれる市民総会が開かれた（『民主主義とは何か』宇野重規著／講談社現代新書）。

ＯＣ反逆者も熱望した「イセゴリア」[78]は実現していない。イセゴリアとは、集会においてどんな意見も、発言者が誰かによってではなく、その意見の真価によって判断されるべきだという考えだ。サイリスはまた、国際的な連帯が世界中に広まったとするＯＣ反逆者の主張にも辛辣だった。「犠牲者を〝他者〟として扱うことで、彼らの苦しみをやむを得ないものだと合理化する、帝国主義者の精神が死に絶えることはない」サイリスはそう書いてきた。

そして、たとえフェイスブックやケンブリッジ・アナリティカ[79]や、あらゆる〝監視資本主義企業〟が消滅したとしても、技術は至るところにあって進化を続け、常に目を光らせ――アメリカ国家安全保障局（ＮＳＡ）によってではないにせよ[80]――フェミニストたちの行動を監視して取り締まっている、という不安が消えることはない。「全展望監視《パノプティコン》の存続に資本主義のあるなしは関係ない」と、サイリスは書いていた。

サイリスの返事のなかで明るい話題だったのは、意味のない仕事がほとんど根絶されたことだった。政府がおもに失業率の低さを喧伝するために市民に我慢を強いてきた、うんざりするほど退屈なたくさんの仕事が消滅したのだ。「ベーシックインカムの支給と企業の民主化によって、つまらない仕事の自動化に投資せざるを得なくなり、その結果、気の滅入るような仕事はなくなった」という。

アイリスはその報告を心強く思ったにせよ、そうは認めなかった。「退屈な仕事がたくさん減ったことはよかった。だからといって、孤独の解消に役立っているとは思えない」

その頑固な否定の裏には、なにが隠されていたのか。なぜアイリスは、サイリスの世界の成功を認められなかったのか。資本主義から脱却でき、しかもうまく脱却することは可能だという証拠を、なぜ認められないのか。その途轍もなく頑固な拒絶にアイリス自身も驚いていたが、やがてサイリスとのやりとりを通して、その中心にある理由にアイリスも気づいた。それは、資本主義が粉々に砕け散ったあとでも、市場と家父長制は社会を毒し続けるという、打ち消しがたい信念だった。

78　古代ギリシャで重視されていた言論の平等。民会での平等な発言権（『民主主義とは何か』宇野重規著／講談社現代新書）。

79　２０１３年に英国で設立された選挙コンサルティング会社。２０１６年に行なわれた「英国のＥＵ離脱の是非を問う国民投票」では離脱側が、アメリカ合衆国大統領選ではトランプ候補側がケンブリッジ・アナリティカと契約し、そのデータマイニングやデータ分析手法が、双方の勝利に大きな影響を与えたといわれる。フェイスブックの大量の個人情報を不正に取得して、政治的に利用したとされる。

80　２０１３年６月、ＮＳＡ及びＣＩＡ（米中央情報局）の元局員だったエドワード・スノーデンは、「ＮＳＡが国民監視システムを使って通信情報収集を行なっており、ＩＴ企業がその協力をしていた」と暴露した。

市場からの解放

それは、アイリスにとって新しい考えだった。この何十年というもの、アイリスは激しい怒りを募らせてきた。資本主義はごく少数の人間に土地や建物、機械の私的所有権を与え、その結果、少数の人間は大多数の人間を搾取する莫大な権力を手に入れた。資本主義が完全にその構造の上に成り立っていることに、アイリスは腹を立ててきたのだ。人類学者として大学の教壇に立っていた時に彼女がよく講義したのは、あらゆる社会で市場は重要な役割を果たすが、資本主義社会が到来するまで、市場はあくまで人びとの暮らしの周縁にすぎなかったことだ。18世紀まで、労働市場や土地市場などというものはなかった。地主か小作農か、そのどちらかしかなかった。ところが資本主義が誕生すると、なにもかもが売買の対象になった。土地や労働だけではない。ついには子宮や遺伝子や宇宙の鉱物までもが、取引の対象になったのだ。市場のある社会は市場社会となり、人間の営みのあらゆる側面が、単一のグローバル市場を介して売買されるようになった。それが資本主義を変え、地球や私たちの魂、人間性を脅やかしている。

若き活動家だった頃、世界を変えるためにはなにが必要かと訊かれると、アイリスはいつも力強く答えた。「土地、建物、機械の私有の禁止。物質的なものや精神的なものを生み出す、あらゆる手段の私有の禁止」そしていま、アイリスはそれだけでは充分でないと悟った。生産手段が巧妙に社会化されるサイリスの世界を見て、自分が重要な点を見落としてきたことに気づいたのだ――問題は、誰かが所有するものを、市場で交換することだけではなかった。市場そのものが問題だったのだ。無条件の交換ではなく、「私はあなたにりんごをあげましょう。ただし、あなたがオレンジをくれるならば」という、条件付きの交換原則だったのだ。ようやくアイリスがそう気づいたのは、エスメラルダが「ソーホー演説」で、市場取引によらない相互主義を呼びかけた、あのすばらしいメッセージのおかげだった。アイリスは、自分が思っていた以上に急進的だったのだ！

ブライトンの安息の避難所は、事実上、市場のない聖域だった。そしてその聖域に長年、引きこもったあとでサイリスの世界に触れたことから、アイリスはあらゆるかたちの市場社会に対して――それがサイリスのポスト資本主義の市場社会であっても――急進的になっていた。そしてサイリスの社会の唯一の救いは、ごく限られた数の高潔な反逆者だと考え始めていた。彼らはその独立性ゆえ、無条件の協力を受け入れる。市場の上に成り立つサイリスの世界は、アイリスの求める世界ではなかった。彼女の望みは善が至高の世界に住むことであり、サイリスの世界のような、巧みな市場デザインの副産物の世界ではない。サイリスの世界のあらゆる成果が、いまのアイリスには汚れて魅力ないものに映った。

そのきっかけとなったのが、2022年の金融逼迫のニュースだった。引き金は、DCCSが考え出した詐欺についてのサイリスの説明だった。

「DCCSの経営陣は、現実的な欲求が満たされず、市井の人たちに対する権力欲でその欲求を満たそうとした男どもに違いない」アイリスはそう綴っている。

資本主義が終焉しても、社会が市場を特別扱いする限り、アイリスの高潔な反逆者たちは、常に次の儲け話を物色している抜け目ない詐欺師のカモにされる。アイリスは『リア王』を観劇した時と、まったく同じ無力感を味わっていた。

もう一つの世界が過剰な富をすばらしい方法で分配したことについては、アイリスにも異論はない。だが、それはどんな代償を伴ったのか。巨大企業と巨大銀行の軛《くびき》から市場を解放するという代償である。そして、それはなぜ高すぎる代償だったのか。なぜなら、アイリスの見るところ、自由市場には資本主義の完全な終焉が必要かもしれないが、実のところ、自由市場が解決策ではないからだ。資本主義であろうとなかろうと、市場は、家父長制と圧制的な権力が生き延びる生息環境をつくり出す。

サイリスの世界に対する自分の反感は、リア王に対する蔑みとさほど変わらない、とアイリスは思った。社会民主主義の名の下に不平等をわずかに解消したところで、のちに不平等の復活を招くだけのように、サイリスの世界は、社会に対する市場の支配を引き延ばしただけにすぎない。それこそがもちろん、イヴァがもう一つの世界を強く支持した理由でもある。

サイリスとのやりとりも終わりに近づくにつれ、アイリスにはなにもかもが明らかになっていった。アイリスの夢は「市場の自由」ではなく、「市場からの自由」だったのだ。その夢は、資本主義世界によって挫かれた以上に、サイリスの世界で決定的に挫かれた。サイリスの世界のコーポ・サンディカリズムは資本主義よりも劣るのか。いや、もちろん優れている。だがその結果が、エスメラルダと「ソーホー演説」が灯した明かりが、あれほど簡単に吹き消されてしまう社会であれば、コーポ・サンディカリズムには、激しい戦いの末に勝ち取るだけの価値はあったのだろうか。

第8章 再びの審判

デジタル・トキソプラズマ症

2025年11月3日月曜日、イヴァのひとり息子のトーマスがコスタのラボにやって来た。その頃になると、アイリスとイヴァは疲弊していた。もう一つの世界について発見したことだけが原因ではない。2008年以降にこちらの世界で、資本主義がどう機能し、どう失敗したのかについて、報告をまとめる作業のせいもあった。メッセージを送り合う根気のいる日々が4ヵ月も続いたあと、これまでに受け取った報告をいったん整理したほうがいいのではないか、という点で意見が一致し、受け取った報告を1週間かけて、それぞれ昼間にじっくり読み直すことで合意した。そして、夜に3人で顔を合わせて情報を交換し合うことにした。トーマスが加わったのは、その「スタディ週間」の初日のことだった。

トーマスはすでに1週間前に、到着の日付をメールで伝えてきていたが、イヴァは当てにしていなかった。期待しすぎないためでもあった。そのため、本当にトーマスが到着した時には密かに大喜びしたが、その反面、ふたりのあいだで雲行きが怪しくなることを恐れた。自分が愛情を示すとトーマスが嫌がることをよく知っていたため、イヴァは質問攻めにしないようにし、到着後の数日間は自由にさせておいた。スタディ週間は、母と息子にちょうどいい距離を与え、ともに必要な口実を与えた。昼間、イヴたちから受け取った報告をイヴァとアイリスが吟味しているあいだ、トーマスは好きに過ごした。4人は毎日夕方7時ぴったりに顔を合わせて、コスタが念入りに準備したディナーを囲んだ。

トーマスは昼間、コスタと過ごすのを好んだ。クレタ島出身者の一風変わった態度に強く興味をそそられ、隣の部屋のラボについて、母親のイヴァが使った思わせぶりな表現にも好奇心が掻き立てられた。そのラボには「ありとあらゆる技術の驚異が潜んでいる」と、イヴァは言ったのだ。しかも悩み多き思春期の少年にとって、コスタは一緒にいて理想的な相手とわかった。ブライトンからサンフランシスコに戻ったあと、コスタの希望は徐々に静かな怒りへと変わっていった。もう一つの世界を発見した当初の興奮は消え、HALPEVAMを企業の侵略者から守ることで頭がいっぱいになった。このむっつりと黙り込んだ、繊細で、怒りを抱えた中年のエンジニアと一緒にいて、トーマスは気持ちがラクだった。個人的なことをあれこれ訊いてこないところもいい。それどころか時おり、突拍子もないことを言い出して、トーマスを会話に引き込んだ。途轍もないことを口走ったかと思うと、ぞっとするような不気味な話もした。クレタ島料理を熱心に準備する様子を見るのも楽しかった。

サンフランシスコに到着してまもない、ある午前中のこと、トーマスがタブレットでゲームに熱中しているそばで、コスタはその夜の夕食に出すレンズ豆を準備していた。バルサミコ酢を加えた水に豆を浸していた時、コスタがトーマスのほうを向いて唐突に訊ねた。「トキソプラズマ症って知ってるかい?」

トーマスは知らない、と答えた。

「寄生虫による感染症だ。感染するとネズミの脳を配線し直すため、ネズミはネコを怖がらなくなる」コスタが続けた。「そして怖いもの知らずになったネズミをネコが食うと、寄生虫はネコの腸で繁殖して、排泄物を介して広がる。そのため、ますますたくさんのネズミがその感染症にかかって、ネコの餌食になってしまう。それの繰り返しだ」

この人、マジでイカれてるよ。面白いじゃん。

「君がタブレットでゲームをしてるのを、さっきからずっと見てたんだ。自分は立派なデジタル・トキソプラズマ症だって、顔に書いてあるよ」

トーマスは腹を立てるどころか、興味が湧いた。

「ぼくがネズミなら」ゲームを続けながらトーマスが訊いた。「寄生虫はなんですか。それにネコはどこにいるんです?」

「君がネズミだとは言ってないよ」コスタが答える。「違うんだ、君の〝注意力〟がネズミなんだ。ビッグテックは、君がプレイしているゲームを通して、君の注意力を貪り食っている。

そして見えない寄生虫が、検索エンジンやアプリを通して繁殖し、君が自主性を保つのをどんどん難しくしている。君は自分が向けたい方向に自分の注意力を向けられなくなる。君は隷属するのが怖くなくなり、ますますヤツらに屈することになる」

自分がビッグテックのカモであり、おもちゃだというコスタのほのめかしも、トーマスは気にならなかった。母のイヴァとアイリスと3人で会話を交わす時には、いつも緊張を強いられた。イヴァもアイリスも白黒はっきりさせ、自分の正しさを認めさせないと気が済まない。だがコスタとのあいだでは、そんな心配は不要だった。どちらも決着を求めず、ましてや勝ち負けにはこだわらない。疑問を口にするのは自分たちのためであり、相手の主張にいちいち嚙みついたりせず、意見の相違もそのまま受け入れる。トーマスにとって誰かと一緒にいて、心の安らぎを覚えたのは初めてだった。しかも相手は、天才エンジニアなのだ。

コスタも居心地がよかった。トーマスとの奇妙な会話のあいだ、相手の長い沈黙も楽しんだ。その沈黙を、いかにも含蓄あるおしゃべりで埋めるよう、期待されていないことも嬉しかった。息子と関係を築いて、あの子の憂うつと孤独を癒してやってほしい、とイヴァには頼まれていたが、一緒にいて慰められているのはコスタのほうだった。とりとめのない考えで沈黙を破る自由に、コスタは不思議と幸せな気持ちになった。そしてそれはまた、本来なら吐露されることもないトーマスの考えや思いも引き出した。

「ぼく、時々、疑問に思うんですが」トーマスは思い切って訊ねてみた。「人生はなんでも、ほんと、コントロールをめぐる戦いなのかなって。相手が躍起になってぼくを打ち負かそうとしてるからって、ぼくがすべきことは、相手にやられる前にこっちから仕掛けることなんでしょうか。そんなことをしたら、ぼくは変わり者ってことになりますか」

「変わり者は僕のことだよ」コスタが答える。「僕は、すべてが幻想じゃないかと不安になることがあるんだ。自分という人間そのものが存在せず、自分である頭のなかの『私』は存在しないのではないか、とね。だけど議論を進めるために、仮に君の話が正しいとしよう。この世界では、他者によるコントロールを防ぐのは不可能であって、それを防ぐためには、こっちが先に相手をコントロールすることだ、と仮定する。もし、僕がこれまでに学んだことがあるとするならば」コスタが厳かな口調で言った。「相手をコントロールするためには、まずは君がとんでもなく大きな力を手に入れる必要がある。だけど、気がついた時には、そのような強大な力は君を乗っ取り、君をその戦利品に変えてしまっている」

トーマスは黙って、コスタの話を理解しようとしていた。

「たとえば、僕が君の夢を叶えられるとしよう。君がボタンを押すと、ある世界へ移動できるとする。その世界では、どんな相手でも、なにもかも、君がコントロールできる。誰も君の頭に、彼らの考えや望みを植えつけることはできず、文字通りすべては君の望み通りになる。したいことがなんでもできるだけじゃない。あらゆることが同時に可能な『多元宇宙』だ。もしそんなボタンがあるとしたら、君はそのボタンを押すかい？」

トーマスにはもちろん訊きたいことがあった。だが、その思考実験の具体的な条件は明確だったため――コスタがHALPEVAMを考え出した時の設計特徴だ――、トーマスは迷わず答えた。「そりゃあ、押しますよ！」

コスタにとって決定的な瞬間が訪れた。

「もし二度と戻れないとわかっていても、やっぱり押すだろうか」コスタがたたみかける。

「その無限のお愉しみを味わえるデジタル王国にいったん足を踏み入れたら、元の世界には二度と戻れないとしても？」

「うわあ、マジですかあ。二度と戻れなくなったら、ぼく、頭がおかしくなっちゃうなあ」トーマスは信じられないといった表情を浮かべたが、そこにためらいはなかった。

コスタはかすかな笑みを浮かべ、夕食に出すクレタ島名物ダコスサラダのために、ラスクをオリーブオイルとレモン汁で湿《しと》らせる作業に戻った。そして、「永遠に解放する力も、たかがそれまでってことだ」と呟いた。

コロナウイルスと金融逼迫

スタディ週間が終わる日曜日の夜、4人は予定通り夕食の時間に、コスタが食堂と呼ぶキッチン脇の食事スペースに集まった。イヴァは冷えたシャンパンのボトルを取り出し、「楽しかった1週間の終わりを祝って」と言った。コスタの察するところ、イヴァのお祝いムードは、スタディ週間の成果だけでなくトーマスとの再会とも関係があった。息子と一緒の日々にイヴァが幸せを見出し、憂いの消えたトーマスの表情を喜んでいるのは明らかだった。コスタと過ごした1週間が、トーマスに嬉しい影響を与えた証拠だった。

シャンパンで乾杯したあと、コスタのこしらえたトラハナスープと、なくてはならないトルコの蒸留酒ラクに移ったところで、コスタが残念な知らせを切り出した。ワームホールが崩壊しかかっており、ほんの少しの情報しか通さなくなっていたのだ。コスティとのやりとりは、時おり集中的に交わすモールス信号だけになっていた。コスタもコスティも、モールス信号は父に習っていた。その父は、クレタ島がナチスに占領されていた時代に、家族がかくまっていたニュージーランド兵に教わっていた。

「ワームホールを復旧する方法はないんですか」トーマスが訊ねた。彼の目にはコスタが、不可能なことなどなにもない天才に映っていたのだ。

ワームホールを維持するために、コスタたちは少し前から悪戦苦闘していた。そして、ワームホールをもう一度大きく広げるために、思い切った手段を試していた。

「ワームホールが回復しているかどうかは、水曜日にはわかるはずだ。とはいえ、正直なところ、あまり楽観視できない」コスタが認めた。

アイリスがコスタに、自分は木曜日のフライトでイングランドに帰る予定だと告げた。「あなたたちはどうか知らないけど、私にはそろそろ家に帰る頃合いよ。夏のあいだずっとここに缶詰状態だったから。もううんざり！」

そのひと言をきっかけに、世界を変えた5年前の出来事に話題が移った。このところイヴァの頭を占めていたのは、2022年にイヴの世界で起きた金融逼迫と、2020年にこちらの世界で起きたロックダウンと、その後の経済不況との比較についてだった。その考えが火口《ほくち》となり、アイリスの最後のひと言が火をつけた。例によって会話はアイリスとイヴァの激しい口論で始まったが、いざロックダウンの話に落ち着くと、その話題がその夜の会話を占め、コスタと、時にはトーマスも会話をリードした。

「私たちが一緒に閉じこもったのは、今回が初めてじゃない」イヴァが言った。

「もうやめてよ、その話は。お願い！」アイリスが言い返す。

「覚えてる、アイリス？」イヴァが嬉しそうに訊いた。「隣の家にワイン1杯飲みに行くだけのことに、私がどれほど罪悪感を覚えたか。それなのにあなたときたら、まったくの無頓着。そのあと何ヵ月も、あなたの家に立ち寄るのを私がどれほど不安に思ったことか」

「覚えてますとも」アイリスが答える。「ほんと、あれは馬鹿ばかしい騒ぎだった」

「まったくよね」とイヴァ。「本来、ロックダウンなんて措置を課す権利を国が持つべきじゃない。だけど、その国が課した良識的な措置に私が積極的に従っているというのに、あなたは政府の余計な対策を口では支持しておきながら、自分が破りたい時には平気で破ってたんだから」

「実情にそぐわない法律は破るためにある」トーマスが口を挟んだ。「捕まらなかったんだから、なにも悪いことはしなかった」

その不穏なひと言に、イヴァとアイリスは面食らった。息子と言い争いたくないばかりに、イヴァは話題の方向を変えた。

「認めたくはないけど、当局がつくり出した新型コロナウイルスの修羅場と違って、あっちの世界が金融危機を処理した手際はすばらしかった。もちろん2022年の金融逼迫は、コロナ危機とはまったく違うタイプの惨事であって、2008年の世界金融危機により近いことは認める。それでもなお、もし彼らの世界でパンデミックが起きていたら、彼らの制度のほうが、はるかにうまく乗り切っていたに違いない」

この時初めて、アイリスとコスタはイヴァのあからさまな転向に気づいた。あまりの衝撃に、すぐには言葉が出なかったほどだ。

「えっ……いま、なんて言ったの？」アイリスが絶句した。「なにを根拠にそんなことを言うわけ？」

いかにも経済学者らしく、イヴァは次の3点を指摘した。

「まず、彼らの中央銀行を考えてみて」イヴァが説明を始めた。「市民も企業もみな、その国の中央銀行に口座を持ち、銀行が直接、全員におカネを振り込んでいる。仲介機関もなければ面倒な資産調査もない。なんの質問もされなければ、申請書に書き込む必要もない。職員がいくつかボタンを押すだけで、余分に使えるおカネが誰でもすぐ手にできる。ところが私たちの世界では、中央銀行に口座を持っているのは商業銀行だけ。だから、破綻した経済を回復させるためには、中央銀行がまず商業銀行におカネを分配し、そのおカネが融資のかたちで市民の手に渡ることを願うよりほかない。だけど、商業銀行の第1の鉄則は、アイリス、あなた、いつもなんて言ってたっけ？」

「本当におカネを必要とする人には絶対に貸さない」その考えをイヴァが否定しないと知って、アイリスは少なからず驚いた。

「その通り。中央銀行の資金と市民とのあいだに商業銀行を置いたが最後、ふたつのことが起きる。ひとつ目として、資金のほとんどは市民の手には渡らない。ふたつ目として、それはたいてい本当には必要のない人の懐に入る。もし2020年に、私たちの世界に彼らの中央銀行と同じような制度があったら、失った所得を取り戻し、すべてとは言わないまでも、ほとんどの企業の破綻は早急に防げたはず」

そして、イヴたちの世界の第2の大きな特徴とは、株式市場がないことだった。市場のない世界について初めて知った時の、イヴァの激しい怒りを目の当たりにしていたアイリスとコスタにとって、イヴァの転向には度肝を抜かれる思いだった。

「2008年はたくさんの人たちにも、そして私にも警鐘を鳴らした」イヴァは続けた。「あの時から、私は実体経済と金融市場の乖離の広がりを、ますます危惧するようになった。だけど、2020年にその乖離は深い亀裂になった。世界人口の半分がロックダウン状態にあり、あちこちの企業が破綻の危機に陥り、失業者が溢れかえっているというのに、株式市場は皮肉にも好調だった。それはなぜか。それは、中央銀行と政府の気前のいい融資が、アイリス、あなたの言う通り、市民にまわらず大企業の経営陣にまわり、彼らがその資金で即座に自社株を買い戻したからよ。だからこそ、実体経済が破綻しているにもかかわらず株価は急騰し、それとともに、彼らのボーナスも間違いなく急騰した。彼らが損をするはずがない。それ以外はみな——大企業も含めて——苦しんでいるというのに、企業の経営陣と銀行家はまさに笑いがとまらなかった」

コスタが訊いた。「それ、いまになって気づいたってことか」

イヴァが正直に打ち明けたところによると、ワームホールによって別の可能性を垣間見るまで、銀行も株式市場もない市場社会をどうしても思い描けなかったという。だが、いまは想像できるようになり、少なくともいくつか明らかになったこともあった。

「彼らの世界はこれだけは正しかった」イヴァが強い口調で言った。「経済危機が起きると、社会はみずから回復へ向かおうとし、中央銀行はそれを助けようとする。だけど商業銀行と株式市場は、中央銀行のその能力を破壊して、市場経済の足を引っ張るだけ」

そして、もう一つの世界にはあり、こちらの世界にもあれば大いに役立ったはずだとイヴァが考える第3の優れた特徴は、ＩＭＰ（国際通貨プロジェクト）だった。ＩＭＰがこちらの世界にもあれば、国際的な危機が起きた時にイヴの世界の中央銀行が、市民に対して行なったに違いない措置を、ＩＭＰは国や地域に対して実施できただろう。つまり、各国経済が被った損失規模に応じて、それぞれの国がＩＭＰに保有する口座に、デジタル通貨のＫｓを振り込むことができたのだ。

「もし工場や農業、観光収入が慢性的に損失に陥っている、経済の脆弱な国があれば」イヴァが締めくくった。「『ＩＲＤＤ（国際再配分・開発デポジトリー）』に流れる『貿易不均衡税』と『過大資金流入税』を使って、長期投資のかたちで補償することもできた」

「ほかにも2020年にできたことがある」コスタが語を継いだ。「彼らの『主権者データ基金』だよ。僕たち人間には、ウイルスにはない重要な優位点がある。それは、もしその手段があって、しかも僕たちが強く望むならば――理論上は――国際的な取り組みを共同で展開できることだ。ウイルスが世界中に広まった時、中国のウイルスには、アメリカやアフリカのウイルスと情報が共有できなかった。だけど、人間にはそれができる！　だから、オープンソースの国際的なデータデポジトリーがあれば、感染経路の特定やワクチンの開発に、もっとずっと迅速に取り組めただろう。パンデミックの息の根を、初期段階で止められたはずだった」

ベゾスとアクウェシ

イヴァとコスタが専門的な可能性を分析しているあいだに、アイリスはだんだん不機嫌になっていった。彼女にとって、ものごとはもっとシンプルだった。

「私たちの世界では、当時もいまも数十億人の人たちがぎりぎりの生活を送っている。

2020年にパンデミックが世界を襲った時、そのような窮状が誰の目にも明らかになった。ウエイター、農業従事者、ケータリング業者、清掃業者、事務職、看護師、運転手、ほかにも数えきれないくらい多くの人たちが、その日暮らしを強いられ、銀行口座にはほとんど残高がなかった。利益率の低い小さな会社や店も同じこと。たった1日か2日顧客が来ないだけで、たちまち経営が危うくなる。経済の立て直しという掛け声は、根底に潜む本質的な問題を見ていない。イヴァ、あなた、私に送ってくれた記事を覚えてる？　インドの作家アルンダティ・ロイが『フィナンシャル・タイムズ』紙に寄稿した記事のことを」

アイリスは覚えていた記事の一部を、ダイアリーに書き残していた。

パンデミックはこれまでも、人類に過去と決別し、新たな世界を想像するように強いてきました。今回のパンデミックも例外ではありません。それは、ひとつの世界と次の世界とをつなぐポータルであり、ゲートウエイです。私たちは偏見や憎悪や強欲、データバンクや廃れたアイデア、生気のない川やくすんだ空の残骸を引きずりながら、そのゲートウエイを通り抜けることもできます。あるいは、小さな荷物を携え、別の世界を想像しながら身軽に通り抜けることもできるのです。

「イヴァ、覚えてる？」アイリスが問いかけた。「2020年の頃のあなたは、もう一つの世界を想像するのを拒み、廃れたアイデアの残骸を引きずっていた」

「私が別の世界を想像するのを拒んだ理由は」イヴァが笑みを浮かべて反論した。「たぶん、あなたやあなたのような人たちのせいね。あなたたち集産主義者の幻想と権威主義のおかげで、別の世界がとても危険なものに思えた。いま、あなたが苛立ってるのは——認めたらどうなの、アイリス？——、もう一つの世界に対して、いまの私があなた以上に心の底からオープンになったからよ。その世界は実際、あなたの懸念に答えている。そして、私がずっと擁護してきた人間の基本的な自由も尊重してる」

トーマスは物心ついた頃から、イヴァとアイリスの〝小競り合い〟を意識から締め出す方法を身につけていた。トーマスの見るところ、この世は敵意に満ち、野蛮で、心痛を与えるだけの場所だった。理由や原因をめぐる、意味のない、まるで取り憑かれたかのようなふたりの舌戦は、ただトーマスを苛立たせた。そのため、トーマスはずっと押し黙っていた。ふたりの口論よりも、コスタの料理のほうに興味があったからだ。だがコスタは、トーマスが会話に参加しないことを不健全に思った。トーマスはワームホールの向こうの世界よりも、技術そのものに関心が高い。そこで、彼を会話に引き込むために、コスタは若者の想像力を掻き立てそうな話題を思いついた。

アイリスがイヴァに反撃する隙を狙って、コスタはトーマスに話しかけた。「僕に言わせれば、ふたつの世界のふたつの危機に現れた最も興味深い相違は、権力にまつわる違いだね」

コスタの狙い通り、トーマスがすぐに耳をそばだてた。

「権力を持つ人間か、言いなりになる人間か。そのふたつを分けるものがなにかを理解したければ、クリスとアクウェシの話を比べてみればいい」

コスタの話に息子が興味を持ったことにイヴァが気づき、アイリスに口を閉じるように合図した。

コスタはクリス・スモールズの話を始めた。アマゾンの従業員だったクリスは、ニューヨークのスタテン島にある物流センターで働いていた。そしてパンデミックが起きた時に、同社の労働条件に抗議してストライキを呼びかけた。時の人となったのも束の間、クリスはすぐに解雇された。途轍もなく金持ちで、とんでもなく強大な権力を持つアマゾンの経営陣がテレビ会議で戦略を練り、メディアを操作してクリスの信用を失墜させ、彼の言い分を貶める方法を考え出したのだ。少なからぬ著名人がクリスの擁護にまわり、アマゾンのやり方を公然と非難したものの、世間の怒りもあまり効果がなかった。2020年のロックダウンを経たあと、アマゾンは業績を拡大し、より盤石で、より大きな影響力を手に入れた。いっぽうのクリスは、5分間の名声が消えたあとに解雇され、中傷された。

「世界的な大惨事をくぐり抜けたあとに、企業がより強大になり、大衆に感謝されて、より高い評判を築く現象は今回が初めてじゃない」コスタは続けた。「第2次世界大戦の終わりに、フォードやゼネラルモーターズは、連合国の勝利に貢献した愛国的な企業として、アメリカの神話のなかに祭り上げられた。あれから数十年が経ったいま、誰かが言ったように、もし君が『ゼネラルモーターズにとっていいことは、アメリカにとってもいいことだ[81]』と主張したら、おおぜいのアメリカ人が同意するはずだ。ゼネラルモーターズ以上にうまくやれる企業があるだろうか、と君は思うかもしれない。だが、それが2020年のアマゾンだった」

パンデミックのあいだに、ほとんどの企業が雇用を削減し、わずか1ヵ月で3000万人ものアメリカ人が失業に追い込まれた。ところが、アマゾンはその流れに逆らった。そして、ある一定年齢以上のアメリカ人にとって、「赤十字社」と「ルーズベルト大統領のニューディール政策」を足して2で割ったような存在に見せかけた。すなわち、赤十字社のように、家に閉じ込められた市民に必要な商品を届けるとともに、ニューディール政策のように、時給にほんの少し色をつけて、10万人のスタッフを新たに雇用したのである。もちろん、そのうわべの裏には、クリスが訴えた過酷な労働条件があった。アマゾンの倉庫は、生身の労働者を代替可能な消耗品として扱い、配送準備のための単なる物理的能力とみなした。アマゾンに抗議する者よ、健闘を祈る――アマゾンは倉庫を消毒せず、安全な防護服を提供せず、疾病手当も支給しなかった。そのような醜い現実にもかかわらず、アマゾンはほぼ独占状態から、国家内の独立国に近い存在にまでのし上がったのだ。

「すべての権力をベゾスに！[82]」トーマスが言った。「もし、そのクリスってヤツがアマゾンでうまくやれなかったのなら、どのみち、アマゾンをやめるべきだったんだ。誰も彼にそこで働けとは頼んでない。もし自分の身を守れないなら、それはヤツの問題だ」

コスタには、トーマスがそのような反応を見せることがわかっていた。いや、そう望んでいたと言ってもいい。トーマスはきっとクリスのことを、意志の弱い人間であり、ベゾスのめくるめく〝権力への意志〟[83]の前に、犠牲になって当然だと思うはずだ。実際、アマゾンの倫理的問題にまで頭のまわらないトーマスの気持ちが、コスタには痛いほどよくわかった。悲しみで胸を詰まらせ、己の無力さを痛感している若者にとって、それ以外の捉え方があっただろうか。権力を渇望するがゆえ、それを目の当たりにした時、トーマスは権力を崇め、権力に屈したのだ。

「君の言う通りかもしれない。だがね、別の種類の権力もあるんだ。まったく異なる種類の権力だが、同じくらい圧倒的な力がある。そして、結局はそっちのほうがアマゾンやベゾスの力よりも強い。アクウェシと彼が率いたブレードランナーズの話をしよう」

コスタは、ブレードランナーズがアマゾンに仕掛けた「サイトを見ない日」のボイコット

81　1952年に、当時ゼネラルモーターズの会長だったチャールズ・ウィルソンが、アメリカ上院軍事委員会で述べた言葉とされる。

82　トーマスのこの言葉は、1917年4月に、第2次ロシア革命を指揮したウラジーミル・レーニンが掲げたスローガン「すべての権力をソビエトに！」を真似たものと思われる。レーニンは革命家、旧ソ連の初代最高指導者（在任1922～24年）。

83　19世紀ドイツの哲学者フリードリヒ・ニーチェの思想の中心的概念のひとつ。権力への意志とは、生命あるものが根底に持っている生の根本衝動。著書『ツァラトゥストラはかく語りき』などで披露された。

と、その結果、従業員が賃上げを勝ち取った話をしたが、トーマスはまだ懐疑的だった。

「ベゾスは骨を投げ与えて、彼らを黙らせることができたのかもしれない」トーマスが続けた。「だけど、わからないな。たくさんの消費者がどうやって、アマゾンみたいな巨石を弱体化させて、クリスのような人間の要求を呑ませたんですか」

「権力は常に、数の法則の上に成り立つ」コスタが答えた。「専制君主も寡頭政の支配者も起業家も、数百万人の黙諾があってはじめて、その数百万人を支配する権力を手に入れる。専制的な権力についての真実は、専制君主の武器や銀行口座やコンピュータサーバーのなかにはない。それは、専制君主が支配する者たちの頭のなかにある。つまり、おおぜいの者が自分たちは無力だと信じる限り、無力でしかない。その意味において、ベゾスとアクウェシには君が思うほどの違いはないんだ。

大きな力を結集するカギは、おおぜいの人間の小さな力を総合することだよ。ベゾスはそれを、時間をかけて行なった。欲しいモノが簡単に買えるというアマゾンの圧倒的な魅力を、たくさんの消費者、供給業者、従業員に対して、ゆっくりと訴えていったんだ。ベゾスに必要だったのは、書籍、気の利いた商品、家庭用品を手っ取り早く購入したい時に、数百万人のユーザーに、アマゾンを無意識に思い浮かべてもらうことだけだった。そしてもちろん、価格を低く抑えなければならなかった。そのためにベゾスは、倉庫で働く多くの従業員に、おそろしく退屈で低賃金の、ロボットのような仕事を押しつけた。対するアクウェシ率いるブレードランナーズは、まったく違う方法を取った。一人ひとりは小さいがおおぜいでガリバーを縛り上げた、リリパット人の例に倣ったんだよ」

自分が力を持っていることを、市井の人たち《リトルピープル》はなかなか信じられなかった。そこで実際、普通の人にも力があると説得するために、彼らを鼓舞するリーダーが必要になった。そしてその考えを結果につなげるために、本格的な組織をつくり、うまい戦略を練る必要があった。アクウェシの戦略は「目標は高く、スタートは小さく」だ。ブレードランナーズの「サイトを見ない日」が求めたのは、消費者のほんの小さな犠牲だったが、それが彼らの自信を高めた。アマゾンのサイトを1日訪れないことは、消費者にとってたいした犠牲ではない。ところが、アクウェシが全世界に呼びかけたおかげで、アマゾンのような企業に、最初から莫大な損害をもたらした。リリパット人は即座に自分たちの力を知った。「サイトを見ない日」によって、自分たちが実効力のある運動に参加していることを実感した。かつて抗議活動といえば、参加者全員の悲壮な覚悟や必死の努力を意味したが、アクウェシが編み出した新たな方法は、希望を失った人たちに大きな犠牲を強いることなく、目に見える変化を起こす機会を与えた。

ベゾスはオンラインの商品販売から始めて、クラウドコンピューティング市場を独占し、さらにはAI分野へと進出して、権力基盤を広げることでアマゾンを盤石なものとした。それと同じように、アクウェシ率いるブレードランナーズも「サイトを見ない日」と、エスメラルダのクラウドショーターズやソルソーサーズ、エンバイロンズ、あるいはそれ以外のOC反逆者の運動とを組み合わせることで、権力基盤を広げた。

「力の結集にかけて、ベゾスとアクウェシはどちらも引けを取らない。ふたりの違いは、ベゾスが人びとを搾取するために彼らの力を使ったのに対して、アクウェシは人びとに権限を与えるために彼らの力を使ったことだ」

トーマスは熱心に耳を傾けていた。コスタはその沈黙から、トーマスが納得すべきか反論すべきか、迷っているのだろうと読み取った。その心の揺れを感じ取り、コスタは別のアプローチを試すことにした。

「政治を離れて、芸術になぞらえてみよう」そう提案した。「アクウェシが結集した力は、桁違いの富豪とそのイエスマンたちの粗野で退屈な権力よりも、はるかに美しい。そのふたつの力を音楽に喩えるならば、ベゾスはワーグナーの『ワルキューレの騎行《きこう》』[84]で、アクウェシがベートーヴェンの第9番『歓喜の歌』[85]だ」

そうやって繰り広げられるひとり息子とコスタとの議論の様子を見ながら、イヴァはトーマスの性格と、目の前で結ばれていく男どうしの友情について考えていた。コスタの音楽の喩えは、まだ若いトーマスには理解できなかったため、コスタは別の喩えを持ち出さなければならなかった。だが、もしトーマスがどちらの曲も知っていれば、『ワルキューレの騎行』を選んだに違いないとイヴァは思った。『歓喜の歌』には楽観主義の精神が必要だが、トーマスにはそれが欠けているからだ。イヴァは痛感していた。あの子が絶対主義者の家父長的な権力になびくのは、あの子の人生に父親の姿がなかったからだ。ジェフ・ベゾス。メディア王のルパート・マードック。『スター・ウォーズ』のダース・ベイダー。とりわけゲーテの『ファウスト』に登場する悪魔メフィストフェレス。彼らにとって、トーマスを自陣に引きずり込むのは簡単だったに違いない。彼らによる男性権力の荒々しい承認は、これまでトーマスの人生に欠けてきたものを――どれだけ知的な魅力があろうと芸術的に美しかろうと、民主的な権力には不可能な方法で――彼に約束した。そのため「パードレ《父》・《と》パドローネ《主人》」を乞い願うトーマスの気持ちに、コスタがささやかながらも応えていることを感じ、トーマスの権力欲にコスタが疑問を投げかけている時でさえ、イヴァは涙を堪えている自分に気づいた。

84　19世紀ドイツの作曲家、リヒャルト・ワーグナーによる楽劇4部作「ニーベルングの指環」の2番目の作品「ワルキューレ」の第3幕冒頭の曲。ワルキューレは「戦死者を選ぶ者」の意味であり、戦場で生きる戦士と死ぬ戦士とをより分ける北欧神話の死神姉妹を指す。フランシス・コッポラ監督の映画『地獄の黙示録』の爆撃シーンで使われたことでも有名。

85　18～19世紀ドイツの作曲家、ルートヴィヒ＝ヴァン・ベートーヴェンによる交響曲第9番の合唱付き第4楽章。日本ではクリスマスや年末によく演奏、合唱される。「歓びの歌」あるいは略して「第9」とも呼ばれる。

荒涼たる2020年代

むき出しの権力にトーマスが弱いことをイヴァが理解したいっぽう、コスタはそれを、この5年間に社会に根づき、思春期のトーマスの心をかたちづくった、より広い政治的不安の側面と受け取った。トーマスが強く関心を示したことを見て取り、コスタは先の話題を続けた。

「君はまだ子どもだったからよく覚えていないだろうが、2020年になる前、民主主義を標榜する国の政治はいまとは違った。スポーツの試合みたいなもので、政党はピッチの上でいい日もあれば、悪い日もあるチームのようなものだった。得点したり失点したりして、順位表を上がったり下がったりし、シーズンの終わりに、誰が最終チャンピオンになるのかを、すなわち、どの政党が政権を担うのかを決めた。だがもちろん、彼らは本当に権力を握ったりはしなかった。ところが、2020年になるととつぜん、政治家は本当にはコントロールしていない、というそれまでの世間の印象は消え、あちこちの政府は――つまり中国やロシアや権威主義の国家だけでなく、リベラルだったはずの国家においても――、強大な権力を有しているという認識に変わった。ウイルスの蔓延に伴い、24時間の外出禁止令が出される。地元のパブは閉店する。公園の散歩もスポーツも禁止。劇場は空になり、コンサート会場は沈黙した。政府の役割や影響力を最小限にとどめ、権力を喜んで個人に譲る〝最小国家〟という考えは、きれいさっぱり消え失せた。多くの者がまるでよだれを垂らさんばかりに、生の国家権力の誇示を欲した。君のお母さんは、公共支出をほんのわずかでも増加させるという提案に、生涯をかけて反対してきた自由市場主義者だが、そのイヴァでさえ、国が経済をコントロールするように要求したんだ。それは、旧ソ連の最高指導者ブレジネフ[86]が、1960年代から1980年代初めにかけてクレムリンを牛耳っていた時以来、お目にかかれなかったようなコントロールだ。世界中の政府が民間企業の賃金を補償した。電気やガスなどの公益事業を再国有化した。航空会社や自動車メーカー、さらには銀行の株まで購入した。ロックダウンの最初の週から、パンデミックは政治の薄いベニア板を剝ぎ取り、背後に潜む粗暴な現実をむき出しにした。一部の人には、残りの人たちにどうしろと命令する権力がある、という現実だよ」

「ぼくが言いたいのも、まさにそういうことなんです」トーマスが言う。「こっちがコントロ

86 レオニード・ブレジネフは1964～82年の旧ソ連の最高指導者。その長期政権のあいだに経済は落ち込み、共産党機構の肥大化を招き、また反体制的な言論を強硬に取り締まったことで、旧ソ連は停滞の時代を迎えた。

ールしなかったら、ヤツらにコントロールされる。そんな事態が絶対に起きてしまう」

「ああ、その意味において君は正しい」コスタは認めた。「レーニンも言っている。政治とは、誰が誰に対してなにをするかであって、それ以上のものではない、と。だけど、2020年には、残念ながら、世間知らずの左派がもしかしたら、と願っていたことは起きなかった。善のために使う国家権力は復活しなかったんだ」

「言っておくけど、私たちがみな、世間知らずだったわけじゃない」アイリスが口を挟んだ。「当時、あの馬鹿ばかしいほど楽観主義の愚か者どもに、私が指摘しようとしたように、右派は国家権力に真剣には反対してこなかった。サッチャーのおかげで英国はより大きく、より力強く、より集中型の社会を実現した。重要なのは、村のパン屋や町の肉屋ではなかった。サッチャリズムが理解していたのは、企業と銀行がコントロールする市場を支えるためには、国家権力が必要だということだった。2008年や2020年に、その権力を維持するために、政府が強大に干渉することをためらうはずもなかった。左派は、共有地や公共財、共通の利益に対する新たなコンセンサスの復活を夢見ていた。彼らは、国家権力と人びとの権力とを完全に混同していた。そのうえ、経済不況が政治のモンスターを生み出す温床だという、1930年代の本質的な教訓も忘れていた」

「君には想像しにくいかもしれないが」コスタが再びトーマスに話しかけた。「アマゾンがみなの食料品を配達し、権力は正しいという君の知っている世界は、かつて必ずしもそう当たり前には思えなかった。それが当たり前に思えるようになったのは、権力を握る者に——最初は2008年に、そして2020年に——僕たちが反対しなかったからだ。ああ、本当だ。ベゾスが権力を勝ち取ったのは、僕たちが彼に権力を〝与えた〟からだよ。アイリスも言うように、大企業は常に国家を必要とした。企業が事業の基盤とする財産や資源、資金、市場の独占を国家に課してもらい、実施してもらう必要があった。新型コロナウイルス対策のために僕たちが国家に力を与えた時、それまで慢性的に権利を奪われてきた者にも権限が与えられる、という期待はまったく持てなかった。もちろん、利益を得たのはアマゾンのような大企業だ。確かに航空会社は即座に業績を回復できたわけではなかった。だけど、資金はすぐに光の速さで世界をまわり始めた。製造ラインが復活して、国際貿易が再開すると、一時的に収まっていた危険な二酸化炭素の排出量も、以前と同じように大気を汚した。こんな問いに答えられるかい？　パンデミックのあいだ、最も大きな被害を受けたのは誰か？　アメリカか中国か、それとも欧州かアフリカか」

「結局、最終的な数字は出なかったんじゃ？　どのデータも信頼に足るものではなかったと思うけど」トーマスが答えた。

「みなも知っておくべきだ。どの国でも、どの大陸でも、最大の被害を受けたのは弱者だった。いつの時代もそうだ。2020年、英国のジョンソン首相もチャールズ皇太子も、ハリウッドのセレブたちもウイルスに感染した。だけど、彼らは生き残った。死神から逃れられなかったのは、最も貧しく、肌の色の濃い人たちだった。なぜか。ベゾスの権力が与えられたものだったように、彼らの弱さも社会に与えられたものだったからだ。権利の剝奪が貧困をつくり出し、貧困が彼らの老化を早め、ウイルスに対する免疫力を弱めた。ふたつのグループがあった。ひとつは、ロックダウンの恩恵を被ったアマゾンやグーグル、ネットフリックス、マイクロソフトと彼らの株主や投資家たち。そしてもうひとつは、パンデミックの余波に苦しみ、毎日を必死に生き延びようとした数百万人の人たち。そのふたつのあいだで広がる格差こそ、誰がいま、僕たちを支配しているのかについて、アイリスが警告したモンスターを生んだんだ」

　２００８年の余波で経験した、経済の低迷と不平等の悲惨なスパイラルが、２０２０年初めに猛烈な勢いで戻ってきた。国際社会の協力の代わりに、国境には壁が立ち上がり、店のシャッターは降りた。国家主義の指導者は、意気消沈した市民にシンプルな取引を持ちかけた。致命的なウイルス——と策略に長けた反体制派——から守る代わりに、国家権力を受け入れよ、という取引を。

「中世の偉大なる建築遺産が大聖堂ならば」コスタが喩えた。「いまのところ２０２０年代を代表する遺産は、電気フェンスとそのそばで飛び交うドローンだろう。２０２０年になる前に金融と国家主義はすでに存在感を増し、それ以降、そのふたつこそが勝者だった。とはいえ、新たなファシストには大きな強みがあり、[87] １世紀前の先駆者と違って、権力を掌握するために、ナチスの突撃隊のような褐色のシャツを着る必要も、政権の座につく必要もない。パニックに陥ったリベラルや社会民主主義者の支配政党は、ビッグテックの権力を借りて躍起になって国を治めてきた。感染を恐れる生活が始まってからというもの、人間の権利は簡単には手に入らない贅沢品になってしまった。新たな感染爆発を防ぐ措置として、アプリとブレスレットを使って、政府は僕たちの行動をなにもかも追跡するようになった。君は気づいてないかもしれない。だが、咳《コフ》を監視するシステムは、いまや笑い《ラフ》も監視している。旧ソ連の秘密警察KGBやケンブリッジ・アナリティカも、確実に新石器時代の代物に思えるほどだよ」

コスタは自分ばかり長くしゃべりすぎてしまい、せっかくトーマスを引き込んで話に参加させたのに、このままではその目論みが中途半端に終わってしまうと気づいた。

「そのケンブリッジなんとかって、誰のことですか?」トーマスが訊いた。

すでに夕食は終わり、シャンパンとラクのせいで、まぶたが重くなりかけている。

「いや、いいんだ。僕が古代史の一部だと教えてくれる名前のひとつだよ」コスタは優しく答えた。そして、立ち上がると皿を片づけ始めた。

イヴァがゆっくりと立ち上がり、寝室へ向かいながら言った。「確かに、ウイルスがかざした鏡に私たちの顔が集団で映っていた。あの時は気づかなかったけれど、いまははっきりと言

87　突撃隊は、1921年に組織されたナチスの戦闘隊。略称はSA。褐色の制服を着用して、ナチスの集会を防衛し、他派の集会を襲撃し、街頭でビラを撒き、デモ行進を行なって勢力を拡大した。1934年にナチス首脳と対立してからは勢力が衰え、やがてナチスの中心機関は親衛隊(SS)に移っていった。

える。鏡が私たちについて明らかにしたことが、私、本当に嫌い」

こうやって13年ぶりに3人が顔を合わせ、アイリスとイヴァは、この時、初めて意見が一致したらしかった。そのことにトーマスが驚いて訊ねた。もう一つの世界に遭遇したことは「ふたりにとっての決定的瞬間」であり、それは関係改善の道を開くのか。

「決定的瞬間なんてつくりもの。まやかしにすぎない」アイリスが答えた。「真実は有機的に展開する、トーマス。私の考えとイヴァの考えを近づけるような、特別な瞬間も出来事もなかった。とつぜんの深い理解《エピファニー》なんて幻想。それが起きた時にはよくわからず、あとになって、とつぜん理解できたことを説明するために、頭のなかででっち上げた幻想にすぎない」

ふたりの意見の一致をアイリスが認めたことに驚き、おそらく感動すら覚え、イヴァはお休みと告げて静かに寝室へ向かった。

シンクの前ではコスタが念入りに皿を洗いながら、頭のなかでワームホールを修復するための計算に忙しかったが、彼らの会話を背中で聞いていた。そして、ここ何年も自分のなかでくすぶっていた考えをぶつけた。

「僕たちの決定的瞬間は２００８年だった」コスタが言った。「あの時に対応を間違ってしまったために、２０２０年になる頃にはもう手遅れだった」

だが、アイリスは寝室に向かう前に、もう一度言い返さずにはいられなかった。

「歴史に分岐点があるという仮説は、エピファニーと同じくらい都合のいいまやかしよ」アイリスが続ける。「ええ、コスタ。2008年に危機が起きて、その時の教訓を生かせずに無駄にしてしまったことが、2020年のあとに、偏狭な差別主義者と金融業者が幅を利かせる道を開いた。でも実のところ、その分岐点は私たちの毎日の生活のなかにある。毎日毎日、私たちは歴史の流れを変える機会を活かし損なっている。そして、私たちがどうやってみずからを慰めてるか、知ってる？　過去を振り返り、その〝極めて重要な〟瞬間とやらを見つけ出して、ああ、あの瞬間だった、その瞬間を逃してしまったと嘆いて、みずからの罪悪感をなだめようとする。そうじゃない。私たちはその極めて重要な瞬間を毎日のように逃している。毎日、毎時間、その忌々しい一瞬一瞬に」

優しい夜に

トーマスやコスタが寝室に向かう気になるまで、まだ数時間もありそうだった。夜はふたりに優しく、その心穏やかな安らぎを背景に、時おり、奇妙な会話だけが長い沈黙を破った。コスタはこざっぱりした食堂のテーブルの前に座り、判読不能な数字だらけのラップトップ画面に釘づけになっていた。すぐそばに座ったトーマスは、同じくらいゲームに没頭している。

「今朝、あなたが言ったことが」トーマスが沈黙を破った。「頭から離れないんです」コスタが返事をしなかったので、トーマスがそのまま続けた。「途轍もない力が、結局はその力を手に入れた人を奴隷にするっていう話」

「事実、その力を手に入れるために、彼らはどんなことでもしようとする」コスタが素っ気なく答えた。

再び沈黙が落ちた。

しばらくして、今度はコスタが切り出した。「おそらく君に重大なことを打ち明けるのは、いまがいいタイミングだろう。このところの僕の悪夢、と言えるかもしれない。誰にも話してないんだが、HALPEVAMがハッキングされそうなんだ。いつ被害に遭ってもおかしくない。持ってここ数日というところだ」

コスタはすぐに、自分がなぜそんな話をトーマスに打ち明けたのかと思った。下手をすれば、トーマスを危険に曝すことになるかもしれないのだ。それは、コスタがこの若者の考えを変えようとしているのにもかかわらず、ふたりには共通点があることに気づいたからかもしれない。ふたりとも、他者を完全に支配する力を欲するとはどういうことかを知っていた。それゆえ、その力を恐れた。トーマスは、自分ひとりの力ではどうすることもできないというのに、愚かにも、他者をコントロールする力を寄せつけまいとした。コスタも同じくらい愚かなことに、次々とつくり出され、暴虐の限りを尽くす欲望から人間を解放する力を求めた。結局のところ、それがＨＡＬＰＥＶＡＭをつくった理由ではなかったか。ＨＡＬＰＥＶＡＭは異常な権力欲がかたちをとったものであり、コスタの本来の崇高な意図に反して、ビッグテックの手に落ちてしまえば、悪魔を生み出してしまうことになる。

トーマスはコスタの信頼を受け止めた。コスタの不安にまともに取り合わず、もちろんその会話にも飽きてしまったアイリスやイヴァと違って、この若者は理解した。自分は粗悪なゲームにのめり込み、すでにビッグテックの囚われの身だ。もしビッグテックがＨＡＬＰＥＶＡＭを手に入れたらどんなことが起こるか、容易に想像がつく。もちろん、自分は真っ先に申し込むだろうが、ビッグテックが恐ろしい代償を要求することは目に見えている。顧客が永遠のすばらしさを味わうことはない。とんでもない。ヤツらはお愉しみの多元宇宙をほんの少しだけ垣間見せ、その世界から彼らを引き剝がし、顧客の飢餓感を煽っておいて、もし多元宇宙に戻りたければもっと課金しろと要求する。それを何度も繰り返す。そう、際限なく。ビッグテックがその新たな技術でとことん儲けまくり、最上のカモが破壊されて廃人となり、どこかの施設に収容されるまで。

そう考えただけで、トーマスは怒りを覚えた。考えれば考えるほど、怒りが燃え上がった。もしいまにもハッキングされそうだというのなら、ＨＡＬＰＥＶＡＭは破壊しなければならない。そしてワームホールも。顧客がもう一つの世界のもうひとりの自分に会うために、ビッグテックは桁外れの額を要求するに違いない。向こう側の善良な人たちはすぐに、こちら側の人間――ビッグテックの言いなりになって、お金を支払う顧客――のメッセージ攻撃に曝されることになる。ワームホールの向こう側の世界について、トーマスはほとんど知らない。だが、かすかな知識から察するに、こちらからのメッセージが殺到すれば、向こう側の世界を永遠に毒してしまうことくらいはわかる。

トーマスと短い会話を交わしただけで、コスタは自分の決意の正しさを確信した。いずれにしろ、HALPEVAMは破壊しなければならない。ビッグテックの手に渡るリスクは冒せない。不安を抱えて生きていくのにはもう疲れ果てた。残る問題はひとつ。いつ破壊するのか。

コスタとコスティは、ワームホールを次の水曜日に修復すると決めていた。だが、たとえ修復に成功したとして、そう長くは維持できないかもしれない。その数日のために、リスクを冒すべきだろうか。いまこの場で、HALPEVAMを破壊すべきではないか。それとも、水曜日の修復のあとまで待つべきだろうか。

若いのによく気の利いたトーマスの提案にコスタは驚いた。

「まだコスティに質問してないことで、ぜひ訊いておきたいことはありますか。母がイヴから、あるいはアイリスがサイリスから聞きたい重要な話とか」

この時、コスタの心にある後悔の念が膨れ上がった。コスティの娘のクリオについて、なぜもっとちゃんと訊いておかなかったのか。トーマスの言う通りだ。ワームホールをもう少しだけ、開けておく必要がある。自分のためだけではない。トーマスには、義理の妹のアグネスについて知る権利がある。もう一つの世界に彼の妹がいることを、イヴァはトーマスに伝えていない。あと数日、不安な日々をやり過ごすのは小さな代償だ。ワームホールはそのあと、永遠に閉じてしまえばいい。「水曜日の実験は行なうべきだろう」トーマスも同じ意見だった。

重大な転換点と決定的瞬間をめぐる理論的な議論で始まったその夜は、重大な決定を生んだ。そして、3日後の2025年11月12日水曜日に、彼ら自身にとって間違いなく重大な転換点と決定的瞬間とを、生み出すことになるのだった。

第9章

脱出

うまくいきすぎ

その後はトーマスにとって最も楽しい3日間になった。コスタはトーマスに絶対に口外しないと固く誓わせたうえで、HALPEVAMの聖域に招き入れた。トーマスはコスタの奇妙な世界に足を踏み入れ、包み込まれるような心地よい感覚を味わっていた。複雑に絡み合うマシンが、煌々と照らされた広大なラボを占めている。ゲームの幻想世界よりも彼の心を魅了したのは、そのラボが初めてだった。コスタ以外にこのラボに入った者はいないと聞いて、トーマスは特別な気持ちになった。

コスタは順序立てて、てきぱきと作業に取り組んだ。強い決意がみなぎっていた。トーマスが熱心に見守るなか、コスタはいかにも慣れた様子であちこち動き、既存の装置に新たな装置を取りつけたかと思うと、時おり手を止めては、コスティとモールス信号を送り合った。邪魔にならないように気をつけながら、トーマスは話せるタイミングが来るのをじっと待ち、コスタがコーヒーマシンに近づいてカップにコーヒーをつぎ足すのを見て話しかけた。「それで、具体的にどんなプランなんですか」

「ボクシングの元世界ヘビー級統一王者マイク・タイソンは、こんな名言を残した」コスタはにやりと笑って言った。「『顔にパンチを食らうまでは、誰でもプランを持っている』。きっといまのHALPEVAMも、内部をがさごそいじってる僕のプランのことを、そんなふうに思ってるに違いないよ」

トーマスはコスタを崇めるとともに、羨ましくも思っていた。ゲームは確かに、トーマスの望む孤独を与えてはくれる。だが、そこに賛辞はない。自尊心を感じることもない。ほかの人間がつくり出した宇宙でプレイすることは、その宇宙をつくり出すこととはまったく違う。HALPEVAMは、コスタの隠遁が生み出したすばらしい産物だ。エーゲ海に浮かぶパトモス島の洞窟で、『ヨハネの黙示録』を一心不乱に書き記した使徒ヨハネに、孤独に浸る暇がなかったように、ラボで仕事に没頭するコスタにも、トーマスを絶えず悩ませる孤独を感じる暇はなかった。

コーヒーを飲みながら、コスタは自分に対する若者の憧れを和らげようとして、もっとダークな体験を打ち明けた。親のガレージに閉じこもって、次の虐殺計画を企てている思春期の高校生と自分とはほんの紙一重じゃないか、と思って空恐ろしくなることもあったよ。ここは自分が築いたハイテクな監獄だ。そのなかで、HALPEVAMを設計してつくり上げるあいだ、正気を保つために、毎年夏の４週間をクレタ島で過ごし、島の南の海岸沖に小さな木のボートを浮かべて、パソコンから解放され、そのなかで詩ばかり読んでいたもんだ。

「でも、なんで詩なんですか」トーマスが不思議に思った。

「夢が悪夢に変わるのを防ぐためには、詩を読むほかないからだよ」コスタが答えた。

イタリアの詩人フィリッポ・トンマーゾ・マリネッティが１９０９年に発表した「未来派宣言」を、子どもの頃に読んでから、コスタは人類進歩の信奉者だった。だが、未来に対するコスタの信念が薄れ始めたのは１９７７年だった。この年、コスタの大好きなパンクバンドのセックス・ピストルズが「未来なんてねぇぜ《ノー・フューチャー》」と、がなり立てたのだ。それ以降、コスタは自分の技術がつくり出す未来に望みを掛け、綱渡りを続けてきたが、結局は、夢破れた残骸の深淵が広がるばかりだった。長いあいだ、彼の技術は人を疎外し、解放の夢を打ち砕いてきたのだ。そして、ようやくつくり上げたＨＡＬＰＥＶＡＭは、コスタの約束の履行であり、人間に対する特別な贈り物になるはずだった。

「だけど、いまの僕を見るがいい。ＨＡＬＰＥＶＡＭが人間の最悪の敵の手に落ちる恐怖に苛まれながら生きている。たとえワームホールを修復したとしても」決然とした口調だった。

「この忌まわしい機械を、１週間以内に跡形もなく破壊してしまわなければならない」

詳しい技術についてはトーマスに理解できそうな程度にとどめ、コスタはワームホールが偶然、出現した経緯を説明した。ＨＡＬＰＥＶＡＭはＣＲＥＳＴを基盤にしている。ＣＲＥＳＴ

とは、自分たちの体験がつくり出す量子の伴流であり、アイリスはそれを〝生命の川〟と呼んだ。さらにハッキングを阻止するために、強力なファイヤーウォールのケルベロスをつくった。だが、CRESTのごく一部にスクランブルをかけて、ケルベロスの能力をテストした時、思いがけなくワームホールが出現した。

生まれて初めて、トーマスは強い目的意識を感じた。「それで、ワームホールをどうやって修復するんですか」

ワームホールを開けたままにし、まずまず安定した状態に維持しておくためには、ワームホールが最初に出現した時と同じようなプロセスが必要だ。だが、それは極めて難しく、コスタとコスティの両方でまったく同じプロセスに取り組まなければならない。そして、ふたりはその作業に水曜日の午前11時に取り掛かることにしていた。

アイリスは、その翌日の木曜日にイングランドに帰る予定だったが、イヴァの予定はまだ決まっていなかった。

「君のお母さんはどうなんだ？　どうする予定か聞いてるかい？」コスタが何気ない調子で訊ねた。

「母はぼくに圧力をかけて、感謝祭の祝日を母と祖母と一緒に、ニューヨークで過ごそうと言うんです。ぼくがその前に父のところに帰ると言ったら、ものすごく動揺して。母がどうするつもりか、ぼく、そのあと、あえて訊いてないんですが」

ワームホールの修復実験が功を奏するのか、それともこの建物が爆発して地面に大きな穴を空けてしまうのかわからず、コスタはアイリスとイヴァには、わざわざその話は伝えないことにした。アイリスとイヴァはサンフランシスコに到着してから、まだ1度しかこの建物を離れたことがない。そして、2度目にこの建物を離れて水曜日の朝に出かけるつもりだと言った時、コスタはふたりを積極的に送り出すことにした。実験が終わるまで詳しい話は伏せておくというコスタの考えに、トーマスも同意した。ワームホールが無事に息を吹き返した時には、サイリスやイヴとやりとりする最後の機会を与えられるはずだ。

「それに、君もこの建物から離れていたほうがいい」コスタが提案した。「ふたりと一緒に出かけるのがいいと思う。できるだけ、ふたりをここから遠ざけるんだ。ランチはどうだ。君が誘えばふたりは絶対にノーとは言わない」

トーマスはがっかりしたが、コスタの言い分も理解した。実験がどんな恐ろしい結果をもたらすか、わからないのだ。

その水曜日、トーマスはイヴァとアイリスの3人で海岸通りを散歩して、落ち着かない午前中を過ごしたあと、レストランに入る前の午後1時ちょっとすぎに、口実を見つけて慌ててラボに駆け戻った。イヴァとアイリスはふたりでランチを楽しんだ。トーマスは建物がまだ吹き飛んでいないのを見て、ほっと胸を撫で下ろした。すぐさま階段を駆け上がり、ラボに向かう。食堂から見る限り、なにも変わりはなかった。あまりにも普段通りだったため、実験が失敗に終わったのではないかと不安になった。インターコムでコスタを呼び出した。許可されてもいないのに、まさか勝手にラボに駆け込むわけにもいかない。ようやく出てきた時、コスタの顔は灰色だった。

「どうなりました？」トーマスが息を切らせて訊く。

「うまくいったよ」コスタが答えながら、おもむろにベンチに腰を下ろす。背をもたせかけ、天井をじっと見つめる。かすかな笑みを浮かべている。「まったく上出来だよ」いかにもクレタ人らしい驚きのジェスチャーとともに、そう繰り返した。

来るかい？

「渡ったって、それ、どういう意味？」疑り深い表情でイヴァが問いただした。

信じがたいが、紛れもない事実だった。この数週間、コスタはふたりには専門的な話は一切してこなかった。もう一つの世界に存在するもうひとりの自分とやりとりするために、アイリスとイヴァはＨＡＬＰＥＶＡＭの近くにいなければならなかったが、実際のやりとりはコスタが行ない、ふたりには届いた報告のコピーを渡し、こちらから送る際には、コスタのほうで送付に適したかたちに変換していた。ＨＡＬＰＥＶＡＭの変換器が並ぶ背後の壁には、ほとんど見えるか見えないかくらいの極小の青い開口部があった。だが、それがなにか、ふたりが知るはずもない。コスタのほうでも、そのなんの変哲もない壁面の極小の青い光の点に、マイクロ波のアンテナを向けることで、メッセージを送ったり受け取ったりしていることを、伝える必要はないと思っていた。そしていま、コスタはその青いドットの代わりに壁に現れたものを見るよう、ふたりに伝えるよりほかなかった。

ぱっと見たところ、それは芸術家が壁に描いた直径3メートルほどの、黒い歪んだ楕円だった。だが近寄って触ってみると、単なる楕円でないことがわかる。アイリスが思い出したのは、インド出身の現代彫刻家アニッシュ・カプーアの芸術作品だった。平べったい皿状の漆黒の円であり、その表面に触れようとすると、手が完全にあちら側に突き抜けてしまうような錯覚を抱く作品だ。この時、最初に指を差し入れてみたのはトーマスだった。まるでそこだけ壁が存在しないかのようだった。自分の指が消えて見えなくなったのに驚き、トーマスはすぐに手を引っ込めた。

「それがなにかわかるかい？」コスタが無表情な声で言った。

もちろんわかる。もう一つの世界へのポータルだ。

「それで、君たちは来るかい？」コスタが決断を迫った。「どうするか1時間以内に決めないと、ポータルは永遠に閉じてしまう。完璧に安全だ」まるで近所のパブに出かけるような軽い口調だ。

「どうして、そう言い切れるの？」とイヴァ。

「ああ、それなんだが、実はもう行ってみた。そしてほら、戻ってきた。なんの問題もない。だけど、いつまでも開いているわけじゃないから、どうするか決めてほしいんだ」

どこへ？

4人はコーヒーマグを手に、食堂のテーブルを囲み、新しい状況の理解に努めた。コスタは何年かぶりに上機嫌で、長年の習慣を破って音楽をかけた。それがロキシー・ミュージックの『両側が燃えている《ボス・エンズ・バーニング》』だとアイリスは気づき、コスタがその曲を選んだ理由をまもなく知ることになった。

「ワームホールを安定させるために、今朝、コスティと行なった共同作業は」コスタの口調は陽気だった。「率直に言って、なかなか厄介だった」コスタによれば、コツはケルベロスの技術を両側で同時に試すことだったという。その考えに間違いはなく、作業はうまくいった。ワームホールは安定した。ただし、入出力の計算のベースになるものがないために、ふたりは馬鹿げたミスをして、総エネルギー放出の計算を誤った。「両側が燃えている」コスタが続けた。「小さな青いワームホールが大きくなって、幅3メートルの黒いトンネルになったんだ」

ワームホールは安定し、ワームトンネルに拡大した。だが、それも長いあいだではない。こうして、4人の前に決断を迫る短い窓が開いた。彼らが望めば、もう一つの世界へ渡ることができ、これからの人生を向こうの世界で過ごすこともできる。あるいは、いまの世界に残るのか。どちらを選ぶにしろ、その機会はもう二度とやって来ない。

「本当に向こうの世界に渡ったんですか。どこまで行って、誰と口をきいたんですか」トーマスが熱心に訊く。

コスタによれば、コスティのラボで彼と1時間ほど過ごしたのだという。「難しいのは、渡る時じゃなくて戻ってくる時のほうだ」もう一つの世界に渡る時は、向こう側に彼のDNAが、つまりコスティのDNAがあるために難しくない。だが、ふたりとも向こう側にいる時には、どうすればこちら側に戻って来られるのか。「必ず戻って来るために、帰還標識《ホーミング・ビーコン》として自分のDNAを残しておいたんだよ」3人の顔に浮かんだ驚きとショックの表情を、専門的な技術に対する関心と勘違いしてコスタは続けた。「まあ、どうしても知りたいって言うんなら教えるけど、僕の唾液に浸した綿棒を、ひと瓶残しておいたんだ」今回、3人の顔に浮かんだ表情は勘違いのしようもなかった。ああ、言わなければよかった、とコスタは後悔した。

「それで、どんな感じだったんですか」とトーマス。

「長く生き別れになっていた双子に、再会したみたいな感じだったな」コスタの声には、しみじみとした響きがあった。だが、コスタはイヴにもサイリスにも会っていない。理由は単純で、ちょうどその朝、コスタがイヴァとアイリスを建物から遠ざけていたように、コスティもふたりを遠ざけていたからだ。だがいまなら、ふたりはコスティのそばにいるはずだ。コスティに呼び出されて、コスタのとつぜんの訪問のニュースを聞いて驚いているに違いない。コスティのラボにふたりがいるということは、もしイヴァとアイリスが壁の黒い穴に飛び込めば、ふたりもコスティのラボにたどり着くことになる。

「それじゃ、ぼくは？」トーマスの頭のなかで、いろいろな考えが駆け巡っていた。「ぼくのドッペルゲンガーもコスティのラボにいるってこと？」

アイリスがイヴァをちらりと見た。イヴァのこわばった顔つきが多くを物語っている。コスタは自分が説明しようと決めた。あまり時間がない。言わなければならないことは、手短に伝えなければならない。そして、落ち着いた声でこう切り出した。「いや、トーマス。コスティのラボに君はいない。向こうの世界に君はいないいんだ、残念ながら」

トーマスは呆然としていた。コスタの言葉の意味を、そしてそれが自分に及ぼす影響を必死に理解しようとしている。

「イヴは私とは違う道を選んだの」イヴァが静かに言った。「娘がひとりいる。アグネスという名前の」

「つまり、ぼくは向こうの世界には行けないってこと?」トーマスの声は切羽詰まっていた。「ワームホールに足を踏み入れたら、ぼくはどうなるんです?」向こうの世界で自分は生まれておらず、妹のような存在があるという話は、トーマスにとってあまり重要ではないようだった。

「それで」その意味するところを理解して、イヴァはコスタに向かって、トーマスに負けないくらい切羽詰まった声を出した。「どうなるの?」

「そのことだが」コスタが答えた。「向こう側に同じDNAを持つ相手のいない生命体がワームホールに足を踏み入れると、理論上は、ケルベロスがセキュリティの侵害を検知してCRESTを破壊する。HALPEVAMを破壊して、おそらく……その人間も破壊してしまう」

トーマスの顔から血の気が引いていた。

「落ち着くんだ」コスタはそう言って、トーマスを安心させるような目で見た。「たとえ同じDNAを持つ相手がいなくても、同じDNAを持つ誰かと一緒に渡れば大丈夫だ。君がしっかり手を繋いで渡る人のDNAのおかげで、君もその人も無事に渡れる」

「そんな仮定の話はちょっと無責任じゃない？　証拠もないのに」イヴァが不安げに訊いた。

「イヴァ、証拠はちゃんとある」コスタはなんでもないように言った。「バルーで試したんだ。コスティの飼い犬だ。こちらに戻ってくる時、まずは僕がワームトンネルを渡った。そのうしろでコスティが、その仮説を確かめるためにバルーを抱いて渡った。驚くなかれ、コスティもバルーも無事にこちらに到着した。ケルベロスは、そのラブラドールを単なる追加情報として扱ったわけだ。そしてコスティはバルーを抱いたまま、再びワームホールの向こうへ戻っていった。両方とも問題なくたどり着いた。コスティが、DNA付きの綿棒をたくさん残してきたおかげだ」

トーマスの目が輝いた。「それじゃ、ぼくも一緒に行けるってことだね、コスタ」そう言って、母のイヴァのほうをちらりと見た。

善の至高性

　ここでアイリスが口を開いた。「子どもの頃のあなたの話をさせて、トーマス」アイリスは親しみをこめた声で言った。「あなたはまだ小学生だったけれど、私、その時のことはいまでもよく覚えてる。そして、私たちが大きな決断を下す前に、いまここで、その話をするのがいいと思うの」

　自分の話に相手を引き込むのがうまいアイリスは、この時も3人の注目を存分に集めた。

「ある日の夕方、ブライトンの私の家に、あなたのお母さんがただならぬ様子でやって来て、数時間、あなたを預かってもらえないかと頼んだ。しばらくひとりで出かけて気持ちを落ち着かせたいから、と言って。イヴァは疲れ切って、絶望したように見えた。なにか困ったことかと訊くと、イヴァが言った。さっき、学校にあなたを迎えに行った時、あなたが年少の男の子を叩いて、おもちゃの車を取り上げるところを見てしまったという。そんなことをしてはいけない、とイヴァは叱ったけれど、あなたは自分の意見を変えようとはしなかった。ぼくがしたことは悪くない。まずかったのは、ぼくの注意が足りずに現場を見られたことだ、とあなたは主張した。お母さんは必死になって、そうではないと言い聞かせようとしたけれど、あなたは態度を変えなかった。そこで、あなたを説得するためにお母さんは言った。頭のいい人たちは、相手に対する暴力を自分のために放棄する。もし成功する人生を送りたければ、相手に暴力を振るわないことが、結局はあなた自身のためになる。だけど、あなたはまだ10歳だというのに見事な反論を次々に繰り出して、イヴァはどうにもあなたを説得できなかった。それで、イヴァは頭を抱えてしまった」

「私、あなたを預かると約束した」アイリスが続けた。「あなたのお母さんは出かけて、あなたはその夕方を私の家で過ごした。なにがあったのか、ちょっとだけ訊いてみたら、あなたは自分の考えを説明した。言っておくけど」アイリスはトーマスに一瞬、視線を走らせた。「とても10歳のいじめっ子とは思えない、たいした反論だった。空恐ろしくなるほど！　そして、お母さんが言った『人生で成功するためには、他者に暴力を振るう権利を放棄しなければならない』という考えをあなたは否定した。自分に都合のいいことを相手に強要する権利を、放棄する必要はない。それよりずっといいやり方がある。それは、暴力を放棄したように見せかける方法を身につけることだ。そうすれば、まわりの人間は安心する。だけど、いつでも都合のいい時に、相手に飛びかかったり、いじめたりできるようにしておけばいい――もちろん、現場を押さえられないことが重要だ。別の言葉で言えば、成功するためには、善良な人間の振りをする方法を戦略的に身につけることだ、とあなたは言ったのよ。私がそれにどう答えたか、あなた、覚えてる?」

トーマスは、その話はまったく覚えていないと答えた。

「私はギリシャ神話のオデュッセウスとセイレーンの話をした。島に住むセイレーンたちは、美しい歌を歌って近くを通る船乗りを惑わせ、浅瀬に誘い込み、船乗りたちを貪り食べた。野心に満ちた男たちの例に漏れず、オデュッセウスも、命を奪われずにセイレーンの美しい歌声を聞いてみたいと思った。そこで、彼は自分の船乗りたちには蠟《ろう》の耳栓をするように命じた。そうすれば、船が島の海岸に近づいても、船乗りにはセイレーンの歌が聞こえない。そして、オデュッセウスのことは船のマストにきつく縛りつけておくように命じた。そうすれば、オデュッセウスにはセイレーンの歌が聞こえるけれど、誘惑に負けて海に飛び込むことはない。私がその話をすると、あなたはとても熱心に聞いていた。だけどもちろん、オデュッセウスの話と、自分が母親と言い合いをしたことが、どう関係あるのかは、まだ子どものあなたにはわからない。当時の私の答えをもう一度ここで繰り返すと、善き人生を送るためには、オデュッセウスのようにしっかりとしたマストを見つける必要があるということ。それは、ここぞという時にそのマストに自分を縛りつけて、その時々の欲望の奴隷にならないため。そのマストは善良で、自分が選んだものでなければならない。だけど重要なことに、より高い欲求やより強力な別の欲望であってはならない。自己から切り離され、利己心から独立したものでなければ。自分をマストに縛りつけることが、自分が望む本当の自由と自主とを手に入れる唯一の方法なのだから」

コスタはとつぜん、アイリスの意図を理解した。彼女は彼女なりの遠まわしの方法で、自分はもう一つの世界に行くつもりはない、と告げていたのだ。そう伝えるためのいちばんいい方法が、彼女の好きな「善の至高性」のテーマについて話すことなのだ。アイリスには強い信念があった。偉大な芸術が、芸術家の欲望の計算によって生まれることはない。同じように、妙なる音楽や優れた数学の証明は、それ自体のために生まれるのであって、音楽家や数学者の自己の利益のために生まれるのではない。自由は理性的な自制の上にのみ存在する、とトーマスに伝えることで、アイリスは自分がこの世界に残ると告げていたのだ。複雑な思考の流れだったが、コスタはその真意を読み取った。

「あなたがなんて訊いたか覚えてる、トーマス？　まだずっと子どもだったその時に。あなたはこう訊いた。『ぼくのマストをぼくの望まないもので、どうやってつくるのか』って。それはとても重要な問題ね。もしその人のマストが、その人の望むものでできていなかったら、なんでできているべきなのか。私の答えはこうよ。そのマストは、正しい行ないをする能力でできていなければならない。そして、正しい行ないをする理由はたったひとつ。それが正しく善いことだから」

この時、トーマスがアイリスに訊ねた。「だけど、なんの理由もなしになにかをすることが、なぜ合理的なんだろうか」トーマスの思いがけない反論に、イヴァはいつも少なからずわくわくした。普段は内向的な息子が利発に思えて、嬉しくなったからだ。

「動物は必ず実際的な理由によって行動し、コンピュータも実際的な理由によって作動する」アイリスが答えた。「だからこそ、どちらも偉大なことはしない！　本当に偉大なことを成し遂げたり、純粋な自由を勝ち取ったりするためには、自我を忘れて鑿《のみ》を振るう彫刻家のようでなければならない。彫刻家は、芸術に対する熱い思いに身を委ねて像を彫り出す。いじめっ子にならないことは、長い時間、汗を流してつくり上げた偉大な芸術作品のようなもの。そこに理由はない。あるのは、ただそうしなければならないという思いだけ。芸術そのものが目的であり、それ以外に目的がないように、善もまた、それ自体のためだけに、ただ理由もなく存在する。私たちの欲望が善を促すからではなく、欲望を自制したあとにのみ、善は存在するのだから。皮肉なのは、欲望の奴隷にならなかった時、その副産物としてのみ、私たちの欲望が満たされること」

アイリスにとって、見返りもなしになにかを行なうことは単に可能なのではなく、善き人生を送るための必要条件だった。「相互主義は最悪であり、次から次へと見返りをあてにした人生を送るべきではない」というのが、現状を破壊しようというアイリスの信念だった。それこそが、エスメラルダの「ソーホー演説」に強く心を動かされ、その暴力的な死に打ちのめされた理由でもあった。エスメラルダの言葉は、少女の頃からアイリスを突き動かしてきた扇動的な考えに対する賛歌だったからだ。アイリスはこう考えて生きてきた。愛、幸福、自由とは、ただ相手と取引したり交渉したりすることではなく、他者に溺れて自己を見失うことだ。

トーマスを説くことから、みずからの難しい決断を友人に告げることまで、アイリスの頭のなかでは、あともう一歩、小さく踏み出すだけだった。「もう一つの世界の法と制度によって復活し、保護され、偉大さを取り戻したのは、取引や交換価値、市場の世界だった。それこそ私が逃れたい世界なのに、なぜわざわざ、そんな最悪の悪夢と呼べる場所にこの私が行かなくちゃならないわけ？」

なにをする力か

アイリスという手強い友人の話を聞きながら、コスタはテレビドラマシリーズの『新スター・トレック』の好きな場面を思い出していた。宇宙船ＵＳＳエンタープライズ号が、３世紀以上も漂流し続けてきた宇宙船と遭遇し、冷凍保存されていた3人の人間を発見する場面だ。その3人は1990年代初めに不治の病をわずらい、莫大な額を支払って冷凍保存処理を受けたあと、宇宙に送り出された。高い文明を持つどこかの宇宙人に発見されて先進医療を施され、いつか生き返るという望みにかけたのである。そして、3人は実際に生き返り、不治の病も治った。そのうちのひとりラルフ・オフェンハウスは、地球では富豪の実業家だった。その彼は、エンタープライズ号のピカード船長にこう教えられる。あなたが発見された24世紀の社会では、一人ひとりの物質的なニーズは技術によって満たされており、あなたがこだわってきた富や財産の蓄積は子どもじみた行為とみなされている。難しいのは富の蓄積ではなく、みずからを向上させることだ、と。オフェンハウスは腹を立て、ピカード船長にあんたは完全に勘違いしていると反論する。「重要なのは財産じゃなかった。それは力だ」

「なにをする力だ？」ピカード船長が訊く。

「人生を、運命をコントロールする力だ」オフェンハウスが答える。

ピカード船長は見下すような目で見て、こう告げる。「その種のコントロールは幻想だ」

「だが私はここにいる、そうだろう？　死んでいるはずの私が」とオフェンハウスが言う。

コスタはピカードとオフェンハウスの会話について説明したあと、アイリスに向かって言った。「君は残るんだね。そして、理由はきっとそこにある。本当のユートピアでは、つまり24世紀の『スター・トレック』のような豊かな共産主義社会では、オフェンハウスの考えに存在の余地はない。だけど、サイリスの世界では存在の余地がある」束の間、確信が持てずにコスタはつい訊ねた。「僕の言ってることで合ってるか」

「ええ、あなたの言う通りよ」アイリスが答えた。「もしあなたのワームホールがピカード船長の世界につながっているのなら、私は躊躇なく飛び込む。でも、もう一つの世界が、たとえいまの世界よりも、いろいろな意味でずっとずっと、間違いなくすばらしい世界だとしても、私、そんなところへは絶対に行かない」

フェミニストで自由に取り憑かれ《フリーダム・ジャンキー》たアイリスには、過去の社会が、とりわけ女性にとっておぞましい場所だったことはよく知っていたが、だからといって、それが現代を高く評価する理由にはならなかった。同様に、この世界の忌まわしさは、そしてたとえサイリスの世界が著しく進歩していたとしても、それがもう一つの世界へと渡る理由にはならなかった。

「エスメラルダ、アクウェシ、イヴ、イーボ、OC反逆者たちが、資本主義を根絶したことに私は拍手を送る」アイリスが言った。「社会を動かすために貨幣、市場、そのほかの金融商品を残したことで、彼らを批判したりはしない。貨幣やオークションは不可欠なものとして残る。『スター・トレック』に登場する『レプリケーター』[88]が家庭の壁に設置されて、市民の望むモノをいろいろ複製してつくり出し、物質的なニーズが根絶されるまでは。そしてそのよう

88 転送技術を使った複製装置。たとえばレプリケーターに向かって食べたいものを言えば、その食べ物が複製されて出てくる。ただし、芸術品のような複雑なものは複製できない。

な世界が誕生するまでのあいだ、唯一の選択肢は、醜い官僚に恐ろしい専制権力を授けた旧ソ連式の配給制度しかない」

「だけどもし」トーマスが訊ねる。「もう一つの世界がずっとずっとすばらしい社会だと思うなら、どうして行かないの？」

「なぜなら、私は」アイリスは答えた。「この忌まわしい世界に残るほうがいいから。いまの世界の〝改良版〟に住むと、『スター・トレック』のような共産主義社会が実現する可能性が、ますます遠のくように思えるから」

アイリスはこの時、かつて自分が見下していた左派の主張に同意していた。ものごとが改善する前には、いったん悪化しなければならないこともある。改善はただ、急進的な変化をもたらす力の発生を妨げるだけだ、と左派は唱えていたのだ。

「私は若さの限り、サッチャーの社会経済政策と戦った」アイリスが続ける。「サッチャーは、あらゆる価値を価格に貶めようとした――ただ、市場がより安定し、持続可能で、高く評価され、さらには愛される社会へと移行するために。私たちが社会を再構成してその中心に交換を置いた時、トーマス、私たちは人間本来の姿を失ったのよ。遠い昔、人間はともに狩りをして一緒に調理をし、夜には焚き火を囲んで音楽をつくり、物語を語ることで繁栄していた。そのような共同の営みを市場での交換に替えた社会は、確かに大きな力を解き放ち、そのような社会へと移行しなかった社会を圧倒した。だけど、そこには代償が伴った。市場交換は私たちの人間性を消滅させた。私たちの精神が病んでいるのも、それが原因にほかならない。自分たちのために――まったくなんの見返りも求めず――ともになにかをすることよりも、交換価値を上に置いたために、私たちは思い煩い、夜には泣き疲れて眠ることになる。うつ状態に苦しみ、自己啓発の大物《グル》や巨大製薬会社を大儲けさせるはめになる。私はOC反逆者が成し遂げた成果を認め、高く評価し、その功績に感銘を受け、さらに言えば畏敬の念すら抱いている。とりわけ企業、貨幣、土地の所有、市場の民主化を実現したことはすばらしい。だけど、民主化された市場はいまなお、取引の見返りの精神を優先し、それが善の至高性を傷つけ、結局は、私たちの根本的な幸せを揺るがしている。市場が民主化され、資本主義から解放された社会は、いまの私たちの世界よりもはるかに優れている。ただし、1点を除いては。つまり、そのような社会は交換価値を固定し、それゆえ純粋な革命を不可能にしてしまう。純粋な革命が起きてこそ、市場を最終的に破壊して、ピカード船長の社会が到来する。コスタ、いずれにしろ」アイリスは軽い口調でこう結んだ。「幸せがどこか別の場所にあると信じる者は愚か者よ」

コスタとイヴァは顔を見合わせた。お互いの考えを読み取るのに、テレパシーは必要なかった。支配体制に対する激しい怒りこそ、アイリスの唯一の存在証明であり、孤独に対するワクチンなのだ。もう一つの世界は居心地がよすぎ、健全すぎて、怒りのエネルギーが保てない。そんな世界は、アイリスにはとても我慢できないに違いない。

ワームホールの向こうへ

「そろそろ時間だ」コスタが促す。「15分もしないうちに、ワームホールが安定性を失い始める。アイリス、君はもう決めたんだね」

「あなたがお望みでしたら、どうぞいらっしゃれば」アイリスはもったいぶった言い方をした。「このレディは参りませんの」

「君たちはどうする、イヴァ？」コスタが訊いた。

「現実を認めるのよ、イヴァ」口を開いたのはアイリスだった。「あなたはシステム信奉者《ホモ・システミカス》だから、当局のどんなシステムにも適応し、その命令に従える。もし私たちが旧ソ連に住んでいたら、あなたは共産主義政党の幹部《パーティ・アパラチク》で、私は強制労働収容所送りになって呻吟《しんぎん》してた。抗議せず、完全に飼い慣らされて、あなたはシェイクスピアの『オセロ』[89]に登場する不運な妻のデズデモーナみたいに、その時の支配体制に完全に服従することで、自分の信念や純粋さを守る。

あなたの唯一の取り柄は、この若者をとても愛していることね」そう言ってトーマスのほうを見た。「あなたが行こうと残ろうと、あなたにほとんど影響はない。だけど、向こうの世界に渡れば、彼にまともな人生を送るチャンスを与えることになる」

イヴァは驚いた。自分もまったく同じ考えだったからだ。トーマスの存在がなければ、決心がつかなかったに違いない。向こうの世界には強く心を惹かれるが、いまの世界はこれまでも自分に優しかった。だが、トーマスがいるとなると話は違う。コスタと過ごした日々のおかげで、トーマスは久しぶりに落ち着きを取り戻し、目的意識を持った。もう一つの世界へ渡れば、トーマスを苦痛の世界から、とりわけモンスターのような彼の父親から救い出せる。さらに言えば、この数週間というもの、イヴァはイヴを妹のように感じ、またイーボを単にその夫というより、善を促す原動力のように感じ始めていた。それにコスティだ。ただコスタと比べて、ふたりの類似点を探すためだけでも、コスティに会ってみたい。そのパートナーであるマリと、ひとり娘のクリオにも。サイリスに会いたいのは言うまでもない。アイリスを失って、もうひとりのアイリスと会えるのだ。アイリス以上に手強かったらどうしよう！　もう一つの世界では、この世界で自分に欠けていたものが手に入る。より大きな家族だ。トーマスの〝妹〟のアグネスもそのひとりである。

89　シェイクスピア4大悲劇のひとつ。復讐を企てた部下イアーゴの奸計に陥り、妻デズデモーナの不貞を疑い、妻を殺してしまう、ヴェニスの将軍オセロの物語。人間の愛と嫉妬を描いた作品。

「ええ、コスタ。あなたが行くなら私も行く」イヴァが答えた。もし彼が行くなら、トーマスも喜んでついて行くはずだ。

ワームトンネルをひと目見た瞬間から、トーマスが飛び込みたがっていたことは、コスタにも明らかだった——ただし、コスタが先に飛び込むならば。トーマスが行くかどうかは、イヴァではなく自分次第であることは、コスタにもわかっていた。コスタが渡ればイヴァとトーマスも渡るが、コスタが残ればふたりも残る。アイリスと同じくコスタも、もう一つの世界がトーマスにとって、そしてイヴァにとっても、よりよい世界だと考えていた。となると「自分は行かない」と、どうやってふたりに言えるだろうか。自分はこっちの世界に残って、HALPEVAMを確実に破壊しなければならないと伝えれば、未来を賭けた彼らの望みを打ち砕いてしまう。だが、HALPEVAMを破壊しなければ、ヤツらの手に渡ってしまう。

そこで、コスタは嘘をつくことにした。自分が最初にワームトンネルに飛び込めば、トーマスもあとに続くというのなら、そのシナリオに従うことにしたのだ。

「僕が最初に入るよ」イヴァとトーマスに告げる。「君たちは僕のすぐあとに続くんだ。頼むから、手はしっかり握って絶対に離さないことだ、いいね」

ふたりは言われた通りにする、と不安げに約束した。

「HALPEVAMはどうするんですか」トーマスが訊いた。

確実に起動する装置を取りつけた、とコスタは説明した。その装置を使えば、3人が渡り切ったところで強力な電磁パルスが発生して、ラボの技術はすべて粉々に破壊できる。

トーマスは大喜びし、すぐにコスタの考えに賛成した。イヴァは、これで決まりだと思った。アイリスはしばらくコスタを疑り深い目で見ていたが、やがて立ち上がり、3人に険しい表情で別れを告げると、自分の部屋へ向かおうとした。

トーマスがそのあとを追い、後ろからアイリスの肩を抱き締めた。イヴァも立ち上がり、ふたりの元へ駆け寄る。イヴァがトーマスを抱き締め、その両手をアイリスのからだにまわした。3人は長いあいだ、その格好で立っていた。涙はなかったが、胸を詰まらせ、誰も声にならなかった。

沈黙を破ったのはコスタだった。「渡るんだったら、もう行かないと。さあ、すぐに」

イヴァとトーマスがアイリスから離れた。コスタはアイリスに「あとで」と目で合図した。そしてイヴァとトーマスを伴ってラボに入り、その扉を閉めた。

イヴァとトーマスはコスタの隣に立ち、指示通りに手を繋いだ。コスタが笑みを浮かべ、何気ない様子で壁の漆黒のなかへ足を踏み入れた。イヴァとトーマスがすぐあとに続く。ラボはとつぜん空っぽになり、あとには機械のブーンという低い唸り音だけが響いた。

ヘパイストスの狂気

その夜、コスタはアイリスに会えなくても、さほど気にしなかった。こちらの世界にこっそり帰ってくるという彼の計画に、アイリスが気づいていたのかどうか確信はなかった。だが、コスタが数時間後にラボを出た時には、建物のなかは静まり返っていた。アイリスはもう寝てしまったのだろう。コスタはそう思い、自分もベッドに向かった。アイリスに会うのは明日の朝にすればいい。午前10時頃。そう、彼女が空港に向かう1時間ほど前に。それならば、最後にふたりで過ごす時間が——長すぎず——だが充分にある。

翌朝、キッチンに現れたコスタを見たアイリスの顔に驚きの表情はなかった。アイリスは座ってコーヒーを飲んでいた。

「HALPEVAMを遠隔で確実に破壊するのは無理だったよ」コスタは決まり悪そうに言った。「その作業を僕の手でやってしまわないと。ここで、時間をかけて、ちゃんとね」

言い訳をするコスタを見るアイリスの目には、同情だけでなく、明らかに憐れみの念が混じっていた。アイリスにとってコスタは、男性技術者の長いリストを飾るひとりにすぎない。彼らはみな高尚な目的に惑わされ、みずからが創造した機械に生命を吹き込むという、とんでもない夢想を抱いた。最初が、ギリシャの炎と鍛冶の神へパイストス[90]。その途中に、フランケンシュタイン博士。そして最後がＡＩ。とはいえ、アイリスの呼ぶＡＩとは、「人工知能（アーティフィシャル・インテリジェンス）」ではなく、「人工無能（アーティフィシャル・イディオシー）」だった。どの試みも不幸な結果を生んだ。ＨＡＬＰＥＶＡＭがどんな恐ろしい結果を招くのか、神のみぞ知る、だ。コスタが最初、その壮大な計画を明かした時、アイリスはそう思った。だが、コスタのことがとても好きだったため、あえて黙っておいた。

それでいて、アイリスの軽蔑は男性だけでなく女性にも向けられた。コスタの発明に負けないくらい忌まわしいイヴァの発明を考えて、アイリスはくすくす笑い出しそうになった。ギリシャ神話のメドゥーサ[91]は、その目で見たものを石に変えたというが、イヴァの経済モデルは、それを学ぶ学生の心を石に変えてしまった。ああ、イヴァがいなくなってどれほど寂しくなることか！　ブライトンにあるアイリスの聖域はいつも、彼女に不可欠な自由を――静寂と独立

90　ギリシャの炎と鍛冶の神。ゼウスとヘラの息子。地界へ投げ捨てられ、火山の噴火口のなかに鍛冶場をつくって、神々や英雄の武器や工芸品、人類初の女性とされるパンドラをつくった。

91　髪が蛇で、その目で見るものを石に変えた女性の怪物。ポセイドーンの愛人。

性とを――与えてくれた。作家のヴァージニア・ウルフが、いかなる作家や芸術家にも絶対に必要だと述べた自由である。だがアイリスひとりになったその空間は、ひどく孤独に違いない。部屋の壁の向こうに、もはやイヴァはいないのだ。

コスタの説明と自己弁護は、いつもの罵倒に変わっていた。少しでも隙を見せれば、ビッグテックに発明を悪用される。重要なのは、設計情報を絶対にオンラインに残さないことだ。ついには、たとえHALPEVAMを破壊したところで、ヤツらが自分の記憶痕跡を読み取れば再構築は可能だといった、パラノイアじみた不安まで。

アイリスがとうとう口を挟んだ。「コスタ、もっとずっとあなたの心を痛切に苦しめてるものがあるんじゃない？」

「なんのことだ？」

「純粋で繊細なあなたのことだから、若いトーマスに嘘をついたという良心の呵責にあなたが耐えられないことよ」

コスタは返事をしなかった。だが、アイリスの言う通りだった。コスタの心はラボに漂う孤独に耐えられるだろう。ビッグテックの恐怖にも。コスティの家族を見た時に痛感した寂しさにも。だが自分が嘘をつき、トーマスをいとも簡単に裏切ってしまったという罪悪感には耐えられなかった。トーマスの激しい落胆を考えると、胸が張り裂ける思いだった。

アイリスのスマートフォンが鳴った。タクシーが到着した。コスタが、アイリスのスーツケースを持って階段を降りた。

別れには慣れていた。たいしたことではないという振りをして、すぐに連絡を取り合おうと約束した。コスタはしばらく歩道に立って、音もなく遠ざかるタクシーを見送った。イヴァとトーマスとは交わすことさえ叶わなかった別れを、埋め合わせようとするかのように。そして急いで階段を駆け上がると、HALPEVAMの存在をかすかにでも匂わせるような証拠の隠滅に取り掛かった。

振り向かない

1ヵ月後、コスタはラボを売りに出した。やるべき仕事を終え、新年にクレタ島に移り住むつもりだった。自分ももう64歳。引退するにはいい潮時だ。島の南の海岸沖に小さな木のボートを浮かべれば、今回も魂の救済になるかもしれない。それはコスタ自身の〝もう一つの世界〟へとつながるルートとなり、トーマスに嘘をついたことが、より高貴な決断だったとして、いつか自分を救ってくれるかもしれない。ひょっとしたら、自分を訪ねて来るよう、アイリスを説得できるかもしれない。そして、イヴァの思い出に耽るとともに、銀行も寡頭政の支配者も株式市場もない世界で、トーマスがうまくやっているか、ふたりで語り合うのだ。そして再び……いや、それは考えられない。

サンフランシスコからアテネに、さらに国内線に乗り換えてクレタ島北部のイラクリオンへと向かう日、コスタは考えを変えた。そして、ロンドン行きの飛行機に乗った。その「静かなる絶望」[92]の島のほうが、新たな計画向きだと思ったのだ。HALPEVAMを破壊しただけでは充分でない。もし自分にCRESTを利用して、あの技術がつくれるのなら、ビッグテックにつくれないはずがない。いまの自分が為すべきことは、ヤツらの発明を妨害する装置をつくり続けることだ。だが、気をつけなければならない。どこかに落ち着けば、いつかは居場所を突き止められてしまう。だから頻繁に居場所を変える生活を送らなければ。常にヤツらの一歩先を行き、生涯をかけてヤツらの最悪の敵になってやるのだ。

サンフランシスコの空港を飛び立った時、コスタは暇つぶしにラップトップを開いた。深い考えもなしに新たなファイルを作成して、キーボードを打ち始める。10時間後、ヒースロー空港に近づき、着陸に備えてパソコンをしまうよう客室乗務員が告げた時には、すでに2〜3章を書き上げていた。電源を切る前に画面を最初のページにスクロールして、本のタイトルを打ち込んだ。『ヘパイストスの狂気』——彼の回想録だった。

92　19世紀のアメリカの思想家ヘンリー・デイヴィッド・ソローの名言「大多数の人は静かなる絶望の生活を送っている」から。ソローの代表作には『ウォールデン――森の生活』がある。

おわりに

送信ボタンが、誘いかけるように〈私〉を見つめていた。そのボタンを押せば、1年に及ぶ旅に終止符を打つことになる。まるで数十年も前に始まったように感じられる旅だった。アイリスに書くように頼まれた原稿を、その操作ひとつで、出版社へと送信できるのだ。読者が親切にも、ここまで読んでくれたこの原稿である。だが、なにかがひっかかった。彼女の葬儀から、今日でちょうど1年が経つ。まずはアイリスに報告してから、送信すべきではないか。そう思った〈私〉は、午後の早い時間に赤いカーネーションを手に、アイリスの墓へ向かった。

白い大理石の墓石は、とても1年前のものとは思えないほど古びていた。「私は精一杯生きて死んだ」。そのそっけない墓碑銘は、アイリス自身が考えたものだ。こんな簡素な墓碑銘が刻まれた、こんな簡素な墓石が、アイリスのような人間にとって充分なものだとは、〈私〉にはとても納得できなかった。彼女は世界が――もう一つの世界も含めて――不充分だと証明した人間なのだ。赤と黒の柩がすぐ足元で腐っているのだと思うと、〈私〉は悲しくなった。1本の赤いカーネーションを墓石の上に置くと、その小さな赤い斑点が、ほんの少しばかり慰めを与えてくれた。

後ろに下がって、〈私〉はスズカケノキのあたりを見まわした。1年前、コスタの姿を見つけた場所だ。そしてそこまで歩いて行くと、〈私〉はスズカケノキにもたれて、最後にもう一度アイリスの墓のほうを振り返った。このあと家に帰って、アイリスに頼まれた仕事をやり終えるつもりだった。その時だった。彼女の姿を見かけたのは。心臓が止まりかけた。アイリスが自分の墓のほうへ向かって歩いていたのだ。その数秒後、今度は2~3歩離れて、アイリスの後ろを歩くコスタの姿を認めた。

〈私〉は頭がおかしくなったのだと確信し、その場にへたり込み、木にもたれて幻覚が消えるのを待った。だが、どうやら幻覚ではないらしい。コスタは赤いカーネーションを手にしていた。そして墓の前でアイリスに追いつくと、花束の半分を彼女に手渡した。ふたりは並んで墓石を見下ろし、〈私〉のカーネーションの上にそれぞれ花を置いて、しばし手を握り合った。コスタは古代の石碑のようにそこに立ち尽くし、アイリスは前かがみになって墓碑銘を指でなぞった。〈私〉は立ち上がり、駐車場のほうへ小走りに立ち去ろうとしたところ、急に立ち上がったせいでめまいがした。その時、よろめく姿をコスタに見られ、彼が〈私〉のもとへ近づいてきた。

「きっと君だと思っていたよ」コスタが言った。「カーネーションのことだ。どうしてる？」

〈私〉は口がきけないまま、コスタとゆっくり墓石のほうへ向かった。そこにはアイリスが立っていた。彼女は〈私〉を見て、不思議そうに目をすがめていたが、〈私〉が誰かわかってひどく驚いた様子だった。

「ヤンゴ？　あなたなの？　まあ、あなたに会えるなんて嬉しい！」

「アイリス？」〈私〉はようやく声を絞り出した。

「そうよ、久しぶり。あれから何十年経つのかしら。元気そうじゃない！」

コスタのほうを向くと、彼も〈私〉の様子を窺っている。いつ事情が呑み込めるか、と思いながら。そして、とつぜんなにもかもが明らかになった。

自分が亡霊を見ているのではないことに気づいて安堵し、〈私〉はコスタの両肩を両手で摑んで彼の目を覗き込み、なぜ黙っていたのかと詰め寄った。あの夜、コスタの後ろについて、こちらの世界へ渡ってきたサイリスのことを。

「私の考えだった」サイリスが打ち明けた。「アイリスとあなたには黙っておいてほしい、と私がコスタに頼んだの。それから」コスタのほうを向いて訊いた。「私のことを……サイリスって呼んでたの？」

「単に僕が思いついた呼び名だよ。ほら、混乱を避けようと思って」コスタが申し訳なさそうに答えた。

そして、3人で近くのティーショップに向かい、テーブルについて紅茶を注ぎ、彼女が説明を始めた。OC反逆が起きたあと、彼女はブライトンの家を売り、ニューヨークに移り住んでOC運動に参加した。コスティもまた、サンフランシスコから朝いちばんの飛行機に乗って加わり、空売りで儲けた巨額の資金をその運動につぎ込んだ。「イヴァのことは」彼女が続けた。「OC反逆で彼女が果たした役割のために知っていたし、あの厄介なワームホールがパンドラの函《はこ》を開けるずっと前に、彼女には会っていた」

「それはそうと、僕たちのあいだでは彼女をイヴと呼んでたんだ！」〈私〉が口を挟んだ。

それには答えずに彼女が続けた。11年前に彼女とイヴが、コスティから初めて異例の呼び出しを受けて彼のラボに集合した。そして、アイリスとイヴァから最初のメッセージを受け取り、ひどく驚いた。別の世界では、すなわちこっちの世界のことだが、ウォール街とあの愚かな寡頭政が、相も変わらず社会を牛耳っていると知って、とても信じられなかった。心を痛め、当惑しながらもやりとりを続けたが、2025年11月のある日、ワームホールがとつぜん拡大して、もうひとりのコスタがひょっこり姿を現したとコスティから聞かされた。

「そう聞いて、私、すべてを放り出してコスタの、ああ、つまりコスティのラボに駆けつけて、そのワームトンネルとやらをこの目で見て感心した。驚くことにイヴァも――ええと、あなたがそう言うんなら、イヴだけど――呼び出されていた。なにかとんでもないことが起きている、とすぐにわかった。だって、コスティのパートナーのマリと娘のクリオもいたから。私がワームトンネルの漆黒の美しさに見とれていると、このコスタが」そう言って、いま同じテーブルについているコスタを指差した。「目の前に現れて、私は気を失うかと思うほど驚いた。そのあと、今度はイヴァが仰天する番だった。奇妙な格好をしたイヴァのクローンが、若者――あれはきっとトーマスね――の手を握って、いきなりワームトンネルから抜け出てきたんだから。ふたりのイヴァ、トーマス、クリオとマリが隣の部屋に入って、私には想像もつかないけど、なにやら熱心に話し込んでるあいだ、私はラボにふたりのコスタとともに残された。その時、こっちのコスタが」そう言って、再びコスタを指差した。「爆弾を投下したのよ。自分はただ計画を遂行する――どうやらイヴァとトーマスをこちらの世界に連れてくる――ためだけに、渡ってきた。すぐに戻ってラボを破壊しなくちゃいけないって。そしてその通り、あっちのコスタに静かに別れを告げると、私を見てにやりと笑って、漆黒の虚空のなかへ黙って歩いて行った。私、なにも考えずに」サイリスが続ける。「あとを追った。気がつくと、私はとつぜんこっちのコスタのラボにいた。彼は不機嫌な顔をしたけど、なにも言わなかった。しばらく自分の装置をいじったあと、私を見て言った。うまくいった。ワームホールは消滅した、と」

「だけどなぜ？　いったいなぜこっちの世界に来たんだ？」〈私〉は彼女に訊ねた。

「もちろん、あなたが私について知っていることがひとつあるなら、ヤンゴ」サイリスが嬉しそうに答えた。「それは私が反体制派だってこと。あっちの世界で私が楯突けることと言ったら、理想的な社会を築き上げたことに対する、彼らの政治的公正性や自己満足くらいのもの。この男性をひと目見ただけで」サイリスは、だらしない身なりのコスタを指差して言った。「私、わかったの。自分がどうすべきか。こっちの世界のほうが、私はずっと役に立つはずだって」

サイリスが説明を続けた。自分がとつぜん彼のラボに姿を現したことにどう対処すればいいのか、コスタにはわからなかったが、とにかくアイリスが空港に向かうまでは隠れていたほうがいい、というのがコスタの考えだった。そしてそのあと、ふたりで案を練り、意見が一致した。サイリスは、あまり目立たない暮らしをしたほうがいい。アイリスにはなにも伝えず、コスタとサイリスも離れて暮らすことにする。コスタはサイリスにまとまった金額を渡し、必要な書類づくりも手伝った。サイリスは別名を名乗り、別の身分証明をこしらえた。キャサリン・ボーモント。テキサス州オースティンのコミュニティカレッジを退職した教授という肩書だ。ふたりは連絡を取り合った。そう頻繁にではなく、慎重に。お互いが元気かどうかを確認し合うために。だが、コスタがイングランドに移り住んだあとは、ほとんど会う機会もなかった。ついさっきまでは。

「こっちにやってきたことを後悔してる?」〈私〉は訊ねた。

「まさか、そんなはずがない!」かすかにアメリカ訛りがあった。「こっちの世界は、ヤンゴ、私が生きる本来の世界よ。ほんとにひどい世界だから、私、生きてるって感じがするし、自分は〝有益なほど危険な存在[93]〟だって思える。私はOC反逆を経験し、彼らが築いた制度も目撃した。だから、こっちの世界で支配階級とその体制の愚かさをこき下ろすことにかけては、誰よりも自信がある。言っておくけど、彼らを打倒するのはこっちのほうがずっと簡単だから！」

　サイリスが自分の話をしているあいだに、コスタが「トイレに行く」と告げて静かに中座した。すぐに、ティーショップの窓のガラス越しに彼の姿が見えた。ヘルメットを被り、オートバイにまたがって、またどこか知らない土地へ姿を隠そうとしているのだ。サイリスは驚かなかった。「ほらね、あれがコスタよ」サイリスが言った。「漂流がいまの彼の生き方。その恐ろしい事実を尊重してあげないと」

〈私〉は頷き、しばらく沈黙が降り、改めて彼女を見た。こうして初めて落ち着いて、彼女の顔をゆっくり眺めることができた。

　彼女が〈私〉の目を見つめ返して笑みを浮かべ、両手で〈私〉の右手を取って訊ねた。「それであなたは元気なの、ヤンゴ？」

「本当に久しぶりに気分がいいよ、アイリス」と〈私〉は答えた。

　すばらしい友情が甦るのがとても楽しみだった。

2036年7月28日土曜日、日付が変わる少し前

ヤンゴ・ヴァロ

93　1972年に、経済学者のガルブレイスが、アメリカ経済学会会長に就任した際の演説の一説。権力の現実を認識することを論じた文脈の中で、ガルブレイスは「経済学者の人生は議論を引き起こし、おそらく有益なほど危険を伴うものになる」などと述べた。

訳者あとがき

「異色の経済学者による、異色のSF経済学書」。「パンデミック後の資本主義社会のあり方を、鋭く問いかける野心作」……。いや、本書をひとことで言い表すのは難しい。映画『ゼロ・グラビティ』の監督アルフォンソ・キュアロンは、こう評している。「刺激的な思考実験と、完璧に独創的なSFナラティブが織りなす一冊」と。

本書にはたくさんの魅力がある。まずは登場人物だ。筋金入りのマルクス主義者で、傲慢な女神《ミューズ》のように振る舞うアイリス。そのアイリスの宿敵とも言うべき存在で、リーマン・ブラザーズで働いていた2008年に、世界金融危機によって自分の世界までも崩壊してしまったイヴァ。そしてギリシャのクレタ島出身で、HALPEVAMをつくり上げた天才エンジニアのコスタ。物語の終盤では、イヴァの息子で、ビデオゲームに夢中な反抗期のティーンエイジャー、トーマスも加わる。4人が歩んできた人生、挫折、譲れない信条が知的な会話のなかで、あるいはサイリスやイヴ、コスティといった「もう一つの世界のもうひとりの自分」とのやりとりを通して、明らかになっていく。イヴァはなぜシングルマザーなのか。アイリスはなぜ若くして隠遁できたのか。それぞれが抱える秘密、苦い敗北、深いトラウマ、孤独な人生を選んだ理由……。

コスタには、著者ヤニス・バルファキスの自伝的要素が色濃く反映されているのだろう。ひょっとしたら、本書の語り手である〈私〉ことヤンゴ・ヴァロ（名前も似ている）も、バルファキスの分身かもしれない。そう考えていくと、イヴァの息子のトーマスは映画『マトリックス』の主人公ネオの本名、トーマス・A・アンダーソンにちなんでつけられたのではないかと か、アイリスのモデルは英国の哲学者アイリス・マードックではないか、などと勝手に妄想が膨らんでしまう。

本書には3つの時制が存在する。まずは物語の入れ子構造の枠となり、アイリスがヤンゴにダイアリーを託す2035年と1年後の2036年。ふたつ目が、アイリスがサッチャリズムと戦った1980年代。そして3つ目が、世界金融危機の起きた2008年からコロナ危機の2020年、さらに現在の2025年まで（物語のおもな時制は2025年だ）。この3つの時間軸と、こちらの世界とパラレル世界というふたつの空間とが交差して、物語が進展していく。

本書のなかでコスタは、「2020年のコロナ危機は、2008年の世界金融危機の延長線上にある」と考えている。2008年は社会を根本的に変える絶好の機会だった。ところが実際は、経営難に陥った銀行を救済し、労働者にその尻拭いをさせた。あの時に対応を誤り、教訓を活かさなかったからこそ、いまの私たちが必要以上にコロナ危機に苦しめられている、というわけだ。コロナ危機は新たな問題をつくり出したのではなかった。すでにあった資本主義社会の歪みを、いっそう強く浮かび上がらせたのだ。その意味で、2008年を契機に分岐した「もう一つの世界」で実現しているポスト資本主義社会は、実に多くのことを私たちに教えてくれるはずである。

たとえば「パーキャプ口座」だ。2025年のもう一つの世界には、投資銀行もリテール銀行も存在しない。市民はその国の中央銀行に「パーソナル・キャピタル」、通称パーキャプを与えられる。パーキャプは3つの資金口座から成る。基本給やボーナスが振り込まれる「積立」。赤ん坊が生まれると同時に、まとまった額が振り込まれる「相続」。社会資本のリターンが受け取れる「配当」。

2020年、アメリカではコロナ対策の財政出動の一環として、家計や失業者に給付金が支給された。この時、いっそのこと金融部門を省いて国民全員に中央銀行の口座を与え、そこへ振り込んではどうかという議論が持ち上がったという。今回の給付金がベーシックインカムへの道を開くのではないか、という議論もなされている。

また、2025年のもう一つの世界では株式市場が廃止され、「1人1株1票」の原則が実現している。会社に入ると誰でも、まるで「図書館のカード」を手渡されるように、その会社の株が1株与えられる。会社で働くメンバーはその権利を使って、事業計画の提案に1票を投じ、会社の経営に参加する。つい先日採用されたばかりの新人秘書からスターデザイナーまで、全員が同額の基本給を受け取るが、ボーナスはメンバーの投票で決まる。株式市場がないため、スタートアップはパーキャップの「相続」に振り込まれた資金を使って開業し、どの企業も融資が必要になった時には、自社で働くメンバーから受けることになる。

このように2025年のもう一つの世界では、銀行が廃止され、株式市場のない世界が実現している。これはバルファキスが思い描く、ある意味、理想的なもう一つの世界なのかもしれない。そして、そのような世界を——あるいはどのような世界であれ——実現するためには、私たち自身の選択と、本書に登場する「クラウドショーターズ」のような、一人ひとりの小さな力を結集した活動が重要だと、バルファキスは訴えている。

さて、物語の終わりで「銀行も株式市場もない世界」に対して、アイリス、イヴァ、コスタはどんな決断を下すのか。そして——これはネタバレになるので、ぜひご自分で確かめていただきたいが——、最後に待ち受ける鮮やかな展開にもぜひ驚いてほしい！「してやったり」とばかりに、バルファキスのニヤリと笑う顔まで思い浮かびそうだ。

ここで、著者のバルファキスについて簡単に触れておこう。バルファキスはゲーム理論や政治経済学を専門とする経済学者だが、2015年には、債務危機に陥ったギリシャの財務相に就任し、緊縮財政政策を押しつけるIMF（+EU+欧州中央銀行の三頭立ての馬車《トロイカ》）と戦った。そのあたりの経緯については、本書のなかでも、ちょっと意趣返しのようなかたちで触れられている。結局、財務相は半年ほどで辞任せざるをえなかったが、その後も政治の世界から離れることなく、いまはギリシャの現職の国会議員である。

本書は、ギリシャの歴史や思想の系譜、文化的な背景があってこそ成り立つ一冊だろう。ナチスに占領されていたレジスタンスの歴史。物語の各所にちりばめられた、ギリシャ神話やギリシャ哲学。コスタを中立的な立場に、アイリスとイヴァが思考実験を繰り返し、議論を重ねていく様子は、ソクラテスと弟子との対話を思わせるようだ。それになんと言っても、ギリシャは民主主義が生まれた国でもある。

ところで、ギリシャ人と聞いて、どんなイメージが思い浮かぶだろうか。村上春樹氏は『遠い太鼓』（講談社刊）のなかで、ギリシャ人は「ときどきものすごく哲学的な発言をする」とか、タヴェルナの女主人の言葉として、ギリシャ人は「選挙のことになるとすごおおおおおく興奮しやすい」などと書いている。実は、私にも同じような体験がある。私が知り合ったギリシャ人はみな——信じられないかもしれないが——とても理屈っぽくて、政治の話になるといきなり興奮する体質だった。ロンドンに住んでいた頃、語学学校の仲間、数人でランチをしていて、なにかの拍子に政治の話になった時のことだ。私の知ったかぶり発言を、すぐさまギリシャ人の年下の男の子に突っ込まれ、「君には社会主義のなんたるかがまったくわかっていない」などと、鼻で笑われたことがあった。思わずムッとしたが、当時、彼は確かまだ17歳くらいだったと覚えている。「ギリシャ人＝お気楽で陽気な人たち」という私のギリシャ人イメージが、180度転換する体験だった。そうかと思えば、そのティーンエイジャーは（コスタのように）シャイでもの静かで、ひとりの時にはいつも詩を読んでいた。

21世紀も20年以上が過ぎた。コスタは本書のなかで、社会を変える絶好の機会だった2008年という〝決定的瞬間〟を、私たちが逃してしまったと発言している。それに対してアイリスは、決定的瞬間などというものはなく、私たちはその重要な瞬間を「毎日、毎時間、その忌々しい一瞬一瞬に」逃していると答えている。翻せばアイリスは、いまこの瞬間からでも、強く望み、選択し、行動すれば変化は起こせる、と言いたかったのかもしれない。そしてまたコスタが言うように、私たちは無力だと思うから、無力なのかもしれない。どんな未来を描くのであれ、バルファキスは、私たちに「別の選択肢《オルタナティブ》」は必ずあると信じ、その世界が実現する可能性について考え、ぜひ行動してほしいと訴えているのではないだろうか。

最後になりましたが、翻訳作業を進めるにあたって大変お世話になった編集者の青木由美子氏と、講談社第一事業局の唐沢暁久氏に心から感謝申し上げます。

2021年7月

江口泰子

プロフィール

【著者】

ヤニス・バルファキス（Yanis Varoufakis）

1961年アテネ生まれ。経済学部教授として長年にわたり、英国、オーストラリア、ギリシャ、米国で教鞭をとる。2015年、ギリシャ経済危機のさなかにチプラス政権の財務大臣に就任。財政緊縮策を迫るEUに対して大幅な債務減免を主張し、注目を集めた。2016年、DiEM25（Democracy in Europe Movement 2025：民主的ヨーロッパ運動2025）を共同で設立。2018年、米国の上院議員バーニー・サンダース氏らとともにプログレッシブ・インターナショナル（Progressive International）を立ち上げる。世界中の人々に向けて、民主主義の再生を語り続けている。主な著書に、『父が娘に語る 美しく、深く、壮大で、とんでもなくわかりやすい経済の話。』（ダイヤモンド社）、『わたしたちを救う経済学——破綻したからこそ見える世界の真実』（Pヴァイン）、『黒い匣——密室の権力者たちが狂わせる世界の運命』（明石書店）、『世界牛魔人——グローバル・ミノタウロス：米国、欧州、そして世界経済のゆくえ』（那須里山舎）などがある。

yanisvaroufakis.eu/@yanisvaroufakis

【訳者】

江口泰子（えぐち・たいこ）

法政大学法学部卒業。編集事務所、広告企画会社勤務を経て翻訳業に従事。訳書に、『結局、自分のことしか考えない人たち——自己愛人間への対応術』（草思社）、『ケネディ暗殺 50年目の真実』『21世紀の脳科学——人生を豊かにする3つの「脳力」』（以上、講談社）、『ブレグジット秘録——英国がEU離脱という「悪魔」を解き放つまで』『ザ・フォーミュラ——科学が解き明かした「成功の普遍的法則」』（以上、光文社）、『140字の戦争—— SNSが戦場を変えた』『2030——世界の大変化を「水平思考」で展望する』（以上、早川書房）ほか多数。

クソったれ資本主義《しほんしゅぎ》が倒《たお》れたあとの、もう一《ひと》つの世界《せかい》

2021年 9 月 13日　第 1 刷発行

著者……………………………ヤニス・バルファキス
訳者……………………………江口泰子《えぐちたいこ》
ブック・デザイン……永松大剛

KODANSHA

発行者…………………………鈴木章一
発行所…………………………株式会社講談社
東京都文京区音羽 2 丁目 12－21［郵便番号］112－8001
電話［編集］03－5395－3522
［販売］03－5395－4415
［業務］03－5395－3615
印刷所…………………………豊国印刷株式会社
製本所…………………………株式会社国宝社

ISBN978-4-06-521950-8